Andrea Revers

Seelenschwur

Band 1: Das Erwachen

Roman

Andrea Revers

SEELENSCHWUR

Band 1:
Das Erwachen

Roman

EIFELER LITERATURVERLAG 2024

 1. Auflage 2024
© Eifeler Literaturverlag
In der Verlagsgruppe Mainz

Eifeler Literaturverlag
Verlagsgruppe Mainz
Süsterfeldstraße 83
52072 Aachen
www.eifeler-literaturverlag.de

Gestaltung, Druck und Vertrieb:
Druck & Verlagshaus Mainz
Süsterfeldstraße 83
52072 Aachen
www.verlag-mainz.de

Lektorat: René Völlmecke
Umschlagsgestaltung: Dietrich Betcher
Satzgestaltung: Daniel Santosi

Abbildungsnachweis (Umschlag)
© Planetz / #679676979 / stock.adobe.com

ISBN-10: 3-96123-099-4
ISBN-13: 978-3-96123-099-0

Für meinen Mann Claus, der mir in unserer Küche bei diversen Gläsern Rotwein den Floh ins Ohr setzte, einen Vampir durch die Eifel streifen zu lassen. Männer, die kochen, sind einfach unwiderstehlich.

HÜRTGENWALD, IM NOVEMBER 1944

Es roch nach Rauch und verbranntem Fleisch. Er erhob sich aus seinem Versteck und lief in Richtung des großen Mondes. Seine Füße fanden in der sternenhellen Nacht wie von selbst den Weg über Äste und Wurzeln, obwohl er todmüde war. Schon seit Tagen krachte und donnerte es in diesem eigentlich friedlichen Wald. Er hatte versucht zu entkommen, aber egal in welche Richtung er sich wandte, überall stieß er auf Menschen in Uniformen, Panzer und Waffen. Tagsüber versteckte er sich im dichten Geäst, doch schon mehr als einmal wäre er beinahe entdeckt worden. So sollte es nicht sein. Das hätte die Zeit des Friedens sein sollen, die Tage wurden kürzer, das Laub fiel und die Tiere zogen sich in ihr Winterquartier zurück. So wie auch er. Schon seit vielen Jahresläufen war dieser Wald seine Heimat. Hier gab es alles, was er brauchte, Nahrung, Unterschlupf und Geborgenheit.

Doch nicht in diesen Zeiten. Jetzt war der Wald zur Gefahr geworden. Durch das Knattern der Gewehre, die Explosionen, den Gefechtslärm hatten sich die Tiere zurückgezogen und es mangelte ihm an Nahrung. Er fühlte, wie er immer schwächer wurde. Noch konnte er den Prozess aufhalten, aber nicht mehr lange. Er brauchte Nahrung, um zu überleben.

Er war in seiner Konzentration abgelenkt, sodass er fast in einen kleinen Trupp Männer hineingelaufen wäre. Im letzten Moment hörte er das leise Flüstern und Zischen, roch den muffigen Geruch nach nasser Kleidung und ungewaschenen Hälsen. Er stoppte abrupt. Kein Laut drang durch die Büsche. Er war es gewohnt, sich geräuschlos durch den Wald zu bewegen. Sie hatten ihn sicher nicht gehört. Leise schlich er sich an. Vier junge Männer, fast noch Welpen, alle in Uniform. Sie wirkten panisch und niedergedrückt. Er roch die Angst, die ihnen aus allen Poren stieg.

»Lass uns hier verstecken«, brach es aus einem mageren Jugendlichen hervor, dem die Uniform viel zu groß war. »Ich kann nicht mehr!«

Zwei der drei stimmten ihm nickend zu, doch der Vierte – wohl so etwas wie der Anführer der kleinen Gruppe – ließ das nicht zu.

»Es ist unsere Aufgabe, dieses Waldstück zu sichern. Verteilt euch.«

Er zeigte in Richtung Westen.

»Dort hinten ist die Frontlinie. Von dort kommen die verdammten Amis. Josef und Schang, ihr sichert in diese Richtung. Waldi, du sicherst uns nach hinten ab, damit uns niemand in den Rücken fällt. Ich suche diese verdammte Bunkerstellung. Laut der Karte müsste sie hier irgendwo sein.«

Im Licht eines Sturmfeuerzeugs versuchte er, eine Karte zu entziffern.

Der Läufer verzog das Gesicht. Sie saßen direkt darauf. Er konnte im Dunkeln die Schießscharten der Bunkerstellung erkennen, die hinter ein paar Büschen versteckt war, und er roch den Moder, der aus der Anlage herüberzog.

»Kannst du mir sagen, was wir hier eigentlich machen?«, fuhr der Waldi genannte Junge auf. »Sollen die Amis doch kommen. Schlimmer als jetzt kann es wirklich nicht mehr werden. Der Krieg ist verloren, das wissen wir doch alle.«

Der Anführer hob seine Waffe und richtete sie auf seinen Gefährten.

»Soll ich dich direkt erschießen? Das ist Fahnenflucht. Unser Führer weiß, was er tut. Er verlässt sich auf uns.«

Josef mischte sich vorsichtig ein. »Nur die Ruhe, das hat er doch nicht so gemeint. Schau dir Waldi an. Der sollte jetzt die Schulbank drücken, statt hier an der Front zu sein. Wir haben schon genug gute Leute verloren.«

Auch Schang hatte sich nun umgedreht und ließ sein Gewehr locker in der Armbeuge hängen, doch zeigte es wie unabsichtlich direkt auf ihren Anführer. »Komm, Hans, wir kennen uns schon so lange. Lass den Jungen in Ruhe.«

Hans wollte aufbrausen, doch plötzlich zischte es direkt in seiner Nähe, ein heulender Ton, ein lauter Knall, der sie alle von den Beinen riss.

Der Läufer stürzte schwer mit dem Rücken auf einen abgebrochenen Ast. Das schmerzte und er bemühte sich, zu Atem zu kommen. Anscheinend hatte sich etwas in seinem Körper verdreht und er brauchte einige Minuten, bis der Schmerz nachließ.

Er richtete sich auf. Die Luft war erfüllt von Rauch und Feuer. Dazwischen aber lag der süßliche Duft von Blut. Er spürte, wie sich seine Lebensgeister regten. Er hatte Durst, brauchte dringend Nahrung. Langsam erhob er sich und machte sich ein Bild von der Lage.

Die vier jungen Männer lagen auf dem völlig verwüsteten Waldboden. Irgendetwas hatte sie getroffen. Der Läufer sah den großen Krater und das zerfetzte Fleisch. Vom Anführer war nicht mehr allzu viel vorhanden. Der Junge, den sie Waldi genannt hatten, lebte noch und stöhnte vor sich hin. Aus seinem Unterleib floss das Blut in Strömen und von seinen Beinen war nicht mehr viel zu sehen. Josef und Schang waren bewusstlos und schwer verletzt, aber der Läufer nahm das leise Pochen der Herzen wahr. Sie lebten noch, aber nicht mehr lange. Sollte er oder sollte er nicht? Normalerweise mied er Menschen. Er wusste, welches Risiko er gerade einging. Aber hatte er eine Wahl? In einer solchen Nacht zu jagen war hoffnungslos. Und irgendwann würde ihn jemand erwischen. Er musste bei Kräften bleiben. Auch wenn er dafür einen hohen Preis zahlen würde.

Er trat näher und beugte sich über Waldi. Er blickte in zwei weitaufgerissene Augen. Waldi wollte etwas sagen, doch aus seinem Mund drang nur ein leises Röcheln und blutiger Schaum. Der Läufer legte ihm die Hand an die Schläfe und sofort entspannte sich der junge Mann. Als der Läufer den Mund öffnete, konnte Waldi in der Dunkelheit die großen Fangzähne zwar nicht sehen, aber er spürte den Biss in die Halsschlagader. Seine Augen schlossen sich und während der Läufer sein Blut trank, legte sich eine entspannte Zufriedenheit über das Gesicht des Sterbenden.

Der Läufer spürte, wie das Leben aus Waldi schwand. So weit wollte er nicht gehen. Gleichzeitig war ihm aber auch bewusst, dass er das Blut dringend brauchte. Er spürte, wie sich seine Zellen erneuerten und sich sein Körper stabilisierte. Lange hätte er nicht mehr durchgehalten. Dankbarkeit erfüllte ihn. Er tastete mit seinem Geist nach seinem Opfer. Er konnte ihm Frieden geben, ein ruhiges Sterben. Das war das Einzige, was er für sein Opfer tun konnte.

Nein, das stimmte nicht ganz. Er konnte ihm das große Geschenk des Erinnerns geben. Er seufzte. Der Junge war noch so jung, voller unerfüllter Versprechen. War er es seinem Opfer nicht sogar schuldig, sein Vermächtnis zu erfüllen, dafür, dass er ihm sein Blut gab? Das hatte er schon seit ewigen Zeiten nicht mehr gemacht. Doch vielleicht würde es ihm helfen zu verstehen, was hier geschah. Zumal sein Blutdurst noch längst nicht gestillt war.

Er beugte sich erneut über Waldi, der ihm bereitwillig den Hals darbot. Als der Läufer das letzte Blut aus Waldis Körper trank, sog er gleichzeitig seine Erinnerungen, sein Wissen, seine jugendliche Kraft in sich auf. Waldi wurde buchstäblich zu einem Teil von ihm. Seelentrinken – das machte man nur in Ausnahmefällen und in großer Freundschaft. Denn der Übergang einer Seele in einen anderen Körper schaffte eine Verbindung, die nicht ignoriert werden konnte.

Als sich der Läufer erhob, spürte er die Blicke von Josef auf sich. Er zögerte. Eigentlich durfte er nicht riskieren, dass er gesehen wurde und schon gar nicht, dass man ihn beim Trinken beobachtete. Der Läufer bewegte sich zu den beiden Männern, die dort mehr tot als lebendig lagen, mit zerfetzten Gliedern, blutüberströmt.

»Bitte!« Josef hob flehentlich die Hand. »Hilf auch uns!« Anscheinend hatte er gespürt, was zwischen Waldi und seinem Gegenüber passiert war. Der Läufer sah ihn mit hochgezogenen Augenbrauen an. Ein Riecher! Nur ganz wenige Menschen waren mit dieser übersinnlichen Wahrnehmung ausgestattet. Er überlegte kurz, zuckte dann mit den Schultern und beugte sich über Josef.

»Nein«, wehrte ihn dieser ab. »Nimm zuerst Schang. Er leidet.« Der Läufer schüttelte den Kopf. Nicht noch einer. Zwei waren schon mehr als er ertragen konnte. Doch Josef ließ nicht locker.

»Bitte!«

»Warum?« Zum ersten Mal seit langen Jahren ließ der Läufer seine Stimme ertönen. Er sprach selten und ungern. Wozu auch? Seine Stimme klang rau.

Josef flüsterte heiser. So langsam verließen ihn die Kräfte. Der Läufer neigte sich zu ihm und brachte sein Hörorgan an Josefs Lippen.

»Vertraute ...«

Der Läufer fuhr auf. Das hatte er schon ewig nicht mehr erlebt. Vor langen Zeiten gab es eine Verbindung zwischen seinem Volk und dem Volk der Menschen. Die Menschen, mit denen die Läufer kommunizierten, nannten sich Vertraute. Sollte Josef einer dieser Menschen sein? Nein, unmöglich, dafür war viel zu viel Zeit vergangen.

Aber nun betrachtete der Läufer Josefs Angebot mit anderen Augen. Es könnte wichtig sein, dessen Seele in sich aufzunehmen. Er musste wissen, ob es heutzutage noch Vertraute gab. Die Zeiten waren ungewöhnlich und beängstigend.

Josef hatte den Läufer beobachtet, während dieser fieberhaft nachdachte. Er lächelte schmerzlich.

»Wie ... ist ... dein Name?«, brach es aus ihm heraus.

Der Läufer blickte ihn an. Sein Name? Wozu brauchte er einen Namen? Aber es hatte eine Zeit gegeben, da hatten ihn die Menschen Vlat genannt.

»Vlat.«

Josef starrte ihn mit großen Augen an. Er bemühte sich zu sprechen, doch die Worte verließen nur unter Schmerzen seinen Mund.

Vlat legte ihm die Hand auf die Schläfe und folgte den wirren Gedankengängen. Josef hatte über Vlat gelesen, in einer alten Überlieferung, die seit Hunderten von Jahren in seiner Familie weitergegeben wurde, basierend auf Erzählungen, die noch viel länger zurückreichten.

Vlat war verwirrt. Er hatte angenommen, dass die alten Verbindungen schon lange zerrissen waren, gestorben in den zahlreichen Kämpfen zwischen den Welten. Er musste der Sache auf den Grund gehen. Dafür war er bereit Opfer zu bringen.

»Gut!«

Er nahm die Hand von Josefs Schläfe und stand auf und wandte sich Schang zu, der nur noch ein Schatten seiner selbst war. Seine Seele war bereits auf dem Sprung und er musste sich beeilen, sie zu fangen.

Vlat beugte sich über ihn. Seine Lippen zitterten vor Gier.

Er wusste, dass die nächste Nacht für ihn furchtbar werden würde. Zwar war er nun gesättigt und er spürte, wie er sich langsam regenerierte, aber das galt nur für seinen Körper. Die Herausforderung lag im Geist. Es war schon mühsam genug, *eine* Seele zu assimilieren, aber gleich drei? Das tat man einfach nicht. Er zögerte, die Augen zu schließen, wusste von der Bilderflut, die ihm nun zusetzen würde. Seine Erinnerungen und die seiner Ahnen würden sich mit den Erlebnissen und dem Wissen der drei Menschen vermischen. Daraus würde etwas Neues entstehen, er würde verändert aus diesem Prozess hervorgehen und am nächsten Morgen als ein anderer erwachen.

Er hatte seine eigenen Regeln gebrochen. Üblicherweise trank er nur von Tieren, deren Gedanken und Erinnerungen so fremd und kurzlebig waren, dass er sich nicht damit befassen musste. Trotzdem vermied er es, ein Lebewesen zu töten, denn sein Respekt vor den Seelen Anderer war groß. Jetzt musste er den Preis für seine Gier zahlen. Dennoch bedauerte er den Tod der drei Menschenwelpen nicht. Er hatte ihnen die Schmerzen genommen und den Tod erleichtert. Nun würde er dafür sorgen müssen, dass sie nie vergessen wurden. Im Gegenzug hatten sie sein Leben verlängert, da war er sich sicher. Schon mehrfach hatte er versucht, den Wald, der so lange seine Heimat gewesen war, zu verlassen, doch immer war er auf Truppen gestoßen, die sich irgendwo verschanzt, eingegraben und versteckt hatten. Nur seinem scharfen Gehör, seinem Geruchsinn und der Fähigkeit, sich lautlos auch durch das dichteste Gebüsch zu bewegen, hatte er zu verdanken, dass er noch lebte. Denn hier wurde kurzer Prozess gemacht, erst geschossen und dann gefragt. Normalerweise hätte ihm eine Schusswunde nicht sehr viel ausgemacht – das würde heilen – doch in seinem ausgemergelten Zustand war es fraglich gewesen, ob die Zellregeneration funktionieren würde. Von Wild war weit und breit keine Spur zu finden. Er hatte Wasser aus einer Quelle zu sich genommen, um seine ausgetrocknete Kehle zu benetzen, doch das half nur eine kurze Zeit.

Im Schlaf kamen sie, zunächst einzeln, dann zu dritt. Sie redeten auf ihn ein, Bilder zuckten durch seinen Geist, ihre Leben liefen vor seinen Augen ab, durchmischten sich zu einem Kaleidoskop von Impressionen, Stimmen und Gerüchen. Seine Augäpfel bewegten sich im Traum, zuckten hin und her, um die Lebensfülle zu erfassen und in sich aufzunehmen. Er stöhnte. Rasende Kopfschmerzen zwangen ihn letztlich wieder zu Bewusstsein und er hatte den Eindruck, sein Kopf würde zerspringen. Er wusste, dass dieser Zustand nicht anhalten würde, doch im Moment bedauerte er zutiefst, was er getan hatte. Sterben konnte eigentlich nicht schlimmer sein. Ein Fieberschauer durchschüttelte ihn. Er nahm sich eine Handvoll feuchter Erde und strich sie sich ins Gesicht. Die Kälte würde helfen. Er kroch tiefer ins Laubwerk und bedeckte sich mit Blättern. Er wusste, dass er sich in Gefahr befand, entdeckt zu werden. Seelentrinker schlugen häufig um sich und stöhnten herzzerreißend in den ersten Träumen nach dem großen Durst. Es war lange her, dass er das gesehen hatte, doch erinnerte er sich gut. Das war auch der Grund gewesen, weshalb er in der Vergangenheit weitgehend darauf verzichtet hatte. Doch jetzt war der Zeitpunkt gekommen, wieder in die Welt zu gehen. Die Zeiten änderten sich und nicht zum Guten. Er brauchte das Wissen und die Erinnerung dieser jungen Männer, um gewappnet zu sein. Erneut schloss er die Augen, ließ sich fallen und versenkte sich in die Seelen der Anderen.

Sofort bedrängten ihn die Bilder. Josef, Waldi und Schang standen über ihm und schrien auf ihn ein. Sie kämpften um die Vormachtstellung und Vlat hatte Mühe, alles auseinanderzuhalten. Gleichzeitig durchlebte er hunderte völlig fremde Momente. Maschinen und Gestank, merkwürdige Gerätschaften, Waffenlärm, Parolen brüllende Menschen, ausgestreckte Arme, eine Flut von Bildern und Geräuschen zuckten vor seinem inneren Auge vorbei, schwer einzuordnen. Vieles war ihm völlig fremd, unerkannt und unnatürlich. Ein Gefühl von Einsamkeit durchfuhr ihn. Er verstand diese Welt nicht, diese rohe Gewalt, tödliche Waffen, die auf Distanz Menschen zerfetzten, stählerne Kolosse, die durch die Natur walzten und alles zerstörten, was sich ihnen in den Weg stellte. Welchen Pfad hatten die Menschen eingeschlagen? Er verschloss seinen Geist und spürte gleichzeitig, wie die drei jungen Welpen an die Pforten seines Bewusstseins pochten. Später!

Jetzt brauchte er einen Ort, der weniger gefährlich war als dieses Waldgebiet, einen Ort, an den er sich zurückziehen konnte, um sich mit seinen neuen Mitbewohnern auseinanderzusetzen. Der Morgen dämmerte bereits. Er musste dringend sehen, dass er einen Unterschlupf fand. In der Nähe gab es eine alte Höhle. Er hoffte inständig, dass man nicht auch diese in ein Versteck für Soldaten und Kämpfer verwandelt hatte. Zumindest hatte er nun einen Eindruck erhalten, was da rund um ihn herum passierte. Es war Krieg. Ein verheerender Krieg, der bereits Unmengen von Opfern gefordert hatte. Und er war mitten zwischen die Fronten geraten. Zeit zu gehen!

ZWEI JAHRE SPÄTER

Vlat stand am Ufer eines Sees und wusch sich im Dunkel einer sternenklaren Nacht. Der Mond stand hell am Himmel. Er streckte sich und dehnte seine Glieder. Lange hatte er geschlafen und Leben geträumt. Das würde ihm nie wieder passieren. Die Integration der Erinnerungen gleich dreier Menschen, mit ihren fremden Eindrücken und ihren animalischen Instinkten, hätte ihn fast in den Wahnsinn getrieben. Die Alten hatten berichtet, dass das passierte, wenn man in einen Blutrausch geriet. Man verlor die Kontrolle über den Erfahrungsschatz und die neuen Gewissheiten, Fertigkeiten und Erinnerungen konnten den eigenen Geist und die Integrität der eigenen Persönlichkeit verletzen. Doch er war immer noch Vlat! Inzwischen war der Waffenlärm verstummt, die Natur nahm wieder ihren Platz ein und die Tiere kehrten in ihre Reviere zurück.

Er betrachtete sich im Spiegel der Wasseroberfläche. Seine helle Haut leuchtete im Licht des Mondes. Schon ewig hatte er sich nicht mehr selbst betrachtet, jetzt sah er seinen Anblick aus Sicht von Josef vor sich. Vertraut und doch so fremd. Seine Gesichtszüge und sein Körperbau waren menschenähnlich und auf den ersten Eindruck wirkte er wie ein großer, hochgewachsener, ziemlich hagerer junger Mann. Doch auf den zweiten Blick entstand Fremdheit. Die Wangenknochen waren höher angeordnet als üblich, sodass sein Gesicht fast dreieckig wirkte. Der Kiefer war beweglich und wenn man genau hinsah, konnte man die spitzen Zähne entdecken, die eher an eine Schlange erinnerten als an einen Menschen.

Er hielt den Kopf leicht schief und betrachtete sein Gebiss. Mmh, unter Menschen sollte er nicht lachen. Lächeln ging gerade noch an. Er probierte es zögernd aus, die Mundwinkel nach oben zu ziehen. Das sah eher furchteinflößend aus. Er lauschte in sich hinein. Eine Stimme flüsterte ihm zu. Erneut hob er die Mundwinkel und kniff ein wenig die Augen zusammen. Ja, so würde es reichen. Er stand auf und packte sein kleines Bündel zusammen. Noch ein letzter Blick über den See, dann wandte er sich ab und machte sich auf den Weg. Er würde unter die Menschen gehen. Er hatte es versprochen.

Kapitel 1

DIE VERTRAUTE

Hanna las konzentriert in ihrem Buch. Die junge, schlanke Frau saß im Schatten der alten Eiche im botanischen Garten der der Ruhr-Universität. Genervt strich sie sich mit der Hand eine blonde Strähne aus dem Gesicht, die aber gleich wieder der Schwerkraft gehorchend nach unten fiel. Gleich würde die Vorlesung beginnen und sie hatte sich mal wieder nicht vorbereitet. Sie blickte auf ihre Armbanduhr. Mist, schon so spät! Sie seufzte auf und schloss das Buch. Methodenlehre war ein Fremdwort, das Formelwerk zu nicht-linearer Statistik ein böhmisches Dorf für sie. Wieso eigentlich ein böhmisches Dorf? Und wo zum Teufel war Böhmen überhaupt?

Ein Landstrich im heutigen Tschechien, erklang eine Stimme in ihrem Kopf und sie sprang auf. Hatte sie die Frage etwa laut gestellt? Und wer hatte geantwortet? Sie blickte hektisch um sich. Auf der anderen Seite des Baumes erhob sich eine dunkle, hagere Gestalt in einem schwarzen Pullover, die Kapuze tief ins Gesicht gezogen. *Wir sollten reden*, erklang es erneut in Hannas Kopf. Hanna sog Luft ein, machte einen Sprung nach hinten, schnappte ihre Sachen, drehte sich um und rannte wie von tausend Teufeln gejagt in Richtung der Hörsäle.

Vlat blickte ihr reglos nach. Das war nicht gut gelaufen.

Er hatte überlegt, wie er sich Hanna am besten nähern sollte. Seine Recherchen waren aufwändig gewesen. Lange hatte er sich in Josefs Erinnerungen bewegt, sich mental mit ihm ausgetauscht. Josef, der Vertraute. Die Legende der Vertrauten war so lange durch die Zeit getragen worden, doch Josef war jung gestorben und die Legende mit ihm. Seine Nachkommen waren zu klein gewesen, um in die Fußstapfen der Ahnen zu treten. Vlat hatte in sich hineingelauscht, um zu erfahren, ob es sinnvoll wäre, den Pakt neu zu beleben, der vor langer Zeit zwischen Menschen und Läufern geschlossen worden war. Natürlich konnte man nicht mehr mit einem Toten reden, aber die Erinnerungen, das Wesen der Seele, blieben beim Seelentrinken erhalten und wenn man sich lange genug darin verlor, bekamen die Erinnerungen und Seelen Konturen. Die Erneuerung des Paktes war Josef ein Herzensanliegen, doch die Hürden für die Nachfolge lagen hoch. Es hatte deshalb gedauert, bis Vlat eine Spur der Vertrauten gefunden hatte und die Recherchen waren aufwändig und langwierig gewesen. Vlat war auf eine Schwester gestoßen und zwei weitere Brüder und hatte sich auf den Weg gemacht.

Hanna war die Enkelin der Schwester, die das Glück gehabt hatte, zu jung gewesen zu sein, um im Krieg zu sterben oder vergewaltigt zu werden. Vlat hatte sich nie an Gewalttätigkeiten der Art gewöhnt, diese außergewöhnliche Brutalität und die Gewissenlosigkeit des Handels. Und er wollte sich auch nicht daran gewöhnen. Dabei hatte seine Art schon vor langer Zeit die Erfahrung gemacht, dass man den Menschen nicht trauen durfte. Er hatte Glück gehabt, dass die drei jungen Soldaten noch ziemlich unbedarft gewesen waren, gerade eingezogen, direkt von der Schulbank an die Front. Ansonsten hätte er das Risiko kaum auf sich genommen. Obwohl – er zögerte – so nahe wie zu diesem Zeitpunkt war er dem Tod noch nie gewesen. Und der Verzweiflung. Die Welt, die er kannte, war aus allen Fugen geraten. Und inzwischen wusste Vlat, dass die Informationen, die er damals erlangt hatte, nur ein Bruchteil dessen waren, was sich tatsächlich veränderte. Seine Welt starb und wollte er überleben, musste er sich anpassen. Irgendwie.

Und Hanna würde ihm helfen. Irgendwie.

Hanna hatte die unheimliche Begegnung des frühen Tages schon fast vergessen. Sie war heute einen wichtigen Schritt weit gekommen. Endlich hatte sie begriffen, was der Unterschied zwischen einem Mittelwert, einem Modus und einem Median war und hatte nun den Eindruck, dass sie nichts mehr aufhalten konnte. Eigentlich hatte ihr Mathematik immer Freude bereitet, aber der Methodenprof war dermaßen umständlich, dass ihr die ganze Sache unnötig kompliziert vorgekommen war. Jetzt hatte sie endlich verstanden, dass das ganze Thema nur so aufgebauscht wurde, um Studierende abzuschrecken. Aber nicht mit ihr. Sie würde das Studium schaffen. Psychologie hatte sie schon immer fasziniert. Nicht die Arbeit mit psychisch Kranken, sondern das ganz normale Funktionieren von Menschen. Und heute hatte sie den Eindruck, dass ihr plötzlich ein Licht aufgegangen war. Jawoll! Sie ballte eine Hand zur Faust. Morgen war wieder Studiengruppe und sie freute sich schon darauf, den Mitstreitern von ihrem Durchbruch zu berichten. Lus war schon daran verzweifelt, ihr die Berechnung des Mittelwerts beizubringen und hatte gemeint, sie hätte bestimmt ein frühkindliches Trauma mit Zahlenreihen. Doch das stimmte nicht. Ihr Gehirn funktionierte einfach nicht unter Druck. Und heute war der Druck weg gewesen, sie hatte sich leicht und frei gefühlt. Sie verlangsamte ihren Schritt. Sollte es mit der merkwürdigen Stimme in ihrem Kopf zu tun gehabt haben? Sie war erschrocken gewesen, aber gleichzeitig hatte sie eine himmlische Ruhe durchflutet. Bereits im Hörsaal angekommen hatte sie sich gefragt, warum sie sich so aufgeregt hatte. Wenn ihr der Fremde noch einmal begegnen würde, hätte sie tausend Fragen. Aber wollte sie ihm wirklich noch einmal begegnen? Wenn er ihr wirklich in den Kopf gucken könnte, das wäre doch gruselig. Gab es Telepathie? Man las ja immer mal darüber, aber Parapsychologie war doch nur ein großer Bluff, oder? Bisher hatte sie um diesen Bereich einen großen Bogen gemacht. Aber vielleicht war ja doch etwas dran.

Sie lachte auf und schüttelte über sich selbst den Kopf. Das fehlte ihr gerade noch, dass sie sich mit Telepathie und Telekinese beschäftigte. Dann noch lieber Methodenlehre und Statistik. Vielleicht hatte sie sich das Ganze überhaupt nur eingebildet. Wahrscheinlich studiere ich Psychologie nur, um meine eigenen Macken zu behandeln, dachte sie zynisch. Sie nahm ihren Schritt wieder auf. Es war schon spät und sie war zum Sportkurs mit Lus verabredet.

Vlat beobachtete sie aus der Ferne. Er lehnte am Stamm einer alten Buche und war mit dem Schatten verschmolzen. Um diese Tageszeit fühlte er sich viel wohler. Er war ein Nachtwesen, scheute das Tageslicht eher, da es seiner Haut nicht guttat. Er litt an einer Photodermatose. Zwar heilten die Pusteln und Knötchen schnell wieder ab, aber das Jucken machte ihn verrückt. Warum es also riskieren, wenn es nachts sowieso viel angenehmer war? Er konnte im Dunkeln genauso gut sehen wie tagsüber, verließ sich aber lieber auf seinen Geruchssinn und sein scharfes Gehör.

Als Hanna ihren Schritt beschleunigte und die Straße überquerte, folgte er ihr.

»Du willst mir ernsthaft erzählen, dass jemand dir auf eine gedachte Frage nach böhmischen Dörfern geantwortet hat? Du spinnst doch. Wahrscheinlich hast du wieder laut vor dich hin gequatscht. Das machst du ständig!« Lus ließ ihre Beine vom Bett baumeln. Sie teilte sich die Wohnung mit Hanna. Beide saßen entspannt auf ihrem Stockbett, nur im Schlafanzug, Lus oben und Hanna unten.

Lus beugte sich herunter, ihre dunklen Haare fielen ihr ins Gesicht und bildeten einen Vorhang. Ihre braunen Augen funkelten belustigt.

»War er wenigstens hübsch, dein Gedankenleser? Es wäre doch toll, wenn man einen Mann hätte, der einem die Wünsche von den Lippen abliest.« Sie seufzte theatralisch. »Denk nur an den göttlichen Sex.«

Hanna warf ein Kissen nach ihr. »Erstens spreche ich nur ganz selten mit mir selbst und eigentlich nur im Badezimmer, und zweitens konnte ich kaum etwas erkennen. Der Typ war dunkel gekleidet, mit einer Kapuze, sodass ich sein Gesicht gar nicht sehen konnte. Ziemlich groß und dünn.«

»Hört sich nach einer Vogelscheuche an.« Lus simulierte mit den Armen die typische Haltung. »Hast du den Typ denn vorher schonmal gesehen?«

Hanna schüttelte den Kopf, zog dann aber die Nase kraus. Sie zögerte.

»Auf dem Campus habe ich ihn noch nie getroffen, da bin ich ziemlich sicher. Aber es könnte sein, dass ich ihn vor einigen Tagen vor dem Sportstudio gesehen habe, als wir abends aus dem Kurs kamen.«

»Echt? Am Mittwoch? Da waren wir doch zusammen da. Ich kann mich nicht erinnern.«

»Es stand eine dunkle, große Gestalt am Ende des Parkplatzes und blickte zu uns rüber. Mir ist das helle Gesicht aufgefallen, fast wie eine Maske. Und er war auch ziemlich groß. Vielleicht war er das ja.«

»Vielleicht hast du ja einen heimlichen Verehrer«, sinnierte Lus, »oder einen durchgeknallten Stalker. Das sollte für dich als angehende Psychologin doch ein Fest sein, oder? Da kannst du direkt mal üben.«

Hanna schnaubte. »Deine Vorstellungen von Psychologie sind für eine angehende Medizinerin ausgesprochen primitiv.«

Sie stand auf. »Ich mache mir einen Tee. Willst du auch einen?«

»Gute Idee!«

Lus sprang vom Bett und zwängte sich neben Hanna in die kleine Küche des Appartements. Sie öffnete den Oberschrank, den ein Vormieter liebevoll mit Blümchen dekoriert hatte.

»Ich glaube, da sind auch noch ein paar Kekse. Ich habe den ganzen Tag kaum etwas gegessen. Heute war Pathologie. Das schlägt mir echt auf den Magen.«

Draußen vor dem Wohnhaus stand Vlat und beobachtete die Schatten hinter dem Fenster. Er folgte Hanna nun schon ein paar Tage lang, hatte aber noch keinen Weg gefunden, sich ihr zu nähern. Wahrscheinlich musste er sie direkt ansprechen. Das tat er nur ungern, denn er vertraute seinen Sprechwerkzeugen nicht besonders. Die direkte Kommunikation auf Geistesebene war so viel bequemer und Sprechen strengte ihn an. Dementsprechend fehlte ihm die Übung und er musste meistens husten, bevor er ein vernünftiges Wort herausbrachte.

Vielleicht konnte er ihre Träume nutzen. Er hatte keine Möglichkeit, sie dort zu erreichen, aber ihr toter Vorfahre schon. Vlat lauschte in sich hinein und nahm Kontakt mit Josefs Lebensfaden auf. Dieser Faden war noch relativ deutlich zu spüren, während die beiden anderen schon fast vergangen waren. Doch Josef war stark gewesen und vorbereitet. Fast wie früher, als sich Menschen geopfert hatten, um Teil eines größeren Bewusstseins zu werden und damit Unsterblichkeit zu erlangen. Doch diese Zeiten waren lange vorbei. Inzwischen war auch die letzte Erinnerung an die Läufer in den kurzlebigen Menschen erloschen. Nur noch Fetzen davon geisterten durch ihre Welt.

Plötzlich dröhnte ein lautstarkes Hupen in Vlats empfindlichen Ohren und er schrak zusammen. Direkt neben ihm hielt ein Geländewagen und der Fahrer hatte die Seitenscheibe geöffnet.

»Aus dem Weg, du Vollidiot, sonst fahre ich dich platt.«

Vlat bemerkte, dass er mitten auf der Straße stand und den Verkehr blockierte. Ärgerlich über sich selbst runzelte er die Stirn. So viel zum Thema unauffällig. Inzwischen hatten sich auch andere Fahrzeuge in das Hupkonzert eingereiht. Er blickte nach oben und sah ein dunkles Gesicht, das schnell wieder verschwand. Er seufzte, warf dem erbosten Fahrer einen bösen Blick zu, der diesen jedoch völlig kalt ließ, wandte sich um und kehrte in den Park zurück. Er musste sich dringend einen Unterschlupf suchen. Müde setzte er sich auf eine Parkbank. Es war keine körperliche Erschöpfung, sondern eine geistige. Diese Welt war so laut, so dreckig, voller Rauch und Gestank. Die Wälder waren verschwunden und hatten Straßenschluchten Platz gemacht. Wie konnte man nur so leben? Er würde sich nie daran gewöhnen. Obwohl – hatte er nicht schon ganz andere Krisen gemeistert? Und diese Form der Mobilität war schon faszinierend.

Lus wandte sich Hanna zu, die gerade die leeren Teetassen in die Spüle stellte.

»Ich vermute, dein Stalker stand gerade mitten auf der Straße und wollte sich vor ein Auto werfen. Echt krank.«

Hanna sprintete zum Fenster. »Ist er noch da? Hast du ihn gesehen? Wo ist er hin?«

Lus deutete Richtung Parkanlage. »Ich glaube, da hinten geht er noch.«

Doch Hanna war zu spät, die Gestalt war bereits verschwunden.

Lus blickte sie nachdenklich an. »Das war ein komischer Typ, ganz bleich und hager. Ziemlich ungesunder Teint. Schien aber noch recht jung zu sein. Bist du sicher, dass du ihn nicht kennst? Er hat genau zu unserer Wohnung geschaut, als würde er nach dir Ausschau halten.«

Hanna schauderte. »Vorher nie gesehen, den Typen.«

In der Nacht waren sie wieder da, die Schatten von Waldi und Schang und der silberne Faden von Josef. Die Erinnerungen der drei waren belastend, aber auch nützlich gewesen. Vlat hatte die letzten Jahrzehnte vor dem großen Krieg im dichten Wald der Eifel verbracht, doch die Menschenwelt drang immer tiefer in sein Refugium hinein. Wo sonst Stille geherrscht hatte, nur unterbrochen vom Plätschern eines Baches oder lautem Vogelgezwitscher, war Lärm eingekehrt. Graue Bahnen schlängelten sich durch den Wald, durchkreuzten seine Wanderwege, ein Schienenstrang durchzog das Tal. Er hatte bemerkt, dass sich die Welt veränderte, die Veränderungen aber abgetan. Es veränderte sich ständig etwas, nichts war statisch, alles in Bewegung. So wie auch er. Er hatte gelernt, sich mit dem Klima zu bewegen, Katastrophen auszuweichen, sich anzupassen – so hatte er lange überlebt. Doch die gegenwärtigen Zeiten brachten neue Herausforderungen mit sich, erstaunliche Herausforderungen. Einiges hatte er den Erinnerungen seiner letzten Opfer entnehmen können, doch vieles war ihm fremd geblieben. Und die Entwicklung schritt rasend schnell fort.

Heute überfielen ihn die Erinnerungen der drei wieder mit Macht, als er seine Augen schloss. Sie waren jung gestorben, zu jung. So viele Wünsche und Hoffnungen waren unerfüllt geblieben. Wünsche und Hoffnungen, die er nun zu erfüllen hatte, denn das war der unausgesprochene Vertrag zwischen Läufer und Menschenopfer. So langsam musste er sich damit beschäftigen, die Aufgaben, die vor ihm lagen, anzupacken. Er begann mit Waldi, der Junge, der eigentlich auf die Schulbank gehört hatte.

Waldi

Ich heiße Waldemar, aber alle nennen mich Waldi. Schon seit ich ein Kind war. Eigentlich mag ich den Namen nicht. Ich bin doch kein Dackel. Geboren wurde ich 1928. Als ich elf Jahre alt war, begann der Krieg. Am Anfang fand ich das gut, war stolz darauf, ein Deutscher zu sein. Wir alle waren bei der Hitlerjugend. Aber es war schon komisch, was dann mit den Juden passierte. Bei uns im Dorf waren auch einige Nachbarn jüdisch. Auch mein Geigenlehrer. Seit ich fünf war, bin ich jede Woche mit meiner kleinen Kindergeige zu ihm gedackelt. Vielleicht haben sie mich deshalb Waldi getauft. Anfangs wimmerten die Saiten, als würden sie gequält, doch mit den Jahren begann das Instrument zu singen. Bei uns waren alle in der Familie ziemlich musikalisch. Mein Geigenlehrer hieß Emanuel Simon. Und der war halt auch Jude. Das hatte nie jemanden gestört und plötzlich sollte das verkehrt sein? Eines Tages war er verschwunden und keiner hat sich getraut, nach ihm zu fragen. Wir hatten schnell gelernt, den Mund zu halten.

Da habe ich mich zum ersten Mal gefragt, ob das alles so richtig ist. Vater hat nie über Hitler oder die Juden gesprochen. Ich glaube, dass er nichts von den Nazis hielt, aber genau weiß ich das gar nicht. Eigentlich wusste jeder, dass der Krieg verloren war. Wir wohnten in einem kleinen Dorf in der Nähe von Schleiden. Irgendwann war plötzlich die Front direkt vor der Haustür. Und dann mitten in unserem Wohnzimmer. Karl, unser Ortsbürgermeister, stand im Haus und meinte, jetzt müssten alle ran. Da war Papa schon seit zwei Jahren weg, irgendwo in Russland. Werner und Hans, meine älteren Brüder, in Polen. Nur ich war noch da und Mutti hat geweint, als sie mich holten. Flakhelfer sollte ich werden und mich am übernächsten Tag melden. Eigentlich wollte ich aufs Konservatorium und Musik studieren, aber dazu brauchte man einen Abschluss. Und dann gab es keinen Schulunterricht mehr, keinen Geigenunterricht und alles, was mir wichtig war, war auch verschwunden. Also ging ich. Was sollte ich auch sonst tun?

Aber halt. Ich ging nicht gleich und es stimmt auch nicht, dass alles verschwunden war, was mir wichtig war. Denn da gab es Maria. Sie wohnte im Nebenhaus und war ein Jahr älter als ich. Ich bewunderte sie schon seit ich dreizehn war, aber sie hatte mich kaum eines Blickes gewürdigt. Das änderte sich, als ich ihr mit meiner Geige ein Geburtstagsständchen brachte. Das war im Juli. Die Nacht war warm und Glühwürmchen schwirrten durch die Dunkelheit. Der Duft von Jasmin lag schwer in der Luft und es war den ganzen Tag heiß gewesen. Ich wusste, dass Maria am nächsten Tag Geburtstag hatte, und habe mich um Mitternacht unter ihr Fenster gestellt und ihr ein Ständchen gebracht, den »Sommer« von Vivaldi. Es hat mich ziemliche Überwindung gekostet und fast hätte ich gekniffen, aber es war alles so furchtbar um uns herum und die Nacht so friedlich. So habe ich einfach losgelegt. Maria öffnete gleich nach den ersten Takten das Fenster, um zu lauschen. Ich spürte ihre Anwesenheit, obwohl sie keinen Ton sagte und ich sie kaum sehen konnte. Als ich geendet hatte, flüsterte sie »Warte« und schloss das Fenster. Kurz danach kam sie aus dem Haus gelaufen, nur in einem weißen Nachthemd bekleidet, durch das ich ihre Brustwarzen erkennen konnte. Sie war wunderschön. Ich habe keinen Ton herausgebracht, aber sie kam zu mir und küsste mich leicht auf den Mund. »Dankeschön.« Dann verschwand sie wieder im Haus. Und ich stand da wie angewachsen, mit offenem Mund und steifem Schwanz, und wusste nicht, wie mir geschehen war. Zwei Tage später traf ich sie wieder am Bach. Sie saß auf einem Stein, ohne Strümpfe, und hatte ihre nackten Füße ins kalte Wasser gestellt. Sie schaute mich an und forderte mich auf, mich zu ihr zu setzen und auch die Strümpfe auszuziehen. Das habe ich gemacht und als sich unsere Füße im Wasser begegneten, hat sie mich zum ersten Mal richtig geküsst. Seit diesem Tag waren wir ein Paar.

Nachdem Karl aus dem Haus war, bin ich direkt zum Nachbarhaus gelaufen und habe Steinchen an ihr Fenster geworfen. Sie hat geweint, als ich ihr sagte, dass ich in den Krieg ziehen werde. Keiner freute sich darüber, das Hurra-Geschrei war längst verstummt. Jedes Haus hatte inzwischen mindestens einen Toten zu beklagen. In dieser Nacht haben wir zum ersten und einzigen Mal miteinander geschlafen. Eigentlich wollte sie nicht so richtig, aber ich musste das tun, weil ich irgendetwas brauchte, an das ich mich erinnern konnte, wenn ich an der Front im Dreck liegen würde. Letztlich hat sie nachgegeben. Für mich war klar, wenn ich zurückkehre, werde ich sie heiraten. Jetzt, mit sechzehn, hätte man es nicht erlaubt. Sie wollte auf mich warten.

Aber ich bin nicht heimgekehrt und jetzt mache ich mir Vorwürfe. Was ist, wenn ich sie geschwängert habe? Ich hätte sie in Ruhe lassen sollen. Es war doch klar, dass wir alle vor die Hunde gehen. Wenn ich sie wirklich geliebt hätte, hätte ich mich zusammengerissen. Aber ich war egoistisch. Für mich ist es jetzt zu spät, aber es wäre gut zu wissen, ob es Maria gut geht. Und falls sie ein Kind hat und es ist meins, sorge für sie, hörst du? Vlat! Du hast es versprochen. Sorge für sie!

Kapitel 2

EINE MERKWÜRDIGE BEGEGNUNG IN DER NACHT

Es war spät geworden. Hanna eilte von ihrem Seminar nach Hause und war froh, ihre bequemen Sneaker gewählt zu haben. Am Abend hatte es geregnet und war deutlich abgekühlt. Sie hasste diese späten Termine. Irgendwie konnte sie sich um diese Uhrzeit nicht gut konzentrieren, aber sie brauchte diesen Schein für ihren Abschluss. »Psychologie des Alterns« – was für ein langweiliges Thema, wenn man gerade zweiundzwanzig war. Sie hatte sich heute ihr Referatsthema abgeholt: *Kognitive Einschränkungen versus soziale Reifung*. Hörte sich das nicht wahnsinnig spannend an? Sie zog eine Grimasse. Nach Seminarschluss hatte sie noch versucht, ihre Dozentin zu einem anderen Thema zu bewegen, doch diese hatte sich nicht erweichen lassen.

»Da können Sie sich mental schon mal auf Später vorbereiten«, hatte sie gegrinst, sich in ihr Auto gesetzt und Hanna einfach stehen gelassen.

Lus würde sie mit dem Thema aufziehen, das wusste Hanna jetzt schon. Dabei sollte die gerade still sein. Alte Menschen auf dem Obduktionstisch waren sicher auch nicht so prickelnd. Plötzlich legte sich eine Hand auf ihre Schulter und zischte in ihr Ohr: »Wir müssen reden!«

Gedankenverloren wie Hanna war, hatte sie nicht gemerkt, dass sich jemand von der Seite genähert hatte. Sie schrak zusammen und spürte, wie ihr Herz wild klopfte. Sie zögerte, sich umzudrehen und der Gestalt ins Gesicht zu blicken, denn sie hatte so eine dunkle Ahnung. Rasch ließ sie den Blick schweifen. Kaum eine Gestalt in der Nähe, nur am Mensaeingang knutschte ein Pärchen selbstvergessen. Sie wollte sich bemerkbar machen, da wurde sie bereits mit einem harten Griff ins Gebüsch gezerrt.

Als Hanna gegen Mitternacht immer noch nicht zuhause angekommen war, machte Lus sich Gedanken. Zuerst hatte sie angenommen, ihre Freundin hätte sich nur mit ein paar Kumpels verquatscht oder wäre noch in die Bibliothek gegangen, aber seit zehn Uhr war klar, dass das nicht sein konnte. Hanna hatte auch keine Nachricht geschickt und Lus konnte sie telefonisch nicht erreichen. Sie hatte schon drei Nachrichten auf Hannas Mailbox gesprochen mit der Bitte, sich umgehend bei ihr zu melden, doch keine Reaktion. Sollte sie die Polizei benachrichtigen? Der Stalker ging ihr nicht aus dem Sinn. Hatte der sich Hanna geschnappt? Aber sie hegte die Befürchtung, dass die Polizei sich von ihren Sorgen um ihre Freundin nicht sehr beeindrucken lassen würde. Nur weil eine Studierende ein paar Stunden zu spät ins Bett kam, würde man dort keinen Aufriss machen. Und das war eigentlich auch gut so. Wie oft war Lus selbst schon versackt, hatte eine unverhoffte Party entdeckt oder sich von Freunden mitziehen lassen und war erst am frühen Morgen todmüde und betrunken ins Bett gesunken. Sie grinste bei der Erinnerung an ihren letzten Ausflug. Bei ihr wäre das ziemlich normal, aber nicht bei Hanna. Ihr Lächeln verschwand. Doch würde ihr die Polizei das glauben?

Sie zuckte mit den Schultern, schnappte sich ihre Jacke. Ein Griff in die rechte Tasche. Ja, das Pfefferspray war an seinem Platz. Auf ging's.

Lus warf einen Blick auf Hannas Stundenplan, den sie neben ihrem eigenen im Handy gespeichert hatte. Das letzte Seminar ging bis neunzehn Uhr dreißig. Selbst wenn sich Hanna noch mit ihrer Dozentin oder anderen Teilnehmern besprochen hätte, müsste sie dort längst weg sein. Der Weg zurück führte durch die Parkanlagen. Sie zog die Nase kraus und kramte ihr Handy hervor. Bewaffnet mit Taschenlampe und Pfefferspray machte sie sich auf den Weg. Es war dunkel und die Beleuchtung nur spärlich. Die Frauengruppe des ASTA hatte sich schon mehrfach über die funzelige Beleuchtung beschwert, doch die Uni verwies immer wieder auf Sparmaßnahmen. Man könne schließlich auch der beleuchteten Straße folgen. Lus schnaubte. Klar, Frauen konnten gerne die Umwege in Kauf nehmen, waren ja bloß sechshundert Meter. Sie wusste, dass Hanna mit ziemlicher Sicherheit den direkten Weg genommen hatte. Das tat sie immer. Sie mochte den Wald und hatte keinerlei Angst, allein durch den Park zu gehen. Man merkte, dass sie vom Dorf kam. Lus, die in Köln aufgewachsen war, sah das ein wenig anders, aber ihre Bedenken waren bei Hanna verschwendet gewesen.

Der Wind rauschte leise durch die Blätter und raubte Lus den letzten Nerv. Beim kleinsten Geräusch schreckte sie auf, drehte sich um ihre eigene Achse, das Pfefferspray in der ausgestreckten Hand. Sie zuckte zusammen, als es direkt neben ihr im Gebüsch raschelte. Ein verschrecktes Piepsen, dann war es wieder still. Wahrscheinlich nur eine Maus, beruhigte sie sich selbst. Das Problem mit der Taschenlampe war, dass sie nichts wahrnehmen konnte, was sich außerhalb des Lichtscheins befand. Entweder stolperte sie über Wurzeln und Steine oder stieß mit dem Kopf an herunterhängende Äste. Sie knipste probehalber das Licht aus. Es dauerte eine Weile, bis sich ihre Augen an die Finsternis gewöhnt hatten, doch dann stellte sie fest, dass sie sich so fast besser orientieren konnte als im Licht ihrer Handytaschenlampe. Immerhin gab es alle fünfzig Meter eine dezente Straßenlaterne und der Mond stand hell am Himmel. Sie orientierte sich von Lichtinsel zu Lichtinsel und hoffte, dass Hanna das auch getan hatte.

Plötzlich erblickte sie einen hellen Tupfen in der Landschaft, der dort eigentlich nicht hingehörte. Zwischen den Lichtinseln konnte sie im Dunkeln die alten Eichen sehen, die auf einer Lichtung standen. Im Sommer versammelten sich dort die Studierenden, um zu lesen, sich zu entspannen oder auch zu feiern. Und an einer dieser Eichen lehnte anscheinend eine Gestalt. Im Mondlicht leuchtete das Gesicht geisterhaft weiß in der ansonsten dunklen Umgebung. Lus wurde blass. Sollte das Hanna sein? Mit schnellen Schritten verließ sie den Hauptweg und näherte sich dem weißen Fleck. Je näher sie kam, umso mehr Details entdeckte sie. Ja, da lag Hanna! Sie begann zu laufen, während sie laut Hannas Namen rief. Doch die Gestalt blieb stumm und rührte sich nicht.

Schang

Mein Name ist Jean Merkur. Jean - das wird im Rheinland zu Schang. Meine Vorfahren stammen wohl aus Belgien, so genau weiß ich das nicht. Ist mir auch egal. Ich bin gelernter Schmied und Metallbauer. Hatte vor dem Krieg sogar die Aussicht auf eine eigene Werkstatt, gerade den Meisterbrief in der Tasche, da ging es los. Mutti wollte, dass ich zu Rheinmetall gehe, damit ich nicht an die Front muss. Aber in so einer Zeit kann man sich doch nicht in einer Fabrik verstecken. Fürs Volk und Vaterland! Was wäre ich für ein Kerl gewesen, wenn ich nicht meine Pflicht getan hätte. 1942 wurde ich eingezogen.

Eigentlich war unsere Kompanie an der Ostfront, aber dann ging es auch im Westen los und wir wurden verlegt. Ich hätte nicht gedacht, dass ich mal die Eifel verteidigen muss. Das ist ein Landstrich, in dem niemand freiwillig lebt. Nass, kalt, magere Böden, runtergekommene Höfe. Aber was soll es. Ich gehe dahin, wo man mich braucht. Als Metallbauer hatte ich auch an der Ostfront gut zu tun. Wir haben viel improvisiert. Ich habe auch Autos repariert, Panzer wieder fahrtüchtig gemacht. Das war eine gute Zeit. Mein Kommandeur hat schon darauf geachtet, dass sein bester Mann nicht in die Schusslinie kommt. Er ließ mich an der langen Leine, hat ein Auge zugedrückt, wenn ich abends los bin.

Aber im letzten halben Jahr wurde es immer schlimmer. So gut wie kein Nachschub, die Soldaten wurden immer jünger. Irgendwann hatten wir keine Skrupel mehr, Lebensmittel und alles was wir brauchen konnten auch beim eigenen Volk zu requirieren - Widerstand zwecklos. Juden gab es dort keine mehr. Da hatten sich einige Profiteure gesundgestoßen. Und denen nahmen wir es jetzt wieder weg. Anfangs habe ich das gemacht, um für meine Eltern zu sorgen, aber dann war mir das auch egal. Ich lag hier im Dreck, um fürs Vaterland zu verrecken. Wenn ich nicht für mich sorgte, tat es niemand. Ich war so wütend, dass ich jeden abknallte, der mir vor die Flinte kam. Irgendwann wurde es meinem Kommandeur zu bunt. »Wenn du schießen willst, dann in direkter Frontlinie auf den Feind. Das - oder ich stelle dich vors Kriegsgericht.« Da war die Wahl klar. So bin ich bei dem kleinen Trupp gelandet. Josef, unser Funker, war in Ordnung und Waldi noch ein Baby. Der flennte sich nachts in den Schlaf. Unser Spieß war ein Hornochse. Der glaubte immer noch die ganzen Sprüche vom Endsieg. Dabei war jedem Idioten klar, dass wir überrannt werden würden. Die Gerüchteküche kochte, aber wehe, jemand machte den Mund auf. Hier war man schnell dabei, jemand wegen eines kessen Spruchs an die Wand zu stellen. Ich wusste, dass wir hier verrecken würden.

Eine Granate. Und dann noch eine von unseren - wer hätte das gedacht.

Kapitel 3

EIN GEHEIMER BUND

Vlat hatte lange mit sich gerungen, ob er den Pakt wiederbeleben sollte. Das Massaker war noch sehr präsent in seiner Erinnerung. Er hatte dort viele Artgenossen verloren – Seelen, die auf Nimmerwiedersehen in alle Winde verweht waren. Die Läufer waren nicht sehr gesellig, eher Einzelgänger, und durchwanderten die Steppen und Wälder, doch wenn man sich zu den seltenen Gelegenheiten traf, genoss man den Austausch. Manchmal trank man voneinander als Zeichen des Respekts und der Zuneigung.

Plötzlich waren all diese Gefährten verschwunden, gemeuchelt von einer Horde Halbaffen. Irgendetwas Böses lauerte in den Menschen. Nach dieser Erfahrung hatte Vlat es tunlichst vermieden, allzu viel Menschenblut in sich aufzunehmen. Doch es hatte auch andere Menschen gegeben – Menschen, denen er vertrauen konnte, weil sie den Gedankenaustausch beherrschten. Konnte man deren Nachfahren auch trauen? Vlat spürte Josefs Geist nach, der wie ein offenes Buch vor ihm lag. Ja, Josef war es wert, gerettet zu werden. Doch was er ansonsten aus Josefs Geist entnahm, hatte Vlat Angst gemacht. Die Welt hatte sich in merkwürdiger Weise verändert. Elektrik, Dampfmaschinen, Buchdruck, Automobile, Rechenmaschinen, Radio, Telekommunikation – Wörter, die Vlat unendlich bedrohlich und fremd erschienen waren. Ihm, der seit Jahrtausenden auf der Erde wandelte, drohte, seine Heimat zu verlieren, wenn er sich nicht anpasste.

Und so hatte sich Vlat auf die Suche gemacht.

Er hatte Hanna nach ihrem Seminar getroffen. Sie war so unvorsichtig gewesen, durch den um diese Uhrzeit menschenleeren Park zu gehen. Der Wind rauschte ungemütlich in den Blättern und der Weg war in der Finsternis kaum zu erkennen. Er hockte unter einer Trauerweide und döste vor sich hin, als sie plötzlich auftauchte. Er war so in Erinnerungen versunken gewesen, dass er sie erst wahrgenommen hatte, als sie schon fast auf seiner Höhe war. Sie bemerkte ihn erst, als er aufschrak und sich abrupt aufrichtete, und bekam sofort Schnappatmung. Er hatte sie angesprochen und sie in den Schatten gezogen. Aber sie war in Panik geraten und hatte sich losgerissen.

Als sie sich umdrehte, um davonzujagen, lief sie voll gegen den Stamm der Weide. Er hatte es übel knacken gehört, dann war sie zusammengebrochen.

Mühsam hatte er sie aufgerichtet und an den Baum gelehnt. Das Knacken war durch den Bruch eines Astes entstanden, an dem sie sich den Kopf gestoßen hatte. Der Kratzer auf der Stirn blutete und es würde sich eine hübsche Beule entwickeln. Vlat zögerte einen Moment, dann leckte er vorsichtig die Wunde. Sein Speichel würde die Schmerzen lindern und die Wundheilung anregen. Hanna stöhnte auf, als sie seine Berührung spürte, und kam langsam wieder zu sich. Ihre Hand fuhr zum Kopf und es fiel ihr anscheinend schwer, die Augen zu öffnen. Vlat nutzte diesen Moment der Schwäche, um in ihren Geist einzutauchen. Doch sprach er nicht selbst zu ihr, sondern überließ Josef das Feld. Vielleicht hatte ihr Großonkel einen besseren Draht zu ihr, auch wenn er schon fast achtzig Menschenjahre tot war. So lange hatte es gedauert, bis Vlat die versteckten Notizbücher hatte an sich nehmen können.

Nun hockte Vlat unter der Fußgängerbrücke und hatte sich in einen grauen Wollmantel eingewickelt, den er eigentlich nicht brauchte, denn Hitze und Kälte waren für ihn kaum ein Problem. Auf seinem Kopf thronte eine alte Pudelmütze. Er hoffte, dass man ihn für einen der zahllosen

Bettler halten würde, die überall die Städte bevölkerten. Er hatte sogar eine Büchse vor sich aufgestellt. Das sorgte dafür, dass die meisten Menschen einen großen Bogen um ihn machten. Zu diesem Verhalten hatte ihm Josef geraten, um möglichst wenig aufzufallen. Er dachte nach. Die Begegnung war anders verlaufen als geplant. Es hätte nicht viel gefehlt und er hätte Hanna umgebracht.

Mit Müh und Not hatte Lus Hanna in die gemeinsame Wohnung geschleppt. Diese hatte sich bei ihrer Kollision mit der Trauerweide neben einer dicken Beule eine ordentliche Prellung am Oberkörper eingehandelt. Sie hatte keine Schmerzen, klagte aber über Atemnot und Lus machte sich Sorgen, dass vielleicht eine Rippe gebrochen war. Am liebsten hätte sie Hanna in die nächste Notaufnahme gebracht, doch diese blieb stur. Hanna wollte einfach nur nach Hause. Ihre rechte Hand hielt ein altes Buch fest umklammert und sie wirkte angeschlagen, aber gleichzeitig auch aufgekratzt. Vielleicht ein Schock, dachte Lus, sprach es aber nicht aus. Sie würde in dieser Nacht auf jeden Fall Hanna im Auge behalten und wenn nötig den Notarzt holen.

Nachdem Hanna es sich in ihrem Bett gemütlich gemacht und sich mit einer Tasse Tee aufgewärmt hatte, begann sie zu erzählen. Lus lag neben ihr im Bett. Das war so etwas wie ein abendliches Ritual, wenn beide den Abend zuhause verbrachten – den Tag ausklingen und noch einmal Revue passieren lassen. Auch wenn heute ganz sicher kein ganz normaler Tag war.

Hanna erzählte Lus, dass sie ihren »Stalker« getroffen hatte.

»Ich war zu Tode erschrocken, als er plötzlich neben mir auftauchte und mich packte. Es war ja stockdunkel. Ich habe fast einen Herzinfarkt bekommen, mich losgerissen, umgedreht, bin losgerannt und voll gegen einen Baum geknallt. Selten dämlich.« Sie war über sich selbst verärgert.

»Na, du kannst von Glück sagen, dass nichts Schlimmeres passiert ist. Wo ist der Typ hin?«

»Er hat sich erst einmal um mich gekümmert und irgendwie sogar die Schmerzen gestillt. Wir haben uns dann eine Weile unterhalten.«

Hanna biss sich auf die Lippen. Wie viel sollte sie Lus erzählen? Und würde sie ihr glauben? Die Geschichte war doch wirklich selten schräg.

»Stalkt er dich denn wirklich? Was hat er gesagt? Und was meinst du damit, dass er deine Schmerzen gestillt hat? Wie soll das denn gehen? Hatte er ein paar Oxis in der Tasche oder was?«

Hanna zögerte. »Ich weiß es selbst nicht so genau. Aber plötzlich waren die Schmerzen weg, wie weggeblasen.« Sie kicherte. »Fehlte eigentlich nur noch, dass er ›Heile, heile, Gänschen …‹ für mich gesungen hätte.«

Lus schaute sie forschend an. Hatte sich Hanna doch den Kopf gestoßen? Redete sie irre?

»Was wollte er denn jetzt von dir? Und was ist das für ein Typ?«

»Er ist groß, noch ziemlich jung. Ich denke so in unserem Alter. Helle Haut und rote Haare, soweit ich das unter der Kapuze sehen konnte. Die Augenfarbe konnte ich nicht erkennen. Er kommt nicht aus der Gegend. Aber er hat tatsächlich nach mir gesucht, denn er wollte mir etwas geben.«

Hanna zeigte auf ein altes, vergilbtes Notizbuch, das direkt neben ihrem Kopfkissen lag. »Anscheinend ist das ein Tagebuch eines Vorfahren von mir. Wenn ich es richtig verstanden habe, vom Bruder meiner Großmutter, der im Krieg gefallen ist.«

»Interessant. Und woher hat der Stalker das Tagebuch? Ist der Typ ein Verwandter von dir?« Lus wollte nach dem Buch greifen, doch Hanna kam ihr zuvor.

»Nein, kein Verwandter. Er sage, er sei ein Gefährte, wenn ich mich recht erinnere, aber ich denke, das macht keinen Sinn, oder?«

Lus schüttelte den Kopf. »Nein, überhaupt nicht. Sag mal, wie geht es deinem Schädel?«

Hanna funkelte sie an. »Wenn du andeuten willst, ich hätte sie nicht mehr alle, kannst du das auch sagen.« Sie blickte nachdenklich auf das Buch in ihren Händen. »Vlat – so heißt der Typ – hat gemeint, ich soll das Buch lesen, dann würde ich es verstehen. Er will mich danach aufsuchen.«

»*Aufsuchen*? Hat er das so gesagt? Interessante Formulierung …«

»Stimmt, das ist mir auch aufgefallen. Seine Formulierungen waren manchmal etwas merkwürdig. So gedrechselt.«

»Und er heißt Vlat, hast du gesagt? Gibt es auch einen Nachnamen, den wir mal googeln könnten?«

Hanna zuckte mit den Schultern. »Keine Ahnung. Daran kann ich mich nicht mehr erinnern. Nur Vlat.«

Sie griff nach der Tasse Tee und nahm einen großen Schluck. »Mmh, das tut gut. Was ist das eigentlich?«

»Ingwer und Zitrone. Das wärmt und gibt Vitamin C. Damit du dich nicht erkältest.«

»Es wirkt schon. Jetzt ist es mir richtig gemütlich. Ich glaube, ich werde eine Runde schlafen.« Hanna legte sich in ihrem Bett zurecht.

Lus stand auf. »Dann lasse ich dich mal in Ruhe. Soll ich das Buch mit ins Wohnzimmer nehmen?«

»Ach, nein. Lass es hier liegen.«

Lus grinste in sich hinein. Sie war sich ziemlich sicher, dass Hanna sie nur aus dem Schlafzimmer haben wollte, um sich in das Tagebuch ihres Vorfahren vertiefen zu können. Sie würde später nochmal nach ihr schauen.

Josef

Mein Name ist Josef Muller. Ursprünglich stamme ich aus der Gegend um Kaiserslautern und studiere Ingenieurwesen. Besser gesagt, habe ich studiert, denn seit 1943 war ich bei der Wehrmacht und arbeitete als Funker. Ich stamme aus einer Familie von Kaufleuten und Vater wollte eigentlich, dass ich das Geschäft übernehme, aber in Kriegszeiten war Herrenoberbekleidung wenig gefragt. Zumindest nicht die Ware, die wir in unseren Kaufhäusern vertrieben. Also habe ich 1940 mit dem Studium begonnen.

Ich hätte nie gedacht, dass ich wirklich einmal einem Läufer begegne. Mein Großvater hat mich in das Familiengeheimnis eingeweiht, als ich vierzehn war. Mein Vater hat nur gelacht, er fand das alles absurd, diese idiotischen Geschichten über eine alte, fast ausgestorbene Gattung, die über besondere Fähigkeiten verfügt und mit unserem Familienstamm eine ganz besondere Verbindung hat. Aber ich habe es geliebt. Großvater hatte in seinem ganzen Leben keinen dieser Art getroffen und auch sein Großvater nicht, aber er erzählte mir von der unglaublichen Langlebigkeit dieser Kreaturen, menschenähnlich, aber doch so fremd. Sie wären fast unsterblich, tränken das Blut anderer Lebewesen und nähmen damit die Erinnerungen und Fertigkeiten der Toten auf. Mich erinnerte das sofort an die alten Vampirgeschichten. Schon seit über vierhundert Jahren existieren Legenden über solche Wesen, erzählte mir Großvater, und sie trügen einen wahren Kern in sich. Aber die Läufer seien nicht böse, nur anders. Sie würden nicht altern und könnten schnell heilen, sogar Gliedmaßen wuchsen ihnen nach. Und wenn sie das Blut anderer Lebewesen tranken, würden diese Lebewesen Teil von ihnen. Deshalb nannte man sie auch »Seelenfresser«.

Bevor die letzten Läufer im Nirgendwo verschwanden, hatte einer von ihnen namens Vlat mit unserem Vorfahren einen Pakt geschmiedet, dass das Wissen über die Verbindung innerhalb unseres Stammes weitergegeben würde. Es gibt keine Erkennungszeichen, kein Losungswort oder ähnliches, nur das Wissen, dass man sich erkennen werde, wenn es so weit sei. Denn das ist eine Fähigkeit, die wir besitzen. Wir erkennen die Läufer. Ich habe das nicht geglaubt. Woher auch? Aber es war so. Als ich das Wesen sah, dass seine Zähne in Waldis Hals rammte, war mir sofort klar, was ich da vor mir hatte. So viel Glück hätte ich mir nicht träumen lassen. Denn wir, die »Vertrauten«, haben die Möglichkeit, in einer Symbiose mit den Läufern selbst Unsterblichkeit zu erlangen. Allerdings wusste ich nicht, dass er mich dafür töten würde. Aber ich bin hier und kann dafür sorgen, dass unser Wissen nicht mit mir stirbt. Ich habe alles, was Opa mir erzählt hat, in ein Tagebuch geschrieben und es in einem Geheimfach in unserem alten Takenschrank im Wohnzimmer versteckt. Wir werden diese einem würdigen Nachfolger zur Verfügung stellen, Vlat und ich. Vlat wird uns brauchen. Die Zeiten sind übel für die Läufer!

Kapitel 4

FREMD UND DOCH VERTRAUT

Nach einer schlaflosen Nacht saß Hanna bereits am Frühstückstisch, als Lus den Kopf aus ihrem Zimmer steckte.

»Ist das Badezimmer frei?«

Hanna nickte nur mit vollem Mund und wedelte mit der Hand in Richtung des Badezimmers. Das Buch lag vor ihr und während sie in ihr Butterbrot biss, blätterte sie vor und zurück. Sie war schon fast am Ende des Textes angelangt, konnte aber kaum glauben, was sie bisher gelesen hatte.

Sie beschloss ihre Großmutter anzurufen und stand auf, um ihr Handy aus ihrem Schlafzimmer zu holen. Wo hatte sie das verdammte Teil bloß hingetan? Auf dem Nachttisch lag es nicht. Sie fand es schließlich in der Hosentasche ihrer Jeans.

Als sie zurück in die Wohnküche trat, saß Lus am Esstisch und las völlig versunken in Josefs Tagebuch. Hanna ärgerte sich, dass sie das Buch nicht mitgenommen hatte. Sie kannte doch Lus' gnadenlose Neugier, hatte aber damit gerechnet, dass diese sich noch eine Weile im Bad aufhalten würde.

Lus blickte auf, als sie Hanna hereinkommen hörte.

»Echt jetzt? Eine andere Spezies? Ist das ein Fantasyroman oder was?«

Hanna kam mit schnellen Schritten zum Tisch und riss ihr das Buch aus der Hand.

»Kannst du nicht einmal deine Finger von meinen Sachen lassen, du neugierige Ziege? Ich stöbere doch auch nicht in deinem Zeug rum.«

»Ja, aber nur, weil du so uninteressiert an der Welt bist. Neugier ist ein Zeichen von Intelligenz!« Lus leckte sich ungeniert die Marmeladenfinger ab, die bereits einen Flecken auf dem Einband hinterlassen hatten. »Ups …«

»Ach herrje, jetzt hast du es auch noch versaut.« Hanna war echt verärgert.

Lus merkte, dass sie einen Schritt zu weit gegangen war.

»Sorry. Aber ich mache mir Sorgen um dich und diesen Typen. Im Ernst, ich habe ja jetzt nur die ersten drei Seiten gelesen. Was hat es mit dieser Begegnung auf sich?«

Hanna seufzte. Was sollte es. Vielleicht war es ja ganz gut, dass sie mit jemandem über die Sache reden konnte. Es war einfach viel zu verrückt.

Am Nachmittag ging ihre Großmutter endlich ans Telefon. Die alte Frau war schon fast neunzig und manchmal etwas tüdelig, doch wenn sie auch oft nicht mehr wusste, was sie mittags gegessen hatte oder welcher Tag gerade war – die Vergangenheit war doch noch sehr präsent.

»Kind, was interessierst du dich denn plötzlich für alte Kriegsgeschichten? Das sind doch olle Kamellen.« Oma war nicht gerade begeistert.

»Ich habe hier ein Tagebuch, das von Josef stammen soll. Hieß so nicht dein Bruder?«

Oma wurde hellhörig. »Das Tagebuch von Josef? Wo ist das denn aufgetaucht?«

»Also stimmt es, dein Bruder hieß tatsächlich Josef und hat Tagebuch geschrieben.«

»Ja, als ich noch kleiner war, hat er immer mit Großvater zusammengehockt und dann alles mögliche in sein kleines Buch geschrieben. Aber er hat es mir nie gezeigt.«

»Erzähl mir von Josef«, bat Hanna.

»Ach, Josef! Es ist so traurig, dass er im Krieg geblieben ist. Er war elf Jahre älter als ich und hat sich nicht besonders viel mit mir abgegeben. Wir waren ja zu acht Zuhause. Ich war die Jüngste und Josef der Älteste. Er musste 1942 zur Wehrmacht. 1944 hat Mutter dann Post bekommen, dass er verschollen ist. Wir haben nie mehr von ihm gehört.«

»Er könnte also noch leben, meinst du?«

Oma schnaubte.

»Das kann ich mir wirklich nicht vorstellen. Damals war das doch üblich. Die tapferen Jungen galten als verschollen, damit man den Eltern nicht die Todesnachricht überbringen musste. So konnten immer noch alle hoffen.«

»Erzähl mir von diesem Tagebuch.«

»Josef saß oft mit Großvater im Garten. Wenn ich dazukam, hat Opa mich meistens weggeschickt, ihm irgendetwas aus dem Haus zu besorgen. Aber mir war schon klar, dass sie Geheimnisse hatten, die ich nicht hören sollte.«

»Hast du mal gelauscht oder einen Blick in das Buch werfen können?«

»Als ob ich lauschen würde«, entrüstete sich Oma, um dann einen Kicheranfall zu bekommen. »Klar habe ich versucht, etwas aufzuschnappen. Einmal habe ich mich unter einem Busch versteckt. Es war Herbst und ich habe mich komplett im Laub eingebuddelt, sodass sie mich nicht entdecken konnten.«

»Und was hast du gehört?«

»Es ging irgendwie um eine Gemeinschaft oder einen Orden oder so etwas. Großvater nannte sie die *Vertrauten*, das habe ich noch behalten. Aber Kind, das sind doch alles alte Kamellen.«

»Und dann?«

»Dann habe ich bemerkt, dass ich in einem Ameisenhaufen lag. Alles fing an zu kribbeln. Wie bei meiner Ameisensalbe, die mir Petra jetzt immer abends auf den Rücken schmiert. Ich habe nämlich einen Hexenschuss, der mich plagt.« Ihre Stimme wurde weinerlich.

»Ach, Oma, das tut mir leid. Der geht bestimmt bald wieder weg. Aber wie war das mit Josef? Haben sie dich in diesem Ameisenhaufen entdeckt?« Hanna war bemüht, die Geschichte weiterzuverfolgen.

»Ja, natürlich. Ich habe ja gebrüllt wie am Spieß.« Hannas Oma kicherte noch einmal, doch dann wurde sie wieder ernst.

»Ich musste schwören, niemandem zu verraten, was ich gehört habe. So wütend habe ich Großvater noch nie gesehen. Sein Blick hat mir richtig Angst gemacht. Kurz danach ist er gestorben und ich habe mich als Kind immer gefragt, ob ich nicht irgendwie schuld daran war.«

»Ach, sicher nicht. Er war doch schon ziemlich alt, oder?«

»Naja, ungefähr zehn Jahre jünger als ich heute.«

»Oma, du wirst bestimmt hundert. Hexenschuss hin oder her.«

»So alt will ich gar nicht werden. Dankeschön! Aber diese Sache mit Großvater hat dazu geführt, dass ich niemandem etwas erzählt habe. Und als Josef dann in den Krieg musste, spielte das ja auch alles gar keine Rolle mehr. Wir hatten ganz andere Sorgen. Ich habe nie mehr daran gedacht, bis du mich jetzt darauf angesprochen hast. Merkwürdig, dass das alte Notizbuch jetzt aufgetaucht ist. Was steht denn drin?«

Hanna lachte. »Du bist ja immer noch neugierig, was?«

Oma fiel in das Lachen ein. »Natürlich bin ich das. Ich habe so ewig nichts mehr von Josef gehört, das ist wie eine Stimme aus der Vergangenheit. Vielleicht kannst du ja mal vorbeikommen und sein Tagebuch mitbringen. Vieles ist in der Erinnerung doch schon verblasst. Und außerdem warst du schon ewig nicht mehr hier«, schloss sie vorwurfsvoll.

Hanna spürte ihr schlechtes Gewissen. Das stimmte. Sie versprach hoch und heilig, in der nächsten Woche mit dem Tagebuch zu Oma nach Koblenz zu fahren.

Also war das Tagebuch anscheinend echt. Hanna kaute auf ihrer Unterlippe. Eine unangenehme Angewohnheit, die sie sich schon längst hatte abgewöhnen wollen.

Lus hatte die ganze Geschichte mit einem Lachen abgetan. »Sowas wie ein Ritterorden? Was für eine Räuberpistole«, hatte sie gesagt. Und sich dann noch über Vlats schwarzen Umhang mit Kapuze lustig gemacht. »Der glaubt bestimmt, er sei ein Jedi-Ritter, der die Welt retten muss. Vlat! Wenn ich den Namen schon höre. Heißen so nicht Vampire? Halte dich bloß von solchen Psychos fern.«

Hanna hatte eingewandt, dass sie ja genau deshalb Psychologie studierte, um sich mit solchen Psychos abzugeben, doch Lus hatte abgewunken. Es gäbe genug »durchgeknallte« Menschen, an denen Hanna ihre Fähigkeiten testen könnte und die es mehr verdienten.

Deshalb hatte Hanna Lus gar nicht erzählt, dass sie sich für den Abend wieder mit Vlat im Park verabredet hatte. Aus irgendeinem ihr selbst nicht nachvollziehbaren Grund traute sie ihm. Er hatte etwas an sich, das Wärme ausstrahlte und ihr ein Gefühl von Geborgenheit gab. Es war komisch gewesen, als er am Vorabend mit seinen Lippen ihre Stirnwunde berührt hatte, aber die Berührung hatte gutgetan.

Vlat lehnte an der Trauerweide und erwartete sie schon. Es dämmerte bereits und die Straßenbeleuchtung schaltete sich gerade ein, wenn auch ohne großen Effekt.

»Warum begegnen wir uns eigentlich immer im Dunklen?«, wunderte sich Hanna. »Wir hätten uns eigentlich auch in dem netten Café im Uni-Center treffen können.«

»Sonne tut mir nicht gut, deshalb ruhe ich am Tag im Schatten. Außerdem sind wir hier weitgehend ungestört«, erklärte Vlat. »Lass uns ein paar Schritte gehen. Du hast sicher viele Fragen.«

Hanna folgte ihm.

»Ich habe das Tagebuch von Josef gelesen und auch mit meiner Großmutter gesprochen.«

Vlat schaute sie fragend an. »Ist sie auch eine Vertraute?«

»Nein. Aber sie erinnerte sich noch gut an die vielen Gespräche zwischen ihrem Großvater und Josef. Die zwei haben immer zusammengegluckt und sich Geschichten erzählt, die niemand hören durfte.«

»Bitte erzähle ihr nicht von uns. Wir haben nur überlebt, weil uns die Menschen vergessen haben.«

»Du willst mir ernsthaft erzählen, dass du einer unbekannten Spezies angehörst?«, fragte Hanna spöttisch.

Vlat schaute sie an und Hanna konnte die Antwort direkt in ihrem Kopf hören: »Du wirst es mir glauben müssen.«

Hanna keuchte auf und griff sich an die Schläfe. »Lass das, raus aus meinem Kopf!«

»Hauptsache, du glaubst mir jetzt.«

»Und wieso darf ich von euch wissen?«

»Weil Josef dich auserwählt hat. Und weil du mich in deinem Kopf hören kannst.«

»Du meinst, mein mit ziemlicher Sicherheit toter Großonkel hat aus dem Grab heraus entschieden, dass ich seine Nachfolgerin sein soll?« Hanna verzog ungläubig das Gesicht. »Das ist selbst für deine Begriffe schräg.«

»Mag sein, aber Josef hat dich zu seiner Nachfolgerin bestimmt.«

Vlat ließ sich weder von Hannas Spott, noch von ihrem Unglauben beeindrucken und verzog keine Miene.

Hanna war verunsichert. Irgendetwas irritierte sie an ihm, wenn er mit ihr sprach, aber was? Wieder ertappte sie sich dabei, auf ihre Lippe zu beißen. »Erzähl mir davon.«

Vlat zögerte kurz. »Nun gut. Ich habe Josef beim Sterben begleitet und seine Seele in mich aufgenommen.«

Hanna sah ihn mit hochgezogenen Augenbrauen an. »Du hast ihn beim Sterben begleitet? Wann? Wie?«

Vlat erzählte ihr von seinen Erlebnissen im Hürtgenwald, von seiner ersten Begegnung mit dem Trupp, der explodierten Granate und den sterbenden Soldaten.

»Er bat mich, ihn in mich aufzunehmen und ich habe seine Bitte erfüllt. Das erste Mal nach vielen, vielen Sommern, dass ich das für einen Menschen tat. Obwohl ich wusste, was ich mir damit antat. Aber der Bund zwischen Vertrauten und Läufern war stark und hat mir das Leben gerettet.«

Vlat hatte völlig ungerührt seine Geschichte erzählt und Hanna wusste nicht, was sie nun glauben sollte. Der Typ sah doch nicht älter aus als sie. Und er wirkte menschlich, zumindest ebenso menschlich wie ihr Methodenprof, von dem sie auch schon mal geglaubt hatte, er müsse wegen seiner nicht nachvollziehbaren Vorliebe für Interferenzstatistik und Probabilistik ein Außerirdischer sein. Aber Vlat hatte etwas tatsächlich Unmenschliches an sich.

»Was bedeutet das für dich und Josef? Dieser Bund?«

»Mit seiner Seele habe ich seine Erinnerungen und seine Verpflichtungen in mich aufgenommen. Wenn ich jemandem das Leben nehme, indem ich sein Blut trinke, vereinigt sich die Seele des Toten mit mir.«

»Du trinkst ihr Blut?« Lieber Himmel, hatte Lus etwa rechtgehabt? Dieses Detail hatte Hanna in Josefs Tagebuch irgendwie überlesen. Die Kollision mit dem Baum hatte anscheinend doch Wirkung gezeigt.

»Ja, das ist meine Nahrung.«

Hanna zog unwillkürlich ihren Schal enger. Hatte Vlat deshalb gestern ihre Wunde mit den Lippen berührt und das Blut aufgeleckt? Weil sie für ihn Nahrung war? Angst stieg in ihr auf.

Vlat beobachtete ihr Mienenspiel. Plötzlich überspülte eine warme Welle von Geborgenheit Hanna.

»Was zum Teufel machst du da? Lass das!« Hanna war fuchsteufelswild. Dieses ... Ding ... manipulierte sie nach Strich und Faden. Sofort ließ die Welle nach.

»Ich werde dir nichts tun und auch nicht von dir trinken. Das macht dir Angst, aber das muss es nicht. Üblicherweise ernähre ich mich von Tierblut und töte auch niemanden. Ich habe kein großes Interesse daran, fremde Seelen und Erinnerungen in mich aufzunehmen. Ich habe genügend eigene.«

Vlats Haltung hatte sich nicht verändert und doch hatte Hanna den Eindruck, dass er über ihr Misstrauen erschüttert war.

»Entschuldige. Das ist alles sehr fremd für mich. Du wirkst, als wärst du ein junger Mann in meinem Alter, aber das bist du nicht, stimmt's?«

»Nein, weder jung noch Mann.«

»Ach«, meinte Hanna überrascht. »Du bist eine Frau?«

»Wir sind eingeschlechtlich.«

»Da entgeht dir aber etwas …«, rutschte es Hanna heraus.

»Mag sein.«

Humor hatte das Wesen anscheinend nicht, dachte Hanna, beschloss aber, hier nicht weiter zu bohren. Komisch, bei den Vampirgeschichten gab es immer Männer und Frauen und jede Menge Sex, oder? Sie musste das dringend in der Bibliothek nachrecherchieren.

»Aber du bist dann auf jeden Fall älter als du aussiehst? Wann wurdest du geboren?«

»Das ist lange her. Wir zählen die Jahre nicht und messen auch nicht die Zeit. Zeit ist.«

»Naja, aber du musst doch ungefähr einen Eindruck haben, wann du geboren wurdest?«

»Es war die Zeit des Feuers und des Umbruchs.«

»Das hörte sich an wie der erste Weltkrieg. Wow!« Hanna war beeindruckt. Vlat hatte sich wirklich gut gehalten. Vielleicht hatte er ja ein paar Beauty-Tipps für sie.

»Nein, kein menschengemachter Krieg. Das Feuer kam aus der Erde.«

»Ein Vulkanausbruch? Wo?«

»In der Nähe, wo ich Josef traf.«

Hanna erstarrte. »In der Eifel?«

»Ja, ich glaube, so nennt ihr die Gegend. Es ist schön dort. Viel Wald, viel Wild, Wasser – alles, was ich zum Leben brauche.«

»Aber der letzte Vulkanausbruch ist doch schon mindestens zehntausend Jahre her, oder?« Hanna beschloss, zuhause sofort zu googeln.

»Mag sein.«

»Mag sein, mag sein«, äffte Hanna Vlat nach. »Du willst mir erzählen, dass du mindestens zehntausend Jahre alt bist?«

»Mag sein.«

Hanna gab es auf. Sie schloss müde die Augen. Inzwischen waren sie am Ende des Parks angekommen und drehten wieder um. Das Gehen half ihr, ihre Gedanken zu ordnen und sich auf das Wesentliche zu konzentrieren. Es war doch egal, wie alt der Typ neben ihr war und wo er herkam. Viel wichtiger war, was er von ihr wollte.

»Warum bist du zu mir gekommen?«, fragte sie ihn direkt.

»Josef hat mich geschickt. Er wollte, dass ich dir das Tagebuch gebe.«

»Wie kann er dich zu mir geschickt haben? Er kennt mich doch gar nicht?«

»Wir haben dich beobachtet.«

»Du meinst, er ist in dir drin?«, fragte sie verwirrt.

»Ja, er ist ein Teil von mir. Pass auf.« Vlat trat in das Licht einer Laterne. Wie von Geisterhand veränderten sich seine Gesichtszüge, wurden weicher und runder, er schien ein Stück zu schrumpfen.

Hanna beobachtete fasziniert die Veränderungen. Es waren nur Kleinigkeiten in der Muskulatur und der Durchblutung, doch der Effekt war verblüffend. »Wahnsinn. Kannst du mir auch die anderen zeigen? Seine Waffengefährten, Waldi und Schang? So hießen sie doch?«

Vlat tat ihr den Gefallen.

Es ist wie Morphing, dachte Hanna, wie diese Fotos, die ineinander übergehen und sich komplett verändern.

»Lass mich mit Josef sprechen. Geht das?«

Vlat verwandelte sich wieder in Josef. Sein Gesicht öffnete sich und er lächelte Hanna warm an. »Meine Großnichte! Du siehst aus wie Alma, meine Schwester.« Er trat auf sie zu und wollte sie in den Arm nehmen.

»Hoppla, nicht so schnell.« Hanna wich einen Schritt zurück. »Erzähle mir etwas aus der Familie. Wie hieß das Lieblingskuscheltier von Alma?«

Josef schaute sie hilflos an. »Keine Ahnung. Alma hatte jedes Jahr ein anderes Lieblingstier.«

»Falsche Antwort!« Hanna machte Anstalten, sich umzudrehen und zu gehen.

»Halt, warte!«, hielt Josef sie auf. »Sie hatte einen Teddybären, Heinrich hieß der. Meinst du den?«

Hanna trat auf ihn zu und ließ sich zögernd von ihm umarmen.

Dann schob er sie von sich und blickte ihr ins Gesicht. »Wirklich, du hast ihre Grübchen. Wie geht es Alma? Erzähl mir von ihr.«

Hanna lächelte und die Grübchen in ihren Wangen vertieften sich. »Es geht ihr gut. Ich habe gerade erst mit ihr telefoniert. Nur das Alter macht ihr zu schaffen.«

Eigentlich hätte Hanna nun gerne eine Weile mit Josef über die Familie gesprochen, aber ihr Gegenüber machte dem ein Ende, indem er sich wieder in Vlat zurückverwandelte. *Beziehungsweise in das, von dem ich glaube, dass es Vlat ist*, dachte Hanna sarkastisch.

»Ich habe nun diese eine Mission erfüllt, mit der mich Josef beauftragt hat. Er wollte den Bund der Vertrauten erneuern, damit du mich unterstützen kannst.«

»Und das bedeutet?«

»Wenn Josef will, kann er nun gehen.«

Hanna keuchte auf. Sie war so froh gewesen, ihren Verwandten in Vlat entdeckt zu haben und hatte noch viele Fragen zur Familiengeschichte. Davon abgesehen wusste sie immer noch nicht so recht, was sie von diesem Bund halten sollte.

»Stopp. Nicht so schnell. Noch ist gar nichts erneuert. Ich brauche ein wenig Bedenkzeit.«

Sie wandte sich direkt an Josef.

»Josef, bitte geh noch nicht. Ich werde deine Hilfe brauchen.«

Wieder verwandelte sich die Gestalt. Josef nahm Hannas Hand in seine, doch er sagte kein Wort, sondern sandte die Botschaft direkt in ihren Geist: »Vertrau!«.

Zögernd öffnete sie sich dem mentalen Kontakt und spürte seine rückhaltlose Offenheit und das grenzenlose, in den Jahren gewachsene Vertrauen ihres Onkels in den Läufer.

Der Kontakt endete abrupt, als Vlat sich wieder zurückverwandelte. Er nickte ihr zu. »Josef wird bleiben.«

»Jetzt weiß ich endlich, was mich an dir so irritiert«, platzte es aus Hanna heraus.

Vlat schaute sie an. »Und?«

»Du verziehst keine Miene. Wenn man mit dir spricht, kann man nichts an Mimik oder Gestik ablesen. Üblicherweise findet aber ein großer Teil der Kommunikation nonverbal statt. Wenn du als Mensch durchgehen willst, solltest du das ändern.«

Vlat verzog die Mundwinkel nach oben und kniff leicht die Augen zusammen.

»Du meinst so?«

Hanna lachte auf. »Sollte das jetzt ein Lächeln sein? Fast. Aber das werden wir üben.«

»Genau dafür brauche ich eine Vertraute.«

Hanna hakte ihn unter und zog ihn in Richtung des Brunnens. Sie hatte beschlossen, bis auf Weiteres der Empfehlung ihres Großonkels zu folgen und zu vertrauen. Mal sehen, wo sie das hinführte.

»Dann mal los, du Chamäleon. Jetzt erzählst du mir erst einmal, warum es so lange gedauert hat, bis du Josefs Auftrag erledigt hast und was jetzt noch ansteht.«

»Du hast knapp zweiundvierzig Jahre darauf gewartet, dass die Leute das Haus verkaufen?« Hanna brüllte fast vor Entrüstung.

Vlat wich einen Schritt zurück und hielt sich die Ohren zu. Er schaute Hanna an.

»Ich habe so lange gewartet, wie es nötig war. Wie hätten wir sonst das Buch aus dem Versteck holen sollen?«

»Naja, du hättest sagen können, du kämst vom Elektrizitätswerk und müsstest den Strom ablesen. Oder einfach einbrechen. Du lässt dir wirklich Zeit, die Aufträge deiner

Mitbewohner zu erfüllen.« Hanna unterstrich das Wort »Mitbewohner« mit in die Luft gemalten Gänsefüßchen.

»Zeit spielt für mich keine Rolle. Das habe ich doch schon gesagt. Und meine ›Mitbewohner‹«, Vlat imitierte die Gänsefüßchen–Bewegung von Hanna mit ungerührtem Gesichtsausdruck, »sind tot und haben ewig Zeit.«

»Aber ich habe das doch richtig verstanden: Indem du einem Menschen das Leben nimmst, geht seine Seele faktisch in dich über, ebenso wie seine Erinnerungen und sein Wissen.«

Hanna war völlig fasziniert von Vlats Erzählung gewesen und der Tatsache, dass er drei so unterschiedliche Charaktere wie Josef, Waldi und Schang in sich aufgenommen hatte.

Vlat nickte.

»Und mit diesem Seelentransfer verpflichtest du dich als Gegenleistung, offene Aufgaben zu übernehmen, damit die Seelen ihre Ruhe finden können.

Wieder nickte Vlat.

»Und jetzt arbeitest du seit rund siebzig Jahren an Josefs Auftrag. Und mit Waldi und Schang hast du dich noch gar nicht beschäftigt?«

Vlat nickte. »Ist es bei euch üblich, alles zu wiederholen, was man vorher besprochen hat? Das scheint mir wenig effizient zu sein.«

Hanna lachte. »Nein, das machen wir nur, wenn die Geschichte so verrückt ist wie deine.«

»Ach so. Ich hatte schon befürchtet, dass ich das jetzt auch tun müsste. Eine merkwürdige Angewohnheit, wenn man doch nur so eine kurze Lebensspanne zur Verfügung hat.«

»Da hast du auch wieder recht. Aber um nochmal auf Josefs Auftrag zurückzukommen: Also du hast zweiundvierzig Jahre gebraucht, um an das Tagebuch zu kommen. Aber wieso habt ihr dann das Buch nicht jemandem aus Josefs Verwandtschaft gegeben?«

»Josef wollte auf dich warten. Ich sagte ja schon, dass die Seelen alle Zeit der Welt haben.« Vlat zögerte kurz.

Anscheinend machte er sich jetzt doch schon die Angewohnheit zu eigen, Dinge zu wiederholen.

Hanna bemerkte seine Irritation und grinste kurz. »Siehst du? Wiederholungen machen durchaus Sinn. Willst du mir sagen, dass Josef wusste, dass ich zwanzig Jahre später geboren werde?«

Doch Vlat schüttelte den Kopf. Das hatte er sich inzwischen bei Hanna abgeschaut. »Nein. Die Anderen waren ungeeignet.«

Hanna dachte kurz über ihre Verwandtschaft nach.

»Stimmt, da könnte was dran sein.«

So langsam taten Hanna die Füße weh von der ganzen Auf- und Abgeherei. Sie steuerte eine Parkbank an, setzte sich und klopfte auffordernd neben sich. Doch Vlat ging in die Knie und hockte sich vor ihr auf den Boden.

»Du kannst dich ruhig neben mich setzen«, forderte Hanna ihn auf, doch der Läufer schüttelte den Kopf. »Ich hocke sehr bequem, danke.«

Hanna betrachtete ihn belustigt. Bequem? Wenn sie so auf den Fersen hocken sollte, würde sie kaum das Gleichgewicht halten können und an ihre Kniegelenke wollte sie gar nicht denken.

»Seit du sechzehn bist, hat Josef dich als mögliche Wahl eingestuft, aber wir mussten warten, bis wir uns dir nähern konnten.«

»Und was waren die Kriterien, nach denen mich Josef als geeignet eingestuft hat?«, wollte Hanna es genauer wissen.

»Du bist anscheinend intelligent, tolerant und interessierst dich für Seelenkunde.«

»Du meinst Psychologie?«

»Genau. Als du dich dafür eingeschrieben hast, war Josef sich sicher.«

»Und wann warst du dir sicher? Denn Vertrauen kann man nicht verordnen.«

»Als du mich in deinem Kopf hören konntest. Du bist ein Riecher.«

»Ach, das kann gar nicht jeder? Wie schade für dich.«
Hanna grinste. Sie hatte gemerkt, dass Vlat nicht gerade
wortgewandt war. »Aber ihr habt euch trotzdem ganz schön
Zeit gelassen. Immerhin bin ich schon im dritten
Semester.«

»Es ist für Josef nicht leicht. Er kommt mit der heutigen
Zeit nicht so gut zurecht. Anscheinend haben Frauen bei
ihm nicht allzu viel zu sagen. Er hat lange gezögert, denn
ursprünglich wollte er unbedingt einen Mann als
Vertrauten.«

Hanna verzog das Gesicht. »Naja, er ist da wohl ein Kind
seiner Zeit. Bei den Nazis taugten Frauen nur zum
Kinderkriegen.«

»Was für eine Verschwendung von Ressourcen«, befand
Vlat. »Ich habe nie verstanden, warum das Geschlecht bei
Säugetieren eine so große Rolle spielt. Bei Menschen ist das
besonders ausgeprägt. Sehr seltsam.«

Hanna betrachtete ihn mit neu erwachtem Interesse.

»Stimmt ja, bei dir ist das irrelevant. Du sagtest, ihr wäret
eingeschlechtlich. Wie muss man sich das vorstellen?«

Vlat nahm ein Stöckchen vom Boden auf und begann,
seltsame, kleine Figuren in den Sand zu zeichnen. Typische
Übersprungshandlung, konstatierte Hanna für sich.

»Wir erneuern uns und duplizieren uns gleichzeitig. Mir
fehlen dafür die Worte.« Da Vlat nur auf den Wortstamm
seiner Seelenverwandten zurückgreifen konnte, die ihrer-
seits allerdings keinerlei Vorstellungen davon hatten, was
Vlat eigentlich sagen wollte, war die Erläuterung mehr als
dürftig.

Hanna sah ihn an. »Und wie funktioniert das?«

Vlat zögerte. »Es ist ... schmerzhaft.«

»Naja, das ist Kinderkriegen auch«, lachte Hanna. »Aber
ich hörte, das soll es wohl wert sein.«

»Hast du Kinder?« Anscheinend wollte Vlat das Thema
wechseln.

»Nein. Du?«

Hanna spürte bei ihrer Frage, dass Vlat sich zurückzog. Angst flutete plötzlich ihr Gehirn. Er stand abrupt auf und entfernte sich einige Schritte von ihr.

Ihr wurde klar, dass die Angst von Vlat ausging und das Thema der Fortpflanzung definitiv ein Tabuthema für ihn war. Sie schüttelte die Angst ab und holte tief Luft. Dann erhob sie sich und folgte ihm.

»Nun gut, so genau muss ich das ja auch nicht wissen. Also, was liegt jetzt an?«

»Jetzt ist Zeit für Waldis Anliegen.«

»Und was ist mit Schang?«

Vlat stand schweigend da und schien in sich hinein zu horchen. Es dauerte einige Minuten, bis er sich Hanna wieder zuwandte, die sich in Geduld gefasst hatte, um den inneren Dialog nicht zu stören.

»Ich verstehe Schang nicht.«

Vlat wirkte irritiert und eine Wolke von Unbehagen streifte Hanna. Sie erschauerte.

»Sag mal, kannst du das lassen?«

»Was meinst du?«

»Du strahlst deine Gefühle so stark aus, dass sie auf mich abfärben. Sehr unangenehm.«

»Entschuldige, ich bin den Umgang mit Menschen nicht gewöhnt. Unsere Ausdünstungen scheinen ähnlich zu sein. Ich versuche, ruhig zu bleiben.«

Hanna dachte über die Macht von Pheromonen nach, hielt aber den Mund. Vielleicht konnte sie das Thema ja später mal mit Lus besprechen. Auf jeden Fall war die Gefühlswallung abgeklungen.

»Erzähl mir von Schang. Was verstehst du nicht?«

»Schang hält etwas zurück. Seine Seele hat ein dunkles Fenster. Ich habe Angst davor, was passieren könnte, wenn ich es öffne.«

»Was meinst du damit?«

»Es hat seine Gründe, warum die Läufer in der Regel darauf verzichten, die Seelen von Menschen zu trinken. Denn sie verändern uns. Meist geht es gut, aber es ist passiert, dass einzelne Läufer sich in etwas Böses, Gewalttätiges verwandelten. Wir mussten sie töten.«

Hanna sah ihn forschend an.

»Du hast einen getötet, stimmt's?«

Vlat nickte.

»Und jetzt befürchtest du, dass Schang so etwas mit dir anstellt.« Das war keine Frage, sondern eine Feststellung.

Vlat schaute Hanna an. »Es kann sein, dass ich mich in etwas abgrundtief Böses verwandele. Dann ist es an dir, als meiner Vertrauten, dem ein Ende zu machen.«

»Du lieber Himmel!« Hanna war entsetzt. Unter einem Vertrauensverhältnis hatte sie sich etwas Anderes vorgestellt. »Kannst du mir auch einen Tipp geben, wie ich das anstellen soll?«

»Einen Pflock ins Herz und anschließend den Kopf abschlagen und verbrennen.«

Hanna keuchte auf. »Echt jetzt? Ich dachte, das wären Ammenmärchen.«

»Nein, so kann man uns am einfachsten töten.«

Inzwischen hatten sie wieder das Ende der kleinen Parkanlage erreicht und Hanna schaute auf ihre Uhr. Es war schon spät, Lus würde sie sicher bereits vermissen. Aber sie wollte Vlat jetzt ungern mit seinen Ängsten allein lassen.

»Erzähl mir von Schang. Was weißt du über ihn? Vielleicht kann ich dir mit ihm helfen.«

»Ist das möglich?«

»Wir denken nicht in Kategorien von Gut und Böse. Schang hat Kriegserfahrungen, die ihn möglicherweise belasten. Das heißt aber nicht, dass er ein Psychopath ist oder so. Und selbst Psychopathen und Narzissten haben ihre guten Seiten.«

»Doch wieso kann ich ihn nicht erreichen? Es ist, als hielte sich seine Seele versteckt.«

»Tja, vielleicht tut sie das ja auch«, sinnierte Hanna und erläuterte Vlat das Konzept der Verdrängung.

Schang

Ich bin ein guter Soldat. Das, was ich getan habe, war richtig. Für Volk und Vaterland hatte es geheißen. Wer hatte uns diesen Krieg denn aufgezwungen? Dieses verdammte Judenpack. Ich war stolz wie Bolle, als Hotte, mein älterer Bruder, mich mitgenommen hat zum Judenklatschen. Es war ein Tag im November. Die Wittlicher Ortsgruppe hatte alles vorbereitet, aber Hotte hatte noch andere Pläne. Er hatte sich mit Günther und Willi verabredet, sich den alten Weinstein in der Trierer Gasse vorzunehmen. Seine Tochter hatte Hotte mal böse abblitzen lassen und das hatte er nicht vergessen. Weinstein war reich. Eigentlich gab es die Vereinbarung, ihn in Frieden zu lassen. Anscheinend hatte er einflussreiche Freunde in höheren Ämtern. Aber Jude bleibt Jude. Man munkelte, dass er in seiner Villa ganze Reichtümer gehortet habe und die Jungs hatten nicht übel Lust, mal nachzusehen, ob an den Gerüchten was dran ist. Also haben wir uns am frühen Abend aufgemacht, mit Knüppeln und einer Pistole bewaffnet, die Günther mitgebracht hatte. Sein Vater war Jäger und er konnte schon von Kindesbeinen an mit Waffen umgehen. Wir waren alle aufgeregt, Willi und Hotte hatten sich Mut angetrunken und ich war ganz besoffen vor lauter Adrenalin.

Willi läutete an der Tür. Er war Elektriker und mit dem Haus und den Bediensteten vertraut. Sullivan, der englische Butler, öffnete die Tür mit vorgelegter Kette, entfernte diese aber, als er Willi erkannte. Der schob sich sofort ins Haus und wir anderen schoben nach. Günther zog Sullivan direkt eins über. Was arbeitete er auch für den Volksfeind. Anschließend verteilten wir uns im Haus. Willi ging mit Günther in Richtung der Bedienstetenräume, um das Personal auszuschalten, Hotte zog mich zu den Herrschaftsräumen. Dabei legte er den Finger auf die Lippen. Wir öffneten lautlos eine große Doppeltür und standen in einem opulent eingerichteten Wohnzimmer. Mir blieb der Mund offenstehen. So etwas hatte ich noch nie gesehen. Überall glänzende Stoffe, Blumenbuketts, edle Hölzer und ein exquisites Mobiliar. Mit Verbitterung dachte ich an unsere Zweizimmerwohnung, in der wir mit fünf Personen hausten.

Eine Skulptur auf einem Sockel sprach mich besonders an. Ich hatte gerade eine Lehre als Metallbauer begonnen und war fasziniert von der Schönheit und der Kunstfertigkeit dieser Figur. Sie war gerade mal dreißig Zentimeter hoch und zeigte den perfekten Körper einer nackten Frau. Sie lag entspannt auf dem Rücken, hatte die Beine angezogen und einen Arm um ihr rechtes Bein geschlungen. Der linke Unterarm lag auf ihrer Stirn und sie schien mich verträumt anzublicken. So etwas Schönes. Ich hatte bisher nur einmal meine Mutter nackt gesehen, als sie sich in der Küche wusch. Und das hatte nicht unbedingt den Wunsch in mir geweckt, das Schauspiel zu wiederholen. Aber diese Frau war von erlesener Schönheit. Ich konnte mich nicht sattsehen. Vor allem die Stelle zwischen ihren weit ausgebreiteten Beinen zog meinen Blick magisch an. So war ich abgelenkt, als plötzlich der alte Weinstein das Zimmer betrat und aufgebracht Hotte anschrie. Er fühlte sich sicher in seiner Macht. »Ich werde Sie melden«, hatte er gebrüllt. »Das wird ein Nachspiel haben. Und jetzt verlassen sie sofort mein Haus.« In diesem Moment trat Willi hinter ihn, hob seinen Hammer und zertrümmerte ihm den Schädel. Weinstein stürzte blutüberströmt zu Boden, während Willi feixend den Hammer an einem Gobelinkissen säuberte. »Da hast du dein Nachspiel!«

Günther schob sich an ihm vorbei und blickte sich um. »Schaut euch mal die Gemälde an. Und hier diese Glasvasen.« Er hob eine der bunten, meisterlich gearbeiteten Vasen hoch und ließ sie zu Boden fallen. Sie zersprang in hunderte Teile. Hotte hatte derweil ein Messer gezogen und bearbeitete die Gemäldesammlung. Ich war ebenso fasziniert wie abgestoßen. Die drei entfalteten ihre zerstörerische Kraft und der Raum sah in kürzester Zeit aus, als wäre eine Bombe eingeschlagen. Dann erblickte Günther die Statue. »Was für

Titten, die Holde! Schang, da bist du noch viel zu jung für. Nicht dass du noch einen Steifen bekommst.« Er wollte die Skulptur vom Sockel nehmen, doch ich fiel ihm in den Arm. »Lass das, ich nehme sie mit.« Hotte mischte sich ein. »Das geht nicht. Keine Spuren!« Da öffnete sich die Tür und David Weinstein stand in der Tür. In einem gepunkteten Schlafanzug. Anscheinend hatte ihn der Radau geweckt. Der Kleine war höchstens acht, blond gelockt und hatte ein Gesicht wie ein Engel. Erstarrt blickte er auf die Leiche seines Vaters und begann zu heulen.

Günther blickte mich an. »Keine Spuren, keine Zeugen. Zeig, dass du ein Mann bist. Dann kannst du die schicke Figur behalten.« Er hielt mir die Waffe hin. Ich zögerte kurz, nahm die Pistole, legte an und schoss David mitten ins Gesicht. Dann griff ich mir die Skulptur und verließ, ohne mich umzublicken, den Raum. Ich spürte die Blicke der drei in meinem Rücken. Danach hat Hotte nicht mehr mit mir gesprochen. Ein paar Monate später ging er in den Krieg und fiel kurz darauf irgendwo in Polen. Ich wurde 1942 eingezogen. Das bronzene Mädchen habe ich Gretchen genannt. Mein Gretchen! Sie begleitet mich in meinen Träumen. Für immer.

Vlat erwachte wie aus einem Albtraum. Er konnte förmlich spüren, wie sein Finger den Abzug durchzog und starrte beklommen auf seine Hand. Nun war eingetreten, was er befürchtet hatte. Mit der Erinnerung an David waren unterschiedlichste Gewalterfahrungen von Schang hochgekommen. Der Mann war abgrundtief böse! Wie sollte er ihn bloß aus seinem Kopf bekommen?

Gleichzeitig trieb ihn Waldi so langsam in den Wahnsinn. Er hatte sich so lange ruhig gehalten, bis Vlat Josefs Auftrag erledigt hatte, doch seit Hanna als Vertraute identifiziert und angesprochen worden war, beharrte Waldi darauf, Maria zu suchen und seine möglichen Nachkommen. Vlat hatte dem Ganzen keine hohe Priorität eingeräumt

– Menschen kamen und gingen und war es nicht der Sinn des menschlichen Lebens, sich zu paaren und zu vermehren? Doch die Seelenübernahme barg diese eine Verpflichtung mit sich, der er sich nicht entziehen würde. Er seufzte innerlich. Also erst einmal Waldi, damit er den Kopf frei bekam. Danach musste er einen Weg finden, Schang loszuwerden.

I

Vor 7000 Jahren in der Nähe des Mittelrheins

Ato blickte stolz über sein Siedlungsfeld. In den letzten Jahren hatte er sich hier mit seiner Sippe niedergelassen und begonnen, das Land zu bewirtschaften. Inzwischen trug es die ersten Früchte. Wozu durch die Wälder ziehen und jagen und nie wissen, wann es die nächste Nahrung gibt? Er fand diese Lebensweise rückständig. Die moderne Zeit gehörte den Siedlern. Der letzte Winter hatte ihm Recht gegeben. In der Nähe des Flusses gab es stets Wasser und die Kälte des Winters war erträglich, denn es war Feuerholz in ausreichender Menge da. Sein Stamm wuchs und gedieh. Die Kinder, die bei den langen Märschen oft auf der Strecke blieben, spielten lärmend Verstecken zwischen den Langhäusern. Der Stammesvater war zufrieden.

Oder doch nicht ganz. Er hatte lange nachgedacht und sich mit seinem Schamanen besprochen. Dieser hielt sein Vorhaben für Blasphemie, für ein Vergehen gegen die göttliche Ordnung. Aber was war die göttliche Ordnung überhaupt? Atos Gesicht hatte sich bei diesem Gedanken verdunkelt. Sollte es göttliche Ordnung sein, wie ein Tier durch die Wälder und über die Steppen zu ziehen, stets auf der Suche nach Nahrung? Davon zu leben, was die Natur bot? Hatte er nicht der göttlichen Ordnung ein Schnippchen geschlagen mit dieser Siedlung hier? Nicht die Götter sorgten für die Seinen, sondern er selbst. Es hatte Kraft gekostet, seinen Stamm davon zu überzeugen, dass Sesshaftigkeit ein besseres Los versprach als das Nomadenleben. Heute verehrten sie ihn und würden ihm bis in den Tod folgen. Doch damals, als er das erste Mal über seine Pläne geredet hatte, wurde er verlacht. Der damalige Stammesälteste hatte ihn vor der großen Runde lächerlich gemacht. Doch war ihm schnell das Lachen vergangen, als Ato ihn zum Zweikampf herausgefordert und besiegt hatte.

Der Schamane stammte noch aus dieser alten Zeit. Ein Narr, dessen Wort bei Ato nicht viel zählte. Doch wusste er, dass Joni immer noch viele Anhänger in seinem Stamm hatte.

Und ganz unnütz war er nicht, denn seine Kontakte zu den gottgleichen Läufern waren nützlich gewesen. Diese hatten ihnen beim Zähmen der Tiere geholfen. Sie besaßen das Talent, die Tiere zu beruhigen, sie zu den Ställen und Weiden zu führen und ihnen einzureden, das wäre nun ihr Zuhause. Inzwischen besaß Ato einen Stall mit mehr als zwanzig Säuen, einer Herde Auerochsen und sogar ein paar Schafe. Das Leder der Felle wurde gegerbt. Sie dienten zur Bekleidung und deckten die Hausöffnungen ab.

So war Atos Stamm mit den Jahren immer stärker geworden. Das weckte Begehrlichkeiten. In den letzten Wintern hatte es mehrfach Angriffe auf die Siedlung gegeben. Und auch hier waren die Läufer nützlich gewesen. Denn besonders verehrt wurden sie wegen ihrer Fähigkeit, Wunden zu heilen und Schmerzen zu lindern. Erst letzten Winter, als sich ein Fieber in der Siedlung verbreitet hatte, war ihnen der Läufer Nuro zuhilfe gekommen. Ein wenig Speichel von ihm auf die Lippen und man konnte den Menschen bei der Gesundung zusehen. Kein Wunder, dass sein Stamm die Läufer ehrte und ihnen bereitwillig ihr Blut darbot. Wenn jemand dem Tode nah war, halfen die Läufer ihm, über die Schwelle zu treten. Bei besonders verdienten Stammeskriegern tranken sie dessen Blut bis zu seinem Tod und fraßen seine Seele. Das war der Preis für ihre Hilfe. Es hatte eine Weile gedauert, bis in Ato die Vermutung aufgekommen war, was hinter diesem merkwürdigen Ritual steckte: Die Läufer aßen nicht wie die Menschen, sondern nährten sich von ihrem Blut. Indem sie ihre Opfer töteten, übernahmen sie ihre Stärke und wurden immer mächtiger.

Nachdem er dieses Geheimnis entdeckt hatte, schmiedete er seinen Plan. Er würde einen Weg finden, ihnen ihre Macht zu entreißen.

Joni beobachtete Ato aus der Ferne. Er hatte sich verändert. Der früher so kräftige Stammesführer, der mit seiner Ausstrahlung das Volk mitriss, war zu einem Despoten gereift, der niemanden neben sich akzeptierte und sich an seine Macht klammerte. Joni wusste, dass Ato mit Neid auf die besonderen Fähigkeiten der Läufer blickte. Während er alt und schwach wurde, waren die geheimnisvollen Wesen im Besitz ewiger Jugend und Kraft. Kein Wunder, dass sein alter Freund griesgrämig wurde. Bald würde auch seine Zeit gekommen sein. Joni, der selbst viele Sommer älter war als Ato, nahm das mit Gelassenheit. Das war der Lauf der Dinge. Die Läufer standen den Göttinnen näher, ja vielleicht waren sie selbst wandelnde Götter auf Erden. Er wusste es nicht. Aber für ihn waren ihre Gaben ein Geschenk des Himmels. Und nun wollte Ato nach den Sternen greifen. Doch was hatte er vor?

Kapitel 5

ALTE LIEBE ROSTET NICHT

»Und du bist sicher, dass du mit diesem schrägen Typ losziehen willst?« Lus konnte sich gar nicht beruhigen. »Vertraust du ihm?«

Hanna nickte zögernd, während sie das schmutzige Geschirr vom Abendessen in die Spülmaschine räumte.

»Ja, ich glaube, ich vertraue ihm. Er ist so anders. Aber auch total faszinierend. Und es war unglaublich, wie er sich in Josef verwandelt hat. Unfassbar.«

Lus sprang vom Tisch, auf dem sie es sich bisher gemütlich gemacht hatte, und holte sich ein Glas Wein von der Anrichte.

»Willst du auch noch eins?« Sie brachte die Flasche mit an den Tisch.

Hanna hielt ihr das Glas entgegen. Eigentlich hatte sie schon viel zu viel getrunken. Und viel zu viel preisgegeben, wie sie sich bedauernd eingestand. In vino veritas! Sie gab eine lausige Vertraute ab.

Entgegen aller guten Vorsätze hatte sie Lus von ihrer Begegnung mit Vlat erzählt, von der besonderen Beziehung ihrer Vorfahren zu ihm, den Vertrauten. Die Begegnung mit Josef hatte sie aus der Bahn geworfen und sie zweifelte nun an ihrem Verstand, ob sie sich das Ganze nicht nur eingebildet hatte. Lus ins Vertrauen zu ziehen hatte gutgetan. Sie war so bodenständig, pragmatisch und flink mit ihren Gedanken, das komplette Gegenteil von Hanna. Die beiden Frauen ergänzten sich gut. *Davon wird auch Vlat profitieren*, dachte Hanna trotzig und schob ihr schlechtes Gewissen beiseite. Natürlich hatte sie Lus nicht alles erzählt, nur von der Seelenwanderung und den damit verbundenen

Aufträgen, bei denen sie Vlat helfen sollte. Aber Lus hatte sich damit nicht abspeisen lassen.

»Du sagst, er trinkt Blut. Dann ist er doch ein Vampir, stimmt's? Auch wenn ihr sie anders nennt?«

»Nein, kein Vampir. Zumindest nicht so wie die aus den Büchern. Vlat ist anders.«

»Ja, aber Vlat ist ein ganz typischer Vampirname. Hast du keine Angst, dass man dir einen riesigen Bären aufgebunden hat? Die Geschichte ist doch hanebüchen. Wahrscheinlich leidet er an einer Profilneurose und das Tagebuch ist eine Fälschung.«

Hanna lachte. »Überlass die Küchenpsychologie lieber mir.«

Eigentlich war sie ganz froh, dass Lus ihr nicht so recht glauben wollte. Die Geschichte war ja auch irgendwie schräg. Und doch hatte sie tiefes Vertrauen in Vlat. Ja, sie würde mit ihm losziehen, um seine Aufgaben zu lösen. Bald waren Semesterferien und bis zu den nächsten Prüfungen dauerte es noch einige Monate. Da sprach nichts gegen eine kleine Reise in die idyllische Eifel. Außerdem – was wäre sie für eine Psychologin und Wissenschaftlerin, wenn sie nicht die Gelegenheit ergriffe, von ihm alles über geistige Verbindungen und Emotionskontrolle zu erfahren?

»Bevor ich dich mit ihm losziehen lasse, will ich ihn aber kennenlernen.«

Lus ließ nicht locker.

»Das geht nicht. Ich hätte dir gar nichts von ihm erzählen sollen. Er darf nicht wissen, dass ich sein Vertrauen gebrochen habe.«

Hanna nippte an ihrem Glas und merkte, dass es schon wieder leer war. Auffordernd hielt sie es Lus hin, die nach der Flasche griff und nachschenkte, ohne sich aber vom eigentlichen Thema abbringen zu lassen.

»Ja, aber merkst du selbst, oder? Genau so fangen in den schlechten Filmen die Gruselszenen an: *Erzähle keinem davon, aber fahre mit mir in den Wald.*«

Hanna rollte mit den Augen. »Du machst mich echt fertig.«

Sie griff nach einer einsamen Olive, die noch in einem Tonschälchen auf dem Tisch stand.

»He, nicht mit den Fingern. Wo sind die Sticker hingekommen?« Lus war in dieser Beziehung pingelig.

»Wahrscheinlich sitzt du drauf«, grinste Hanna und leckte sich die Finger ab. »Kannst du nicht wie normale Menschen auf Stühlen sitzen?«

»Ich bin halt nicht normal.«

Lus griff hinter sich nach den Zahnstochern und hielt sie Hanna hin.

»Ein wahres Wort in Gelassenheit gesprochen. Doch zu spät. Die Oliven sind alle.«

»Vorsicht!« Lus drohte mit einem Zahnstocher.

»Im Ernst. Ich werde auf jeden Fall mit Vlat fahren. Ich bin wirklich neugierig, wie sich diese Geschichte entwickelt.«

»Dann komme ich mit.« Lus sprang mit Schwung vom Tisch. »Ich gehe packen.«

Hanna stöhnte auf. »Das geht nicht.«

»Und ob das geht«, warf Lus über die Schulter zurück und verließ die Küche.

»Dann fährst du aber mit deinem eigenen Auto.«

Lus lugte begeistert durch die Küchentür.

»Du meinst, ich darf dich beschatten?«

Hanna nickte müde. »Wir bleiben übers Handy in Verbindung, aber du hältst dich fern. Das ist meine Bedingung. Deal?«

»Deal!«

Trotzdem blieb bei Hanna ein mulmiges Gefühl in der Magengrube, wenn sie auch nicht ganz sicher war, ob das vom schlechten Gewissen herrührte oder dem übermäßigen Alkoholgenuss.

»Da vorne steht ein Reh.« Vlat zeigte zum linken Fahrbahnrand. »Zwei weitere stehen im Gebüsch.«

Hanna trat auf die Bremse und verlangsamte den Wagen.

»Bist du sicher?«

Vlat schickte ihr das Bild seiner Wahrnehmung direkt ins Gehirn.

Hanna zuckte zusammen, verlor kurzfristig die Kontrolle über ihr Fahrzeug und machte eine Vollbremsung. Vlat wurde nach vorne gerissen und nur vom Gurt gehalten. Hanna spürte sein Erschrecken körperlich.

»Raus aus meinem Kopf.« Sie funkelte Vlat böse an. »Da siehst du, was du davon hast.«

Es war das erste Mal gewesen, dass Vlat sie an seiner Wahrnehmung hatte teilhaben lassen und die optischen Eindrücke waren unfassbar fremd und erschreckend, aber auch faszinierend.

»Gut, dass keiner hinter uns war.« Hanna nahm den Fuß von der Bremse und gab langsam wieder Gas, den Blick fest auf den Fahrbahnrand gerichtet.

»Sie sind weg. Deine Vollbremsung hat sie erschreckt. Und mich auch«, fügte Vlat hinzu. »Diese Gurte sind wirklich hilfreich. So etwas gab es früher nicht. Musst du beim Schalten nicht Zwischengas geben?«

Hanna lachte auf. »Wann hast du Fahren gelernt?«

»Soeben. Ich konnte auf Informationen von Schangs Gedächtnis zurückgreifen.«

»Wie praktisch. Ich dachte, du wolltest um Schang einen Bogen machen?«

Vlat hatte Hanna von seinen Problemen mit Schangs Erinnerungen erzählt.

»Es gibt einen Unterschied zwischen seinen Erinnerungen und seinen unbewussten Fertigkeiten.«

»Das heißt, du verfügst über die Fertigkeiten all deiner Seelen?« Hanna war neidisch.

Vlat nickte und deutete nach vorne. »Du muss hier rechts abbiegen.«

»Hast du auch ein Navigationssystem unter deinen Mitbewohnern?«

»Nein. Was ist das?«

»Vergiss es. Was hast du denn von Josef gelernt?«

»Er kannte sich wohl mit Funkgeräten aus. Aber die Fertigkeiten verschwimmen ineinander. Mit der Zeit habe ich den Überblick verloren, wann ich was von wem übernommen habe. Meinen Orientierungssinn habe ich von Tauben. Sie orientieren sich am Duft. Sehr praktisch. Manchmal sehe ich etwas und kann damit umgehen, ein Skalpell, eine Geige. Ich entdecke eine Pflanze und weiß, wozu sie gut ist. Oder ich höre eine Sprache und kann sie sprechen. Wenn es nötig ist.«

»Ich beneide dich um diese Möglichkeiten. Wenn ich könnte, würde ich meinen Methodenprof beißen, nur um sein Wissen über parametrische und parameterfreie Statistik zu bekommen.«

Vlat wandte ihr sein Gesicht zu. »Vorsichtig mit dem, was du sagst. Genau mit diesem Wunsch begann das Massaker.«

Hanna verstummte. Sie hatte die Beschreibung davon in Josefs Tagebuch gelesen und schämte sich heute noch für ihre Vorfahren.

»Verzeih mir, das war gedankenlos«, sagte sie.

»Zeig mir lieber, wie man dieses Auto fährt. Es sieht so völlig anders aus, als ich es mir vorgestellt habe. Und es ist interessant, wie schnell man sich damit fortbewegt.«

Normalerweise war Vlat zu Fuß unterwegs und hatte mehrere Tage für die Reise eingeplant gehabt. Doch Hanna hatte sich vehement gewehrt, die Strecke von rund zweihundert Kilometern zu Fuß zu gehen, und ihn zu ihrem alten Golf gezerrt.

»Lässt du mich mal fahren?«

Hanna blickte verwundert zu ihm.

»Aber du weißt schon, dass man dafür einen Führerschein braucht, oder?«

»Schang hat einen.«

Hanna lachte auf. »Das wird uns bei einer Polizeikontrolle nicht weiterhelfen.«

Vlat zuckte mit den Schultern.

»Du machst das inzwischen echt gut«, erklärte Hanna.

»Was meinst du?«

»Schulterzucken, Mimik, Gestik. Das wirkt längst nicht mehr so angestrengt und unnatürlich. Du könntest als Mensch durchgehen, weißt du?«

Vlat nickte zufrieden und drehte an den Radioknöpfen. »Was ist das?«

Ohrenbetäubendes Gedudel drang aus den Lautsprechern und Vlat hielt sich die Ohren zu – oder wie immer man seine Lauschorgane nennen wollte.

»Jesses, du hast mich fast zu Tode erschrocken.« Hanna schaltete das Radio ab und seufzte. »Also gut, ich zeige dir alles, aber bitte bleib von den Knöpfen weg.«

Sie hielt auf einem Waldparkplatz an. Vlats Augen leuchteten erwartungsvoll. Das vorbeifahrende Auto nahm er gar nicht wahr.

Am frühen Morgen kamen sie in Reifferscheid an. Hanna wirkte ein wenig übernächtigt. Sie hatte versucht, im Liegesitz ein paar Stunden zu schlafen, doch gingen ihr viel zu viele Gedanken durch den Kopf, um wirklich Ruhe zu finden. Die ganze Nacht hatte sie darüber nachgegrübelt, warum sie sich bloß auf die ganze Sache eingelassen hatte. Gut, eine Nacht im Auto würde sie nicht umbringen, aber irgendwie ging ihr Vlats asketische Lebensführung auf die Nerven. Der hatte sich in die Büsche geschlagen, um Nahrung zu suchen. Anscheinend brauchte er nur wenig Schlaf und war ganz euphorisch, aus der Stadt heraus und wieder im Wald zu sein. Hanna mochte den Wald auch, aber lieber tagsüber und möglichst im Sonnenschein. Doch Sonne war heute aus.

Vlat war darüber ganz froh. Seine Augen reagierten extrem lichtempfindlich und eine stylishe Sonnenbrille verbarg seine flaschengrünen Augen. Seine Haut hatte er mit dem stärksten Lichtschutzfaktor eingecremt, den Hanna hatte finden können. Vorsichtshalber trug er einen langärmligen Kapuzenpullover zu seiner Jeans und einen Schal, den er sich um die untere Hälfte seines Gesichts binden konnte, wenn das Licht seiner Haut zu sehr zu schaffen machte. Hanna war froh, dass es noch ziemlich kalt war für die Jahreszeit. Was sollte das bloß im Sommer werden? Sie hatte ihr Erspartes aufgebraucht, um Vlat passende Kleidung zu kaufen, die seinem visuellen Alter und der aktuellen Mode entsprach. Der Typ fiel auch so schon genug auf – ein bisschen zu groß, ein bisschen zu hager, Augen, die an Smaragde erinnerten und das rote Haar wie eine Laterne auf dem Kopf.

Zufrieden betrachtete sie das Ergebnis. Ja, so konnte man ihn auch mal übersehen. Sie hatte keine Ahnung, wie Vlat sich in diesen Zeiten über Wasser gehalten hatte, aber von Geld hatte er keine Ahnung.

Mit Hilfe von Waldis Erinnerungen machten sie sich auf die Suche nach seinem Elternhaus. Waldi war inzwischen sehr präsent in Vlats Kopf. Mehrfach beobachtete Hanna, wie sich Vlats Gesichtszüge verjüngten zu einem Burschen von gerade einmal Sechzehn. Babyface. Und sowas hatten die damals an die Front geschickt? Die armen Jungs. Auch Vlats Stimme hatte sich verändert. Wenn er sprach, war ein deutlicher Dialekteinschlag zu vernehmen.

»Macht es dir zu schaffen?«, fragte Hanna vorsichtig. Sie konnte sich kaum vorstellen, wie das für Vlat sein musste, nicht allein der Herr in seinem Geist zu sein.

Vlat schob Waldi mental weg. »Er ist ziemlich anstrengend. Das einzig Gute an der Sache ist, dass Waldi mit seinen starken Gefühlen Schang überblendet.«

»Kann dir Josef nicht helfen?«

»Josef ist fort.«

Hanna stöhnte auf. »Wieso das denn? Ich wollte doch noch mit ihm reden. Wann ist er gegangen?«

»Die Seelen gehen nicht, wie du dir das vorstellst. Sie verlieren ihre Individualität. Josef wurde die letzten Stunden immer blasser. Ich denke, das liegt an Waldi. Solange noch Aufgaben zu lösen sind, binden sich die Menschen an ihr Ich und an das Jetzt, aber Josef hat nichts mehr, was ihn hier festhält, nachdem er dich gefunden und uns zusammengebracht hat. Und Waldi drängt nun mit Macht nach vorne.«

Hanna schwieg. Sie fühlte sich betrogen. Josef war der Grund gewesen, warum sie sich darauf eingelassen hatte, Vlat zu begleiten. Er war ihr Vertrauter in dieser doch so fremdartigen Kreatur gewesen. Was hielt sie jetzt noch hier?

Nach einigen Stunden schüttelte Vlat enttäuscht mit dem Kopf.

»Wir finden es nicht. Es sieht hier völlig anders aus als früher.«

»Wir könnten ja mal im Internet nach alten Fotos schauen«, schlug Hanna vor und griff nach ihrem Handy. »Ich setze mich ins Auto, da habe ich über die Antenne besseren Empfang.«

»Ich sehe mich noch einmal um.« Vlat wandte sich ab.

Als erstes schickte Hanna eine SMS mit ihrem Standort an Lus, bevor sie sich mit Reifferscheid beschäftigte. Wenn Josef nicht mehr da war, brauchte sie ein vertrautes Gesicht an ihrer Seite, ob es Vlat nun passte oder nicht.

Vlat machte sich wieder auf den Weg. Seine Haut spannte inzwischen schmerzhaft und er war müde, doch Waldi gab keine Ruhe. Immer wieder wallten alte Erinnerungen auf. Versteckspielen, der Weg zum Geigenunterricht, die heilige Messe in der Kirche. Den Weg von der Kirche im alten Burgbering nach Hause hatte Waldi früher im Schlaf beherrscht. Vielleicht sollte er versuchen, sich von hier aus zu orientieren. Komisch, rund um die Burg schien die Zeit stehen geblieben zu sein. Alles war noch wie früher, aber ansonsten hatte sich das Dorf verändert, war gewachsen. Wo war Maria abgeblieben? Wie hatte sie sich verändert? In Waldis Gedanken war sie immer noch die junge, schöne Geliebte, doch das war lange her. Hoffentlich hatte sich Vlat nicht zu viel Zeit gelassen. Ihm schauderte bei dem Gedanken, Waldi zu enttäuschen.

In der Kirche St. Matthias angekommen setzte er sich in eine der Bänke. Inzwischen war Vlat ziemlich müde. Das war einfach nicht seine Zeit. Sein Leben spielte sich normalerweise in der Dunkelheit ab. Er schloss die Augen und nickte kurz ein.

»Verzeihen Sie! Geht es Ihnen gut?«, riss ihn eine freundliche Stimme aus seinem Schlummer.

Vlat öffnete die Augen und erblickte einen Mann mittleren Alters, der sich besorgt über ihn beugte.

»Entschuldigen Sie, ja, mir geht es gut. Ich bin nur ein wenig eingenickt.«

»Sie sind nicht von hier, oder? Machen Sie hier Urlaub in unserer schönen Eifel?«

Anscheinend legte der Fragende Wert auf Konversation. Auch so eine überflüssige Angelegenheit, dachte Vlat bei sich, ließ sich aber darauf ein. Vielleicht konnte der Fremde helfen.

»Tatsächlich suche ich jemanden. Ein alter Bekannter hat mich gebeten, nach Spuren seiner Vorfahren Ausschau zu halten, wenn ich mal in Reifferscheid bin. Ich wohne in der Nähe Richtung belgische Grenze.«

»Ach so. Vielleicht kann ich Ihnen helfen. Mein Name ist übrigens Mauer Karl, ich bin hier seit fast zwanzig Jahren Küster.«

»Eine schöne Kirche haben Sie. Vor allem dieses Gemälde gefällt mir.«

Vlat deutete auf ein Gemälde, das quer in der Kirche hing. Irgendwie hatte er den Eindruck, dass das Sujet seinen Zustand ganz gut abbildete: Totenschädel mit gekreuzten Knochen in allen vier Ecken, im Zentrum eine betende Gestalt in einer Feuersbrunst. Darüber stand ein Banner mit einer lateinischen Inschrift: Miseremini mei miseremini mei saltem vos amici mei.

»Sehr beeindruckend.«

Karl Mauer lachte. »Ja, die arme Seele im Fegefeuer. *Erbarmt euch mein, erbarmt euch mein, wenigstens ihr, meine Freunde.* Man fand die Abbildung in den Achtzigern. Als man die Vorderseite restaurieren wollte, kam diese Rückseite zum Vorschein. Jetzt können wir beide Seiten des Werks bestaunen. Mit dieser armen Seele haben sie uns früher im Kommunionsunterricht die Beichte schmackhaft gemacht. Wer will schon so enden? Wen suchen Sie denn?«

Vlat horchte kurz in sich hinein. »Eine Maria Mauer, wenn ich mich recht erinnere. Interessant, Sie tragen den gleichen Namen.«

Doch sein Gegenüber winkte ab. »Der Name Mauer ist hier sehr verbreitet. Von zehn Familien im Dorf heißen drei Mauer. Das muss nichts bedeuten. Aber vielleicht haben Sie ja Glück und es ist wirklich eine entfernte Verwandte von mir. So direkt sagt mir der Name aber nichts.«

»Sie hat früher in der Henkgasse gewohnt. Direkt neben uns, eh, neben der Familie Nelles.«

Waldi machte sich gerade selbständig. Karl Mauer blickte verwirrt auf Vlats Gesicht, dass sich für einen kurzen Moment deutlich verjüngt hatte. Vlat war erleichtert, dass er wenigstens die große Sonnenbrille trug, und riss sich zusammen.

»Henkgasse. Das habe ich noch nie gehört. Wie alt ist diese Maria denn?«

Vlat rechnete kurz nach. »Sie müsste jetzt schon an die Neunzig sein.« Er spürte Waldis Wut in sich aufsteigen. Er hatte sich definitiv zu viel Zeit gelassen, um sich auf die Suche zu machen.

»Wissen Sie was? Wir schauen einfach mal in die Taufbücher. Hier müsste alles zu finden sein.«

Unternehmungslustig packte der Küster Vlat am Arm
und zog ihn in Richtung des Pfarrheims.

Zwei Stunden später saß Vlat am Schreibtisch des Küsters
und blätterte interessiert in einer Häuserchronik des Dorfs.
Die Recherche in den Taufbüchern hatte keine weiterge-
henden Erkenntnisse gebracht. An das Geburtsdatum,
Name und Adresse von Maria konnte Waldi sich schließlich noch erinnern. Die Häuserchronik war da deutlich ergiebiger. Hier waren alle Häuser des Dorfs verzeichnet mit
alten und neuen Fotos, den alten Hausnamen und einigen
Informationen über Geschichte und Besitzer. Waldi war
tief berührt von den Beschreibungen und Bildern. So vieles
hatte sich verändert. Sein Elternhaus war komplett umge-
baut und modernisiert worden. Zudem hatten sich einige
Straßennamen im Zuge der letzten Gebietsreform geän-
dert. Kein Wunder, dass er das alte, ärmliche Bauernhaus,
in dem er früher gelebt hatte, nicht wiedererkannte. Auch
das Nachbarhaus sah ganz anders aus als damals. In den
fünfziger und sechziger Jahren hatte es einige Renovie-
rungsanstrengungen gegeben. Die alte Klöntür aus Holz
war gegen eine damals hochmoderne Haustür mit Windfang ersetzt worden, die Fassade mit grauen Platten verklei-
det. Definitiv keine Verbesserung zur alten Zeit, befand
Waldi und Vlat konnte ihm da nur beipflichten.

Interessant waren die Informationen zum Nachbarhaus.
Mit wilder Freude nahm Waldi zur Kenntnis, dass die
hochbetagte Maria Messwein auch heute noch in ihrem alten Elternhaus lebte. Das musste seine Geliebte sein. Vlat
blätterte auf die ersten Seiten der Chronik zurück. Sie war
bereits 2015 erstellt worden. Wut flammte kurzzeitig in
Waldi auf. Vlat erschauerte. Wütende Seelen konnten einem den Schlaf rauben und heftig das Leben vergällen.
Hoffentlich kamen sie nicht zu spät. Er wollte sich gar nicht

ausmalen, welchen Stress er bekommen würde, sollte Maria kürzlich verstorben sein.

Hanna saß auf heißen Kohlen. Wo war Vlat bloß abgeblieben. Nachdem sie eine knappe Stunde im Auto gewartet hatte, war sie ausgestiegen und hatte eine Runde durchs Dorf gedreht. Doch Vlat war wie vom Erdboden verschwunden. Dann ging ihr durch den Kopf, dass er vielleicht schon zum Auto zurückgekehrt war, sie dort aber nicht angetroffen hatte. Sie würden bis an ihr Lebensende verwirrt durch Reifferscheid streifen, immer auf der Suche nach dem Anderen, ohne sich jemals zu finden. Entschlossen schob sie den absurden Gedanken beiseite und ging wieder in Richtung Parkplatz.

Es war am besten, wenn sie dort einfach auf Vlat wartete. Sollte er bis heute Abend nicht aufgetaucht sein, würde sie Lus bitten, sich mit ihr zu treffen und ihr bei ihrer Suche nach Vlat zu helfen. Sie setzte sich in ihren Golf, senkte die Rückenlehne und schloss die Augen zu einem kleinen Nickerchen.

Kurze Zeit später klopfte es an die Seitenscheibe und Hanna erschrak. Ihr Herz klopfte wild. Sie öffnete das Fenster. »Himmel, musst du dich so anschleichen? Ich habe fast einen Herzinfarkt bekommen.«

»Entschuldige. Hast du etwa geschlafen?«

Sie rieb sich die Augen und klopfte sich die Wangen.

»Nur kurz. Zu kurz, wenn du mich fragst. Ich bin mit der Internetrecherche nicht weitergekommen. Dieses Nest hat keinen allzu hilfreichen Internetauftritt, wenn man nach einzelnen Häusern Ausschau hält. Deshalb bin ich ausgestiegen, um dich zu suchen, habe dich aber nicht gefunden. Wo zum Teufel bist du bloß abgeblieben?«

Vlat hielt ihr einen Zettel unter die Nase. »Hier! Vielleicht hilft das.«

Hanna grabschte nach dem Zettel und entzifferte eine Reifferscheider Adresse.

»Deine Schrift ist erbärmlich. Ist das ein a oder ein o?«

»Mir fehlt die Übung. Das soll Rolfsmühle heißen. Hier wohnt Maria.«

»Wie bist du da rangekommen? Das ist ja super.«

Vlat schilderte ihr kurz die morgendliche Begegnung mit dem Küster. »Meinst du, das hilft uns weiter?«

»Auf jeden Fall. Lass uns sofort dort hinfahren.« Hanna programmierte bereits ihr Navigationssystem.

»Ich würde auch gerne erst etwas schlafen. Das ist jetzt nicht meine Zeit.«

Vlat gähnte.

»Stimmt ja, du bist nachtaktiv, nicht wahr?«

Vlat rollte sich auf seinem Sitz zusammen. »So könnte man es nennen.«

»Wie lange willst du schlafen?«

»In deiner Zeit am liebsten zwei Tage.«

Sofort meldete sich Waldi in Vlats Kopf und protestierte lauthals. Wenn es nach ihm gegangen wäre, ständen sie jetzt schon vor Marias Tür. Vlat verzog das Gesicht und nahm kurz Zwiesprache mit Waldi.

»Zwei Stunden wurden mir zugebilligt. Anscheinend darf man entsprechend der dörflichen Gepflogenheiten während der Mittagspause nicht stören.«

Hanna lachte. »Da hast du ja noch einmal Glück gehabt. Komm, wir fahren ein Stück in den Wald. Da ist es dunkler und es gibt Schatten.«

Doch Vlat war schon eingeschlafen.

Nach zwei Stunden weckte Hanna Vlat, der nur widerstrebend bereit war, die Augen zu öffnen. Hoffentlich wurde dieses Schlafdefizit nicht zur Gewohnheit. Frustriert dachte er an die ruhige Zeit zurück, die er vor der Vereinnahmung von Josef, Schang und Waldi gehabt hatte. Warum mussten Menschen bloß immer so viel Ärger machen? Ganz in ihrer Nähe befand sich sein Heimatwald und die Erinnerungen daran hatten sich in seine Träume geschlichen. Am liebsten hätte

Vlat sich sofort aufgemacht, um in den Wäldern zu verschwinden. Die menschenlose Stille des Waldes, das feuchte Moos unter seinen Füßen, der Geruch nach Erde und das Rauschen der Blätter – Vlat fühlte eine tiefe Ruhe in sich.

Doch Hannas Hand auf seinem Arm und das schrille Gezeter von Waldi ließen sich nicht ignorieren. Er schlug die Augen auf.

»Schau mal, ich habe einige Informationen über diese Maria gefunden.«

»Hier im Wald?«

»Im Internet, du Doofkopf!«

Vlat beschloss, sich mit diesem Internet später genauer zu beschäftigen. Es konnte ganz sinnvoll sein, sich auch diese Fertigkeiten anzueignen.

Gerade als Hanna das Fahrzeug starten wollte, summte ihr Handy. Eine SMS von Lus. Sie war in Reifferscheid eingetroffen. Schnell schob Hanna das Gerät zurück in ihre Tasche.

»Was ist?«

»Nichts Wichtiges.«

Hanna war noch nicht bereit, Vlat ihren Vertrauensbruch zu gestehen. Sie biss sich auf die Lippen, als sie den Zündschlüssel drehte. Der Zeitpunkt rückte näher, an dem sie Vlat von Lus erzählen musste. Ihr graute davor. Wenn doch nur Josef noch da wäre. So hatte sie keine Ahnung, wie Vlat reagieren würde. Tief in ihrem Inneren machte sie sich Sorgen, was passieren würde, träfe Vlat auf Lus. Er hatte angedeutet, dass er sehr darauf bedacht war, seine Existenz um jeden Preis geheim zu halten. Sein Leben würde davon abhängen. Was würde er mit Lus anstellen?

II

Bald war es soweit. Joni hatte Ato erzählt, dass die Läufer ein gemeinsames Fest feierten, wenn die sieben Wandersterne sich am Himmel trafen. Dies war nur selten der Fall, aber nach dem nächsten Mond würde es soweit sein. Ato interessierte sich nicht besonders für die Sterne. Sie wiesen ihm den Weg, aber dass das Schicksal durch sie bestimmt wurde, hielt er für Unsinn. Er würde sein Schicksal selbst bestimmen.

Aber diese Sternenkonstellation war vielleicht doch ein Geschenk des Himmels.

Er trat zu Nuro, der sich gerade im Stall um eine werfende Sau kümmerte. Das hochgewachsene Wesen mit rotem Haarschopf warf ihm nur einen kurzen Blick zu, als er den Stall betrat, und widmete sich dann wieder dem Tier.

»Werden wir bald genügend Ferkel haben für den Winter?«

Nuro nickte nur. Er sprach nicht viel.

»Ich habe gehört, ihr Läufer feiert bald ein Zusammentreffen. Joni hat es mir erzählt.«

Nuro nickte erneut.

»Ich würde euch gerne anbieten, dieses Fest hier in unserer Mitte zu feiern.«

Nuro sah ihn an. »Warum?«

»Ihr habt so viel für uns getan. Das ist unser Geschenk an euch. Ihr könnt hier nächtigen und euch nähren.«

Ato zeigte auf die Tiere. »So braucht ihr nicht zu jagen. Und ich bin sicher, dass viele unseres Stammes euch mit Freuden ihr Blut und ihre Seele geben.«

Nuro schien kurz in sich zu gehen, dann stand er auf und trat Ato gegenüber. Seine Stimme klang rau, als er den Mund öffnete. Ato konnte kaum den Blick von seinen Reißzähnen abwenden.

»Wir nehmen dein Angebot an.«

Nachdem Ato den Stall verlassen hatte, lehnte er sich an die Lehmwand des Gebäudes und schluckte schwer. Der Anfang war gemacht.

Kapitel 6

MARIA

Kurze Zeit später stand Vlat an der angegebenen Adresse. Die Eternitplatten waren so hässlich wie auf den Bildern in der Häuserchronik und der schäbige Windfang und die angejahrte Haustür aus den sechziger Jahren wirkten wenig einladend. Er klingelte. Sein Seelengefährte Waldi war völlig aufgelöst. Endlich würde er seine große Liebe wiedersehen. Bilder flammten in Vlats Kopf auf – von der jungen Maria, wie sie ihn hier an der Klöntür begrüßte, in ihrem Schlafhemd im Garten, der erste Kuss auf die Wange, Maria am Fluss, die gemeinsamen Momente. Er war so abgelenkt von den inneren Bildern, dass er erst nach einigen Sekunden bemerkte, wie eine junge Frau in der geöffneten Tür stand und ihn irritiert betrachtete.

»Ja, bitte?«

Vlat schüttelte die Erinnerungsbilder ab. Jetzt bereute er, dass er Hanna auf dem Parkplatz zurückgelassen hatte. Die wäre mit einer solchen Situation sicher besser zurechtgekommen als er. Doch Waldi wollte unbedingt allein sein, wenn er das erste Mal Maria gegenübertrat. Wer war diese fremde junge Frau? Vlat fühlte sich kurzfristig überfordert. Er überließ Waldi das Feld.

»Ähm, ist Maria da?«, stotterte dieser. »Ich bin ein alter Freund.«

»Ein alter Freund? So, so …«

Die Frau blickte misstrauisch auf den ihr gegenüberstehenden Mann, der kaum älter als Anfang zwanzig sein konnte.

»Ja, wir kennen uns schon ewig.«

»Und woher, wenn ich fragen darf?«

»Wir waren früher Nachbarn.«

Vlat spürte das wachsende Unbehagen der jungen Frau. Sie war kurz davor, ihnen die Tür vor der Nase zuzuschlagen.

»Entschuldigung, wir kommen später noch einmal wieder.« Vlat drehte sich um und sprang die Treppe hinunter. Waldi protestierte wild in seinem Kopf, doch Vlat ließ sich nicht erweichen. Das war gerade nicht gut gelaufen, ganz und gar nicht.

»Erzähl mal, was ist passiert?« Hanna war neugierig, aber auch überrascht, dass Vlat so schnell wieder auf dem Parkplatz stand.

Vlat nahm neben ihr auf dem Beifahrersitz Platz.

»Es ist nicht gut gelaufen.« Kurz berichtete er von der unerwarteten Begegnung.

»Du hast ernsthaft gesagt, du wärst ein alter Freund und hättest früher in der Nachbarschaft gewohnt?« Hanna lachte laut auf. »Hast du mal in den Spiegel geschaut? Es ist doch kein Wunder, dass sie misstrauisch wird.

»Kannst du mitkommen? Ich bin mit solchen sozialen Situationen überfordert und Waldi ist gerade nicht zurechnungsfähig. Mir fehlt Josef.«

»Ja, mir auch. Ich hoffe, ich kann ihn würdig vertreten.«

Ein paar Minuten später standen sie wieder vor Marias Haustür und klingelten erneut.

»Nimm die Kapuze runter und setz die Sonnenbrille ab, du siehst aus als wolltest du eine Bank überfallen«, zischte Hanna, bevor sich auch schon die Haustür öffnete.

»Ach, Sie schon wieder. Und jetzt in Begleitung.«

Vlat war noch ganz perplex von Hannas Aufforderung. Hatte er die Sachen nicht an, um nicht aufzufallen? Zögernd kam er der Aufforderung nach. Derweil schob Hanna sich nach vorne und begrüßte die junge Frau lächelnd.

»Guten Tag, wir müssen uns bei Ihnen entschuldigen, dass wir so mit der Tür ins Haus fallen. Tatsächlich ist mein junger Freund ein ganz alter Bekannter von Maria. Er war damals noch ein Dreikäsehoch.«

»Jetzt sag nicht, dass du der Tom bist, der früher schon mal die Ferien bei den Wasners verbracht hat?«, fragte die junge Frau gespannt und blickte Vlat lächelnd an.

»Das ist ja schon ewig her. Ich hätte dich an deinen roten Haaren erkennen müssen. Weißt du, wer ich bin?«

Vlat wollte schon mit dem Kopf schütteln, doch Hanna griff resolut seinen Arm und zog ihn nach vorne.

»Genau, das ist der Tom. Und du bist sicher die Enkelin von Maria, nicht wahr?«

Ein Schuss ins Blaue.

»Nein, die Großnichte. Ute wohnt inzwischen in Frankfurt. Ich bin Susanne.«

»Guten Tag, Susanne. Ich bin Hanna, eine Freundin von Tom. Wir machen Urlaub hier in der Nähe und Tom hat mir von deiner Tante erzählt. Anscheinend hat er damals viel Zeit mit ihr verbracht. Ich habe ihm zugeredet, dass er sich mal nach ihr erkundigt. Wie geht es ihr denn?«

Während Hanna freundlich auf Susanne einredete, schob sie sich immer weiter ins Haus vor.

»Ach, den Umständen entsprechend gut. Schließlich ist sie schon fünfundneunzig und seit zwei Jahren bettlägerig.«

»Kann V- ... Tom sie besuchen? Er würde sie gerne begrüßen.«

Susanne schaute zögernd von Vlat zu Hanna und wieder zurück.

»Ich weiß nicht so recht. Ihr Gedächtnis ist nicht mehr gut und ich möchte nicht, dass sie sich aufregt.«

Hanna nickte.

»Das kann ich gut verstehen. Aber weißt du, ich studiere Psychologie und beschäftige mich in meinem Studium auch mit der Psychologie des Alters. Anscheinend ist der Kontakt mit früheren Bekannten ein gutes Mittel, dass selbst Demenzkranke wieder alte Erinnerungen abrufen können«, improvisiere sie. »Wenn es nicht klappt, sind wir ganz schnell wieder draußen.«

Susanne überlegte kurz. »Na gut, was soll schon schief gehen. Eigentlich ist Tante Maria noch ganz gut zurecht. Sie liegt hier hinten im Schlafzimmer.«

Sie öffnete die Tür und wollte hineingehen, doch Hanna hielt sie kurz auf.

»Kann ich vielleicht zuerst ein Glas Wasser bekommen, mir ist ein wenig schwindelig.«

»Klar, dann gehen wir erst mal in die Küche.«

Susanne ging voraus und Vlat wollte ihr folgen, doch Hanna hielt ihn am Ärmel fest und gestikulierte in Richtung Zimmertür.

»Ich halte sie auf. Schau nach Maria«, flüsterte sie und eilte dann Susanne hinterher.

Die Tür zu Marias Schlafzimmer war nur angelehnt. Vlat schlüpfte hinein. Die hochbetagte Dame, die dort in einem Pflegebett lag, hatte nur noch wenig Ähnlichkeit mit Waldis Erinnerung an ein junges Mädchen. Doch als sich die wachen Augen auf die Gestalt an der Zimmertür richteten, spürte Vlat die selige Freude von Waldi in sich. Ja, das waren Marias Augen. Es zog ihn magisch zu der alten Frau.

Doch diese war nicht so begeistert von ihrem Besuch. Sie zog verängstigt die geblümte Bettdecke zum Kinn.

»Wer sind Sie?«

Ihre Stimme klang ein wenig matt und ausgeleiert, doch es war eindeutig Marias schöner Sopran.

»Susanne!«, rief die alte Frau, doch ihre Stimme war nicht laut genug, um bis zur Küche zu dringen.

»Psst! Keine Angst. Ich bin es.«

Vlats Gesicht verwandelte sich in das Abbild eines sechzehnjährigen Jungen. Marias Augen wurden groß, sie keuchte auf.

»Waldemar!«

Sie war die Einzige, die ihn immer bei seinem vollen Namen gerufen hatte. Waldi kniete sich vor das Bett und griff nach Marias Hand.

»Ich bin es wirklich, mein Glückshase. Es hat lange gedauert, aber ich bin zu dir zurückgekommen, wie ich es versprochen habe.«

Tränen liefen über Marias Wangen. »Wie kann das sein? Du bist doch tot, oder?«

Sie erwiderte den Händedruck. Ein seliges Lächeln lag auf ihren Gesichtszügen. Sie stellte keine Fragen, zweifelte keine Sekunde daran, dass es tatsächlich Waldi war, der an ihrem Bett saß.

Vlat griff sich einen Stuhl und setzte sich ganz nah an Marias Bett. Er überließ es Waldi, Maria die Geschichte von Krieg und Tod zu erzählen, von seiner Seelenwanderung und der langen Reise hin zu ihr. Vlat ließ es zu, denn er sah, dass Maria dem Tod näher war als dem Leben. Die Begegnung mit ihrer großen Liebe gab ihr Trost.

Sie hatte lange um ihn getrauert, bevor sie sich einige Jahre nach dem Krieg neu gebunden hatte. Ein Kind war aus dieser einzigen Liebesnacht mit Waldi nicht entstanden, was beide heute vielleicht sogar ein wenig bedauerten. Damals war Maria allerdings erleichtert gewesen. Waldi fiel es schwer, von Marias Leben nach dem Krieg zu hören. Ihr Mann war schon einige Jahre tot, doch sie hatte zwei Töchter und einige Enkelkinder, die sich liebevoll um sie kümmerten.

Die alte Dame lebte mehr in ihren Erinnerungen als im Jetzt und wunderte sich nicht, dass ihre erste große Liebe plötzlich wieder auftauchte. Die Hände ineinander verflochten, blickten die zwei Liebenden durch die Zeit zurück. Tränen des Glücks liefen beiden die Wangen herunter.

»Werde ich dich wiedersehen?«, fragte Maria mit zitternder Stimme. »Nicht hier, sondern drüben?«

»Das wirst du, ich werde dich dort erwarten.«

Waldi küsste sie liebevoll auf die Lippen und die geschlossenen Augen und verschwand aus Vlats Kopf. Maria blickte plötzlich in die Züge eines ihr fremden Mannes und atmete tief ein.

»Er ist schon vorgegangen und wartet auf dich«, sagte Vlat, drückte ihre Hand und stand auf.

Als er zur Tür ging, hörte er ein letztes, tiefes Ausatmen, dann war da nur noch Stille. Er blickte nicht zurück, als er den Raum verließ. Für Maria hatte es ein glückliches Ende gegeben, aber er war nicht sicher, ob alle das so sehen würden.

Hanna hatte Susanne inzwischen in ein Gespräch über Schwangerschaft verstrickt. Anscheinend hatte sie einen kleinen Zusammenbruch simuliert, um Susanne in der Küche festzuhalten und Waldi die Gelegenheit zu geben, mit Maria zu sprechen.

»Ich war bei Maria. Sie hat mich wiedererkannt.«

»Ach tatsächlich? Das hätte ich nicht gedacht. Sie war in den letzten Tagen nicht mehr so klar.«

Susanne wirkte aufrichtig überrascht.

»Hat sie sich gefreut?« Sie stand auf und wollte zu ihrer Großtante eilen, doch Vlat hielt sie auf.

»Sie ist gegangen.«

Hanna hielt den Atem an, doch Susanne hatte noch nicht geschaltet.

»Wie gegangen? Wohin?«

Sie blickte erschrocken zu Vlat.

»Ich glaube, sie ist tot. Nicht wahr, Tom?« Hanna war zu Susanne getreten und legte ihr tröstend die Hand auf den Arm.

»Das kann nicht sein. Sie war doch eben noch wach, als ich ihr den Tee gebracht habe.«

Susanne blickte wütend zu Vlat.

»Was hast du mit ihr gemacht?«

»Ihre Zeit war gekommen.«

Doch Susanne hörte ihn gar nicht mehr. Sie war aus der Küche gestürzt, um nach ihrer Großtante zu sehen.

Hanna blickte Vlat an. »Na, super. Das gibt richtig Ärger.«

Doch Vlat schaute sie nur an und wiederholte: »Ihre Zeit war gekommen.«

»Mag ja sein, aber der Zeitpunkt ist denkbar ungünstig. Du warst allein mit ihr und ich muss dich vielleicht daran erinnern, dass du nicht Tom bist. Keine Ahnung wie wir erklären sollen, was da gerade passiert ist. Ich glaube nicht, dass Waldis Aussage hilfreich wäre.«

»Auch Waldi ist gegangen.«

»Er ist weg? Einfach so?«

Vlat nickte. »Sie sind vereint. Das war sein größter Wunsch.«

»Gratuliere!«, meinte Hanna bissig. »Aber die beiden hätten ruhig so lange warten können, bis wir aus dem Haus sind. Lass uns nach Susanne sehen.«

Sie trat in den Flur und ging mit raschem Schritt in Marias Schlafzimmer. Susanne saß auf Marias Bett und hielt die Hand der Toten.

»Schauen Sie, sie lächelt.« Sie blickte Hanna mit tränenverhangenem Blick an.

»Was hält sie da in der Hand?«

Susanne war das kleine Medaillon gar nicht aufgefallen, dass Maria im Tod umklammert hatte.

»Das hat ihr ihre erste große Liebe geschenkt. Leider ist der Junge im Krieg gefallen. Anscheinend hat sie an ihn gedacht in ihren letzten Minuten«, erklärte Susanne ergriffen.

»Sie hatte sicher einen schönen Tod.«

Hanna war froh, dass Susanne anscheinend die Fassung bewahrte. Doch änderte sich das leider, als Vlat hinter ihr ins Zimmer trat. Susannes Miene verhärtete sich, als ihr Blick auf ihn fiel.

»Erzähl mir, was passiert ist. Wieso hast du mich nicht gerufen, als es ihr schlechter ging? Was hast du mit ihr gemacht?«

Hanna seufzte auf. Das hatte sie befürchtet. Susanne machte Vlat, beziehungsweise Marias alten Freund Tom, für ihren Tod verantwortlich. Das würde üble Nachfragen geben, zumal keiner von ihnen eine Ahnung hatte, wer Tom eigentlich war. Sie ging zu Susanne hinüber und streckte ihr die Hand hin.

»Mein herzliches Beileid! Aber wir müssen jetzt wirklich gehen.«

»Nichts da, ihr geht nirgendwohin. Ich rufe jetzt unseren Hausarzt an, der soll sich Maria anschauen.«

»Glaubst du wirklich, dass Tom Maria getötet hat?«

Susanne war das unmerkliche Zögern Hannas, bevor sie Toms Namen aussprach, nicht entgangen. Sie blickte erbost zu Vlat hinüber.

»Wer sind Sie? Sie sind nicht Tom!«

Hanna rollte mit den Augen. Das wurde ja immer schlimmer. Sie mussten dringend hier raus, wollte Vlat nicht auffliegen. War es nicht ihre Aufgabe als Vertraute, sich um solche Situationen zu kümmern? So langsam bekam sie eine Ahnung davon, worauf sie sich eingelassen hatte. Ihr Gehirn arbeitete auf Hochtouren. Doch bevor sie zu einer Lösung gekommen war, spürte sie plötzlich eine Flut positiver Emotionen. Oxytocinausschüttung, analysierte sie automatisch und sah, dass auch Susanne davon betroffen war. Ihre Gesichtszüge hatten sich entspannt.

Vlat nahm Susannes Hand in seine und blickte ihr tief in die Augen.

»Maria ist gegangen und hat auf der anderen Seite ihre große Liebe getroffen. Ich sah es. Sie ist glücklich gestorben nach einem langen, schönen Leben.«

Susanne blickte ihn mit großen Augen an, ihr Mund stand halb offen und sie wirkte wie in Trance. Dann nickte sie lächelnd.

»Ja, sie ist glücklich gestorben.«

Selig lächelnd wandte sie sich wieder der alten Dame zu, setzte sich an ihre Seite und streichelte Marias Wangen.

Hanna und Vlat nutzten die Gelegenheit, um sich lautlos zurückzuziehen.

»Wie hast du das gemacht?«, zischte Hanna, als sie hinter Vlat aus dem Haus eilte.

»Später.«

Nachdem sie auf einem Wanderparkplatz in der Nähe von Marmagen angehalten hatte, bestürmte Hanna Vlat, ihr von seiner Begegnung mit Maria zu erzählen. Sie waren so schnell wie möglich, ohne Aufmerksamkeit zu erregen, zu Hannas Auto gegangen und sofort abgefahren. Doch der Schreck saß Hanna noch in den Knochen, sodass sie bald an einem Parkplatz angehalten hatte, um sich erst einmal zu erholen. Diese merkwürdige Gefühlsaufwallung ließ ihr keine Ruhe. Sie war sicher, dass Vlat die Ursache dieses Gefühlsansturms war. Oxytocin, das Kuschelhormon. Kein Wunder, dass Susanne fast vor Liebe zerflossen war.

»Wie hast du das gemacht?«

»Was gemacht?« Vlats Stimme klang aufrichtig unschuldig.

»Ich habe genau gespürt, dass du uns irgendwie beeinflusst hast. Mir wurde plötzlich ganz warm ums Herz, so als hätte ich ein Baby gesehen. Das war doch nicht normal!«

Hanna schaute Vlat mit blitzenden Augen an.

»Du kannst mir nichts vormachen. Das war ein Oxytocinsturm ohne direkten Auslöser. Wie machst du das?«

Vlat zuckte mit den Schultern.

»Keine Ahnung. Wenn ich will, kann ich eure Gefühle manipulieren, aber ich weiß nicht, wie das passiert.«

Hanna dachte nach.

»Hast du uns hypnotisiert?«

»Ich glaube nicht. Ich habe mich einfach in einen besonders positiven Gemütszustand versetzt, um uns zu beruhigen. Ich weiß, dass das ansteckend ist. So entspannen wir Konfliktsituationen.«

»Schon mal was von Pheromonen gehört?«

Vlat lauschte in sich hinein. »Nein, das sagt uns nichts.«

»Ich vermute, dass du Pheromone ausstoßen kannst, die unseren Neurotransmitterhaushalt verändern. Irgendetwas, das die Blut-Hirn-Schranke passiert.«

Hanna schaute Vlat gespannt an.

»Geht das mit anderen Gefühlen auch?«

Er nickte. Sofort überzog Hanna ein Gefühl der Furcht. Ihr klapperten fast die Zähne vor Angst.

»Himmel! Lass das. Das ist ja furchtbar.«

Das Gefühl ebbte langsam ab. Sie atmete ein paar Mal tief ein und aus.

»Ich kann auch Leute wütend machen. Das ist aber nicht sehr hilfreich«, meinte Vlat bedauernd.

Hanna lachte.

»Das kann ich mir vorstellen. Da musst du aufpassen, dass dir keiner auf die Mütze haut.«

»Welche Mütze?«

Sie seufzte. Diese Kreatur hatte wirklich keinen Humor. Gefühlsmanipulation über Pheromone und dann in dieser Intensität und Geschwindigkeit. Das war schon schräg. Lus wäre schwer beeindruckt.

»Du, sag mal, ich habe doch diese Freundin, Lus, die Medizin studiert. Ich würde ihr nur zu gerne von deiner Fähigkeit berichten. Sie könnte uns viel mehr darüber sagen, wie das funktioniert. Bei mir ist das nur Halbwissen.«

»Nein, lieber nicht. Ich habe die Erfahrung gemacht, dass es für mich gesünder ist, einen Bogen um Mediziner zu machen.«

Kurz blitzte in Hannas Kopf eine Erinnerung auf – Vlat, auf eine Liege geschnallt, die Hände und Füße mit Ketten fixiert. Hanna schnappte nach Luft.

»Was hat man dir angetan?«

»Genug. Mehr als ich ertragen konnte. Nie wieder.«

Hanna nickte nur. Da schoss ihr ein Gedanke durch den Kopf: Eine solche Fähigkeit in den falschen Händen konnte furchtbare Konsequenzen haben.

Endlich waren sie zur Ruhe gekommen. Hanna schlief. Sie hatten sich am Abend in einem Landgasthof ein Hotelzimmer genommen. Es war schon zu spät gewesen, noch den Heimweg anzutreten. Hanna fuhr nicht gerne bei Dunkelheit.

Vlat war nicht müde, das war einfach nicht seine Schlafenszeit. Er beschloss, eine Wanderung in den nahegelegenen Wald zu machen, um seinen Geist zu klären.

Er fand eine kleine Lichtung, nur vom Mondlicht beschienen, legte sich auf den Rücken und starrte hinauf zu den Sternen. Waldi war anscheinend tatsächlich verschwunden. Das gab Vlat Rätsel auf. So etwas hatte er noch nie erlebt. Normalerweise blieben zumindest Teile der Seelen in ihm zurück. Ihre Individualität schwand mit der Zeit, aber ein schwaches Abbild blieb erhalten. Bei Waldi war das anders. Da, wo vorher seine Erinnerungen, seine Persönlichkeit gespeichert waren, schien nun ein schwarzes Loch zu sein. Vlat schaute auf seine Hände. Waldi hatte virtuos Geige gespielt und Vlat hatte gehofft, selbst einmal eine Geige in der Hand zu halten und ihn spielen zu hören. Doch wusste er, dass mit Waldi nun auch diese Fertigkeit verschwunden war.

Er versenkte sich tief in seinen Geist und begab sich auf eine Seelenwanderung. Tausende von Seelen beherbergten seine Erinnerungen, vergangen in der Zeit, seine Ahnen, seine Opfer, seine Freunde und Verbündete, die an ihm vorbeizogen wie ein leichter Windhauch. Auch von Josef gab es Spuren, doch nur vordergründige. Er war zu jung gewesen, um Vlats Geist dauerhaft zu prägen. Die Aufgabe von Waldi war nun auch erledigt. Blieb nur noch Schang. Vlat spürte, dass er instinktiv einen Bogen um Schang machte. Irgendwie war ihm diese Seele von Beginn an nicht geheuer gewesen. Und der letzte Erinnerungsschub hatte ihn so schockiert, dass er seinen Geist immer wieder abgeschottet hatte. Doch das war dauerhaft keine Lösung, denn damit verlor er auch den Kontakt zu wichtigen

Erinnerungen von Schang, die er in dieser neuen Welt dringend brauchte. Außerdem schien es ihm, dass Schang stärker wurde.

Er musste mit seiner Vertrauten reden. Vielleicht hatte sie eine Idee.

Vlat schrak auf, als er um sich schlug und dabei die Nachttischlampe von der Kommode fegte. Er spürte eine tiefe Wut in sich, die sich gegen alles in dieser Welt richtete. Zorn blitzte aus seinen Augen. Hätte Hanna ihn so gesehen, wäre sie vor Angst erstarrt, doch war sie vor zwei Stunden frühstücken gegangen. Vlat sah kaum noch menschlich aus. Er rieb sich die Stirn und schüttelte sich wie ein nasser Hund. Was war das denn? Mühsam rang er um Fassung.

So langsam kam die Erkenntnis, dass er geträumt haben musste. Erinnerungen an ein altes Bauernhaus blitzten auf, ein Schuppen, eine Kiste. Eine Bronzefigur. Ein Kindergesicht. Weiß und blass, zerfetzt und blutüberströmt. Schang! Er war in Schangs Albtraum gefangen. Anscheinend konnte nicht nur Vlat die Gefühle von Menschen beeinflussen. Schang besaß definitiv die Fähigkeit, ihn um den Schlaf zu bringen. Vlat seufzte.

Warum konnte Schang nicht einfach verschwinden wie Waldi?

Der Läufer stand auf und ging ins Badezimmer. Ein wenig kaltes Wasser ins Gesicht würde hoffentlich seine Lebensgeister wieder in die richtige Balance bringen. Doch als er sich im Spiegel betrachtete, veränderten sich, ohne dass er ein Zutun hatte, seine Gesichtszüge und verwandelten sich in die eines wilden, jungen Mannes. Schang. Mit Entsetzen spürte Vlat, dass er die Kontrolle verlor. Das war ihm noch nie passiert. Er konzentrierte sich. Langsam verschob sich sein Antlitz, entspannte sich und er erkannte sich wieder selbst im Spiegel. Doch so schnell gab Schang nicht auf.

»Gut so, die beiden Penner sind weg. Jetzt können wir miteinander ins Geschäft kommen«, erklang die innere Stimme in Vlats Schädel.

»Was willst du?«

»Ich will mein Leben zurück. Ihr seid nahe meiner alten Heimat. Ich habe hier etwas zurückgelassen, was mir gehört und was ich zurückhaben will.«

»Zurück, zurück ... verstehe doch, es gibt kein Zurück. Du bist tot.«

Vlat rieb sich die Stirn.

»Aber so fühlt es sich nicht an. Ich fühle mich sehr lebendig.«

Wieder veränderten sich Vlats Gesichtszüge.

Er krallte seine Fingernägel in seinen Unterarm. Der Schmerz erlaubte ihm, die Kontrolle zu übernehmen. Er hatte sich noch nie so schwach gefühlt, so verletzlich. Hoffentlich wusste Hanna Rat.

Als Hanna die Zimmertür öffnete, saß ein fremder Mann in ihrem Zimmer. Ja, er trug die Kleider von Vlat und sah irgendwie auch wie Vlat aus, aber irgendwie auch nicht. Das Gesicht wirkte härter und brutaler.

»Na, endlich! Du hast dir Zeit gelassen. Wir müssen los.«

Der Mann stand auf und zerrte sie am Arm in Richtung Zimmertür. Hanna machte sich erbost los.

»Was soll das? Spinnst du?«

Anscheinend hatte der Mann nicht mit Widerstand gerechnet. Er funkelte Hanna böse an.

»Du blöde Schickse. Jetzt mach, was man dir sagt.«

Seine Gesichtszüge veränderten sich. Hanna begriff, dass Vlat um die Vorherrschaft kämpfte. Sie packte ihn an den Schultern und blickte ihm in die Augen. »Vlat! Du bist Vlat!« Sie spürte der Verbindung nach, die Läufer und Vertraute besaßen, konzentrierte sich darauf. Wenn er ihren Geist berühren konnte, war das umgekehrt vielleicht auch möglich.

Langsam verschwand das Wilde aus dem Gesicht ihr gegenüber und Vlat war wieder deutlich zu erkennen. Er wirkte erleichtert.

»Danke.«

»Was war das denn? Das war ja super strange.«

Vlat verzog fragend das Gesicht.

»Absurd, furchtbar, merkwürdig, fremd.«

Hannas Gegenüber nickte. »Ja, das war es.«

»Ich nehme an, ich hatte es mit Schang zu tun?«

»Ja, er ist stark geworden, jetzt wo die beiden anderen verschwunden sind. Wir sind hier nahe seiner Heimat. Er sucht etwas.«

»Aber wie kann es sein, dass er die Kontrolle über dich übernimmt. Du bist doch viel älter, stärker, erfahrener.«

Vlat setzte sich erschöpft auf das ungemachte Bett.

»Die Alten haben mich gewarnt. Es gibt das Böse im Menschen. Manche Seelen sind so dominant, dass sie alle anderen überblenden und ausschalten. Ohne Rücksicht auf Verluste. Sie machen uns zu aggressiven und gewalttätigen Wesen, die man töten muss, denn ansonsten zerstören sie alles um sich herum. Solche Wesen haben Freude am Zerstören, am Schmerz.«

Hanna hörte den tiefen Kummer und die große Sorge aus Vlats Stimme.

»Kannst du ihn abwehren?«

Vlat schüttelte den Kopf. »Nein, wahrscheinlich nicht. Ich wollte dich um Hilfe bitten, aber wahrscheinlich ist es am besten, wenn du verschwindest. Er ist gefährlich.«

Doch Hanna sah das anders. Ohne seine Vertraute wäre Vlat verloren.

»Wie hast du es gerade geschafft, die Kontrolle zu übernehmen?«

»Wenn ich mich sehr konzentriere, zum Beispiel auf starke Erinnerungen, die mir wichtig sind, dann kann ich andere Seelen zurückdrängen.«

»Welche Erinnerungen könnten das sein?«, versuchte Hanna, Vlat bei seinen Bemühungen zu unterstützen.

Bilder überfluteten Hannas Geist, Menschen kämpften gegen Läufer, töteten und verstümmelten sie.

»Das musstest du mit ansehen? Wie furchtbar.«

Vlat ließ den Kopf hängen.

»Konzentriere dich auf positive Erinnerungen. Erzähle mir davon.«

Vlat blickte auf und lächelte Hanna an.

»Ich denke gerne an die friedliche Zeit der Wanderung.«

Schöne Bilder fluteten durch Hannas Kopf, Steppenlandschaften in der Dämmerung, Sonnenuntergänge, das Sprudeln eines Wasserfalls, das kühle Nass auf der Haut. Hanna erschauderte. Sie konnte die Kühle physisch spüren, war aber gleichzeitig von tiefer Ruhe erfüllt.

»Konzentriere dich auf diese Bilder«, befahl sie. »Gewalt zieht Gewalt an. Versuche, ruhig zu bleiben und versenke dich in deine positiven Erinnerungen, wenn Schang sich nähert.«

»Nenne nicht seinen Namen, bitte.«

Hanna musste unwillkürlich kichern. »Den, der nicht genannt werden darf?«

Vlat nickte. Und Hanna beschloss, sich bei Gelegenheit noch einmal ihre Harry-Potter-Sammlung vorzunehmen.

»Ich weiß, dass du das nicht willst, aber ich halte es für sinnvoll, mit Lus zu sprechen. Als Medizinerin hat sie noch andere Möglichkeiten, dich ruhigzustellen, solltest du die Kontrolle verlieren.«

»Ist das wirklich nötig?«

»Sag du es mir.«

Vlat zögerte noch einige Sekunden, dann senkte er zustimmend den Kopf.

»Ich vertraue deinem Urteil. Ohne dich bin ich verloren.«

Hanna nickte. Nicht nur Vlat wäre dann verloren. Auch die Welt wäre es vermutlich, wenn ein solch bösartiger, sadistischer Geist wie Schang mit den Fähigkeiten der Gefühlsmanipulation frei herumliefe.

Sie stand auf. »Ich komme bald wieder.«

Tief in ihrem Inneren verspürte Hanna Erleichterung, dass er ihr erlaubt hatte, Lus offiziell einzuweihen. Eigentlich brauchte er von ihrem Vertrauensbruch gar nichts zu erfahren, oder? Sie durfte ihn einfach nicht in ihren Kopf lassen.

III

»Was hast du vor?« Joni war entsetzt, als Ato ihn in seinen Plan einweihte. Sie standen auf einer Anhöhe, nicht weit von der Siedlung, wo sie niemand belauschen konnte.

»Ich will mir ihre Macht zu eigen machen.«

Joni schaute Ato fassungslos an und schüttelte den Kopf.

»Wie stellst du dir das vor? Du versündigst dich gegen die Götter!«

Ato schnaubte nur.

»Das sind keine Götter. Schau sie dir doch an. Sie trinken Blut, sie sind anders als wir.«

»Genau. Vergiss nicht, wie sie uns geholfen haben. Schau dich um.« Joni breitete die Arme aus. »Sieh dir die Hütten an, die Felder, die Früchte tragen, das Jungvieh auf den Weiden. All das würde es ohne die Hilfe der Läufer nicht geben.«

Ato warf ihm einen finsteren Blick zu. »Das war unser Werk. Mein Werk! Die Läufer sind ebenso vernebelt, wie die meisten Menschen. Sie jagen, leben von einem Tag auf den anderen. Ich habe hier etwas geschaffen, das uns alle die nächsten Winter überleben lässt. Aber was ist, wenn ich nicht mehr bin?«

Joni schaute ihn traurig an. »Das ist der Lauf der Zeit.«

»Das sagst du so. Aber gilt das auch für die Läufer? Seit ich Nuro und Vlat kenne und all die anderen, die hier ein und aus gehen, ist keiner von denen auch nur einen Tag gealtert. Sie vergehen nicht, sie sterben nicht.«

Ato hatte sich in Rage geredet. »Und weißt du, warum das so ist?«

Joni schüttelte den Kopf.

»Weil sie unser Blut trinken. Weil sie unsere Seelen essen. Wir sind es, die sie unsterblich machen. Sie sind Zecken!«

»Diese Zecken haben im letzten Winter deine Frau und deinen Sohn vor dem sicheren Tod bewahrt.«

»Und deshalb müssen wir es sein, die ihr Blut und ihre Seelen trinken. Sie nehmen ihre Fähigkeiten von uns, doch damit wird bald Schluss sein. Wir holen uns unsere Stärke und Kraft wieder zurück.«

Joni blickte ihn fassungslos an. »Du willst ihr Blut trinken?«

»Ja, ihr Blut trinken und ihr Fleisch essen. Damit ihre Seelen über uns kommen, uns stark machen.«

»Das kannst du nicht tun«, flüsterte Joni entsetzt.

»Das wirst du schon sehen.«

Da erklang von Weitem eine junge Stimme: »Papa, Papa!« Atos Gesicht verwandelte sich in ein Lächeln. Seine Jüngste.

»Heimon, komm her zu mir.«

Das kleine Mädchen, das vor einer Handvoll Sommer geboren worden war, stürmte die Anhöhe herauf. Es hatte gerade erst seinen Namen bekommen.

Ato breitete die Arme aus. »Komm, ich fange dich auf.«

Joni blickte ihn von der Seite an. »Willst du das alles aufs Spiel setzen?«

Doch Ato würdigte ihn keines Blickes. Er ging Hand in Hand mit seiner Tochter zurück nach Hause. Er würde dafür sorgen, dass Heimon eine vielversprechende Zukunft erwartete.

Er brauchte Joni nicht zu sagen, dass ihn noch ganz andere Sorgen plagten. Sein Stamm war in den letzten Jahren gewachsen. Durch den Einfluss der Läufer hatte sich die Sterblichkeit deutlich verringert, doch hatte das dazu geführt, dass das Ackerland nun nicht mehr ausreichte, alle zu ernähren. Auch eine Aufstockung der Herden brachte keine Lösung, denn auch die Tiere benötigten Futter und Wasser. Es würde nicht mehr lange dauern, dann würde er einige seiner Sippe auffordern müssen, sich eine neue Heimat zu suchen. Er bezweifelte, dass sie so den nächsten Winter überstehen würden.

Was könnte es Besseres geben, als den Seinen die Möglichkeit zu bieten, sich die Fähigkeiten der Läufer zu eigen zu machen? Dann wären sie für die Zukunft gewappnet.

Kapitel 7

NAH AM ABGRUND

»Ich glaube, wir können deine Hilfe gebrauchen.«

Hanna traf sich mit Lus in Stadtkyll im Eiscafé. Dort saßen sie gemütlich in einer etwas abgelegenen Sitzecke, jede hatte ein Spaghettieis vor sich stehen.

»Ach, habe ich endlich Gnade vor den Augen deines merkwürdigen Begleiters gefunden?«

»Nicht wirklich. Aber wir haben ein Problem.«

Hanna erzählte Lus, die fasziniert lauschte, von den Erlebnissen der letzten Tage.

»Mann, Mann, Mann, da habt ihr ja ganz schön was erlebt«, konstatierte Lus. »Erzähle mir doch noch mal von diesen Gefühlsschwankungen, die du gespürt hast. Das finde ich besonders faszinierend.«

»Da bin ich mir sicher«, bemerkte Hanna trocken. »Doch was mich vielmehr interessiert, ist, wie wir Schang loswerden.«

»Was hältst du von Schang? Du bist doch die Psychologin hier am Tisch.«

»Wenn ich den Beschreibungen von Vlat folge, handelt es sich möglicherweise um einen Narzissten mit sadistischen Neigungen. Vielleicht auch einen Psychopathen. Auf jeden Fall nichts, mit dem man die nächsten Tage verbringen möchte.«

»Und Nächte!«

»Die schon gar nicht. Ich fühle mich zunehmend unsicher in seiner Gegenwart.«

»Dann mach die Fliege!«

»Das kann ich nicht. Vlat ist etwas ganz Besonderes. Und unsere Beziehung auch. Ich kann ihn in meinem Kopf spüren, mit ihm in einer ganz besonderen Art und Weise kommunizieren, weißt du. Das macht zwar einerseits Angst, andererseits schafft es aber auch ein tiefes Verständnis für den Anderen.«

Mit Bedauern erinnerte sich Hanna an ihren Entschluss, Vlat möglichst aus ihrem Kopf heraus zu halten. Der Kontakt würde ihr fehlen.

Lus war fasziniert. »Meinst du, ich könnte das auch? Das hört sich wahnsinnig spannend an. Wie ist das so?«

Hanna schüttelte den Kopf.

»Ich glaube, das ist es, was die Beziehung zu ›Vertrauten‹ ausmacht. Es scheint nicht jeder in der Lage dazu zu sein. Aber meine genetische Linie besitzt diese Fähigkeiten. Vlat nennt uns ›Riecher‹, vielleicht konnten wir uns früher schon von Weitem schnuppern.«

Sie grinste.

»Cool. Aber trotzdem, wenn da nun ein durchgeknallter Psychopath oder ein sadistisches Arschloch die Kontrolle übernimmt, könnte der auch in deinen Kopf eindringen, oder?«

»Das ist genau das Problem. Ich suche einen Weg, Schang aus Vlats Geist zu entfernen, ohne ihn zu schädigen. Oder ihn bei Bedarf zu betäuben, falls das nicht klappt.«

»Also, wenn ich das richtig verstanden habe, verschwinden die Seelen normalerweise von selbst, wenn die offenen Aufgaben gelöst sind.«

»Entweder verblassen sie oder – wie im Fall von Waldi – sie gehen.«

»Wir müssen also Schangs Aufgabe lösen oder ihn sonst wie dazu bekommen, einfach zu verblassen. Richtig?«

Hanna nickte nachdenklich.

»Bisher hat Schang aber anscheinend keine Aufgabe genannt, zumindest hat Vlat nichts davon gesagt.«

Sie berichtete Lus, was Vlat ihr über seine geteilten Erinnerungen mit Schang erzählt hatte. Lus schauderte bei der Erzählung.

»Das hört sich wirklich übel an. Kein Typ, dem ich begegnen will.«

»Definitiv nicht. Aber wie schon gesagt, bisher hat er Vlat keinen Auftrag mitgeteilt. Wahrscheinlich ist Schang auch eher der Typ, der seine Sachen selbst regelt, ohne Rücksicht auf Verluste«, spekulierte Hanna.

»War da nicht die Sache mit der Skulptur, die Schang unbedingt haben wollte und dafür sogar über Leichen ging? Vielleich könnte die der Schlüssel sein.«

»Ja, aber dann hätte er das doch sicher angesprochen.«

»Nun ja, er scheint ja nicht gerade ein Meister der feinsinnigen Kommunikation zu sein, oder?« Lus winkte der Bedienung. »Ich brauche einen Kaffee. Du auch?«

Hanna blickte auf und nahm zum ersten Mal ihre Umgebung richtig wahr. Ein junger Mann stand hinter dem Tresen und bediente gerade eine in einen braunen Mantel gekleidete, leicht adipöse Kundin mittleren Alters, die sich gleich drei Stücke Sahnekuchen gönnte.

»Hoffentlich isst sie die nicht alle selbst«, bemerkte Lus kritisch. »Die Gesichtsfarbe sieht doch schwer nach Bluthochdruck aus. Und wahrscheinlich Diabetes.«

Hanna grinste. »Du mit deinen Ferndiagnosen.«

»Und du mit deiner Küchenpsychologie!«, revanchierte sich Lus kichernd. »Apropos, hast du schon mal über Elektroschocks nachgedacht? Die werden doch bei manchen Störungen eingesetzt. Vielleicht können wir Schang vergrämen.«

»Interessanter Ansatz. Aber was würde das mit Vlats Geist machen? Mit den ganzen anderen Seelen? Er braucht doch dieses ganze gesammelte Wissen, um überleben zu können. Stell dir vor, wir löschen das alles.«

»Stimmt, das könnte problematisch sein. Wie alt ist er, sagst du?«

»Ich habe noch mal geguggelt. Ich guggele die ganze Zeit. Vlat stellt mich echt vor Herausforderungen.«

»Du meinst *googeln*.«

»Nein, ich nutze Bing oder DuckDuckGo, aber kein Mensch weiß, was ich meine, wenn ich sage, ich habe *gebingt* oder *gedackt*.«

»Auch wieder wahr.«

»Und guggeln ist ein schönes Wort. Hört sich nett an.«

Lus musste lachen.

»Na, mal sehen, ob es das irgendwann in den Duden schafft. Doch zurück zur Ursprungsfrage: Wie alt?«

»Der letzte Vulkanausbruch in der Eifel liegt rund zwölftausend Jahre zurück. So lange wandelt Vlat also schon auf Erden.«

»Wow, da hat er einiges gesehen. Ich wüsste zu gern, wie er es schafft, so alt zu werden. Das wäre bestimmt ein gefundenes Fressen für die Pharmaindustrie.«

Hanna sah ihre Freundin strafend an.

»Das ist genau der Punkt, der uns Angst macht. Vlat hat schon einschlägige Erfahrungen mit Medizinern machen dürfen. Sie haben ihn gefoltert, seine Artgenossen getötet, ihr Blut getrunken, sie verstümmelt – du kannst dir das nicht vorstellen.«

»Ich will mir das auch gar nicht vorstellen.« Lus schüttelte sich. »Aber meinst du nicht, dass wir heute ganz andere Möglichkeiten der Untersuchung haben? DNS, Blutuntersuchung, MRT, EEG und was noch alles. Das muss noch nicht mal weh tun. Stichwort Blut: Wie ernährt er sich eigentlich?«

»Er geht nachts jagen. Anscheinend kann er sich gut von Säugetier- oder Vogelblut ernähren.«

»Hast du nicht erzählt, dass er die Fertigkeiten der Menschen in sich aufnimmt, wenn er ihr Blut trinkt. Das dürfte für Schang ein Fest werden.«

Hanna erschauderte.

»Ich darf gar nicht daran denken. Er hat vorher schon getötet und das kann man gewiss nicht alles auf den Krieg schieben. Ich glaube nicht, dass er Skrupel hätte, Menschen zu ermorden und ihr Blut zu trinken, wenn er sich davon irgendeinen Vorteil verspricht.«

»Ich hatte schon überlegt, ob ich nicht Blutproben besorgen könnte. Ich helfe doch immer beim DRK aus, wenn es Blutspendetermine gibt. Je nachdem, wen man da vor sich hat, könnte Vlat sich eine Menge Kompetenzen aneignen, die ihm heute helfen.«

Lus hatte anscheinend schon Pläne gemacht. Doch Hanna zögerte.

»Ich bin jetzt hin- und hergerissen. Wie können wir Vlat stark machen und gleichzeitig vermeiden, dass wir Schang dadurch stärken?«

Die beiden Frauen sahen sich hilflos an.

Lus griff in ihre Handtasche und suchte nach einem Fläschchen.

»Hier, nimm das. Du kannst es vielleicht brauchen.«

»Was ist das?«

Hanna griff nach dem Fläschchen und betrachtete es kritisch. Kein Aufdruck zu sehen.

»K.O.-Tropfen.«

»Jesses, woher hast du die?«

Lus lachte grimmig. »Ich habe sie Rainer abgenommen. Er gab damit in der Mensa an. Ein Typ, ebenso skrupellos wie dämlich. Ich werde nie verstehen, warum man so jemanden zum Medizinstudium zugelassen hat. Dem würde ich glatt zutrauen, mit dem Zeug Frauen abschleppen zu wollen. Also habe ich gedroht, ihn bei der Univerwaltung anzuzeigen und ihm das Zeug abgenommen. Sollte Schang die Überhand gewinnen, tust du ihm ein paar Tropfen in ein Getränk. Das sollte ihn ein paar Stunden ausschalten.«

»Und wieviel genau?«

Lus zuckte mit den Schultern.

»Woher soll ich das wissen? Aber wenn du mich fragst: Lieber ein paar Tropfen zu viel als zu wenig. Und achte darauf, dass er es nicht bemerkt. Nach allem, was du mir über diesen üblen Charakter erzählt hast, würde dir das sonst übel bekommen.«

»Was ist, wenn Vlat die Tropfen nicht verträgt? Wir wissen doch gar nichts über seine Physis?«

Wieder hob Lus die Schultern. »Was weiß denn ich? Aber hast du nicht gesagt, er könne sich selbst heilen? Er wird schon einen Weg finden. Hat er ja in den letzten zwölftausend Jahren auch geschafft.«

Hanna runzelte die Stirn. Hoffentlich ging das gut.

Während sich Hanna mit Lus traf, schlief Vlat zusammengerollt in einer provisorischen Blätterhöhle. Er hatte morgens gemeinsam mit Hanna die Pension verlassen und sich wieder in den Wald zurückgezogen. Hier lag er in einem Gebüsch, tief unter Laub begraben, und träumte.

Nachdem ihn Schang mit seiner Brutalität und Stärke so überrollt hatte, beschloss er, seine Kraft zu bündeln. Er hatte so viele starke Seelen in sich, so viel Wissen und solch eine mentale Stärke, dass er sich nicht noch einmal von Schang überrumpeln lassen wollte. Jetzt lag er hier und aktivierte seine Mauern. Er wollte versuchen, zu Josefs Seele Kontakt aufzunehmen. Vielleicht war er noch nicht verschwunden, sondern nur verstummt. Josef kannte Schang, sie waren Kriegskameraden gewesen. War das nicht eine ganz besondere Verbindung? Und Josef hatte sich um seine Gefährten gekümmert. Vielleicht konnte er Einfluss auf Schang nehmen. Vlat tat das nicht gerne. Normalerweise akzeptierte er, wenn sich eine Seele zurückzog, aber besondere Zeiten benötigten besondere Maßnahmen.

Nach einigen Stunden wachte Vlat erfrischt auf. Die Ruhe hatte gutgetan. Josefs Seele war nur schwach in seinem Geist zu spüren, aber er war noch da. Zumindest ein Hauch von ihm. Er hielt kurz Zwiesprache. Wie aus der Ferne blitzte die Impression eines nackten Mädchens aus Bronze auf. Vlat nickte. Er würde nach der Figur suchen. Sie könnte ein Schlüssel sein, um sein Problem dauerhaft zu lösen.

Allerdings müsste er dazu Schang aus seinem Gefängnis befreien, denn er brauchte seine Erinnerungen. Hoffentlich würde das gutgehen.

Spät abends trafen Vlat und Hanna in der Pension wieder zusammen. Hanna betrachtete ihn misstrauisch. Sie wollte sich gar nicht vorstellen, was passieren würde, sollte Schang die Überhand über Vlat gewinnen. Das Fläschchen mit den K.O.-Tropfen lag schwer wie Blei in ihrer Tasche.

Vlat spürte ihre Unruhe und flutete sie mit einer Welle aus Wohlbehagen.

»Danke. Aber mir wäre trotzdem lieb, wenn du das lässt.« Hanna schätzte ihre unverfälschten Gefühle. Diese Form der Manipulation war ihr immer noch suspekt. »Daran werde ich mich nie gewöhnen.«

»Doch, würdest du. Das kann auf Menschen wie eine Droge wirken.«

»Genau das macht mir Angst.«

Das Gefühl ließ nach.

»Wie hast du deinen Tag verbracht?«, wollte Hanna wissen.

»Ich war im Wald und habe geruht und einige mentale Blockaden aufgebaut. Übrigens, Josef lässt dich grüßen.«

»Oh, ist er wieder aufgetaucht?«

»Schwach, aber er ist noch da. Ich hoffe, in ihm einen Verbündeten zu finden, gegen seinen alten Kriegskameraden.«

Sie tauschten sich über Erkenntnisse aus. Vlat wollte direkt in Hannas Geist eintauchen, um sich ihre Erinnerungen anzusehen, doch sie blockte ihn ab.

»Bitte lass mich erzählen. Mir behagt der telepathische Kontakt nicht. Ich fühle mich ...«, sie erschauderte, »... so nackt. Außerdem musst du deine Kommunikation üben.«

Vlat fühlte ihr Unbehagen. Es würde wohl noch eine Zeit brauchen, bis sie ihm wirklich vertraute und den geistigen

Kontakt selbst suchen würde. Er hatte Zeit. Und ja, die Übung konnte er gebrauchen. Also ließ er sie erzählen.

Er war immer noch nicht besonders begeistert davon, dass Hanna Lus in das Geheimnis seiner Existenz eingeweiht hatte, doch konnte er Lus Vorschlägen einiges abgewinnen.

»Die Idee mit den Elektroschocks, mmh, das könnte vielleicht klappen.«

Hanna schaute ihn verdutzt an.

»Woher willst du das wissen? Elektrizität ist doch ein böhmisches Dorf für dich.«

»Was habt ihr nur mit den böhmischen Dörfern? Es ist schön dort.«

Hanna musste grinsen. »Ernsthaft, willst du tatsächlich einen Stromschlag riskieren?«

»Es ist schon einige Zeit her, da wurde ich von einem Blitz getroffen. Das ist doch etwas ähnliches wie ein Stromschlag, oder? Überaus unangenehm und schmerzhaft. Aber danach war mein Geist klar wie nie zuvor. Eine beeindruckende Erfahrung.«

»Wie nach einem Reset?«

»Reset?«

»Vielleicht solltest du bei Gelegenheit doch einmal das Blut eines englischsprachigen IT-Spezialisten trinken. Ich weiß gar nicht, wo ich anfangen soll, dir alles zu erklären, was sich in den Jahren nach Kriegsende getan hat.«

»Ich könnte lesen.«

Hanna schaute ihn ausdruckslos an.

»Ich lese schnell.« Vlat ließ nicht locker.

»Okay. Dann schau dir spaßeshalber das mal an. Vielleicht kannst du mir dann den Unterschied zwischen t-Test und U-Test erklären.«

Hanna öffnete ihren E-Reader und lud ein Statistiklehrbuch.

Vlat warf einen Blick auf das Tablet und gab es Hanna zurück.

»Aha.«, bemerkte er kurz.

»Du sollst das lesen!«

»Hab ich!«

»Hallo? Du hast gerade mal einen Blick darauf geworfen.«

Vlat referierte aus dem Gedächtnis den kompletten Text der Seite.

»Na fein, du bist Eidetiker.«

»Ich weiß nicht, was das ist.«

Hanna raufte sich die Haare. »Du machst mich echt fertig, weißt du das? Du kannst dir die komplexesten Sachen merken, hast aber keine Ahnung, wie man in einem Text blättert.«

Sie zeigte ihm, wie er die nächsten Seiten des Buchs aufrufen konnte und Vlat machte sich begeistert daran, ihr Tablet zu erkunden. Doch nach zwei Minuten nahm Hanna ihm das Gerät aus der Hand.

»Lass dieses verdammte Statistikbuch. Es gibt im Moment Wichtigeres. Ich werde dir heute Abend ein wenig Lektüre runterladen, die dir helfen wird, dich besser zurecht zu finden. Ich weiß gar nicht, warum du überhaupt Blut brauchst, um Fertigkeiten zu erwerben. Lesen funktioniert ja anscheinend auch ganz gut.«

Vlat schüttelte den Kopf.

»Nein, das ist anders. Lesen bringt Wissen, aber nicht unbedingt Verstehen. Blut trinken bedeutet, dass ich mir die Erinnerungen meines Gegenübers zu eigen machen kann.«

»Und wenn dein Gegenüber dabei stirbt, ist es noch mal etwas anderes. Richtig?«

»Dann nehme ich seine Persönlichkeit mit seinen Fertigkeiten in mich auf. Ich trinke seine Seele.«

Hanna hob die Augenbrauen.

»Ich hoffe, dass dieses Wissen uns irgendwann einmal weiterhilft. Schade, dass du überflüssige Seelen nicht einfach auskotzen kannst wie schlechtes Essen. Dann hätten wir jetzt nicht das Problem.«

»Selbst wenn ich das könnte, wäre es dafür zu spät. Schang ist stark geworden.«

»Ja, mir scheint, er hat es sich in den letzten Jahren in deinem Geist ziemlich gemütlich gemacht. Kein Wunder, dass er nicht verschwinden will.«

»Ich glaube – nein, Josef glaubt, die Bronzeskulptur des Mädchens könnte ein Schlüssel sein. Damit hat alles angefangen, die Brutalität, die Gewalt.«

»Mmh.« Hanna dachte nach. »Vielleicht ein Trauma? Möglicherweise leidet er an einer Dissoziation nach einer traumatischen Erfahrung. Schang war anscheinend noch sehr jung, als die Sache passierte. In der Pubertät. Ich muss das mal guggeln.«

»Was?«

Hanna winkte ab. »Frag nicht.«

Doch dann zögerte sie.

»Vielleicht kannst du mir doch helfen, so schnell wie du liest. Ich sage dir, worauf du achten solltest und du liest die Fachartikel. Das spart uns Zeit. Aber vorher besorge ich mir eine Pizza.«

IV

»Meine Freunde, ich muss euch etwas Wichtiges sagen.« Ato stand in der Mitte des Versammlungshauses, direkt am großen Feuer der Wahrheit und blickte um sich. Wie an jedem Vollmond hatte sich die Sippe hier versammelt, um Neuigkeiten auszutauschen, zu handeln, Recht zu sprechen und danach zu feiern.

Ato hatte mit seiner Rede erst begonnen, nachdem die Ersten bereits von dem vergorenen Wildgräserkorn-Gebräu gekostet hatten und die Stimmung ausgelassener wurde. Er zerrte Joni hoch, der niedergeschlagen hinter ihm gesessen hatte.

»Unser Schamane hat eine Botschaft der Göttinnen erhalten. Wir sind in Gefahr!«

Joni nickte. Ato ließ ihn wieder auf sein Kissen sinken. Der Schamane hielt den Kopf gesenkt. Ato hatte ihm deutlich gemacht, dass er und seine Familie die Nacht nicht überleben würden, sollte er sich gegen ihn stellen.

»Wir haben uns hier etwas ganz Besonderes aufgebaut. Eine Heimat, die uns Schutz gibt, uns nährt und uns durch den Winter bringt.« Ato drehte sich um seine eigene Achse und umfasste mit einer großen Geste die ganze Runde. »Darauf können wir stolz sein.« Er hob seinen kunstvoll verzierten Keramikbecher und prostete den Anwesenden zu, die ebenfalls zu ihren Bechern griffen und tranken.

»Wir hatten Hilfe dabei.«

Einige der Umstehenden nickten.

»Ja, die Läufer haben uns dabei geholfen. Sie brachten uns die Tiere, die heute auf unseren Weiden stehen, damit wir nicht hungern müssen. Sie heilen uns, wenn wir verletzt sind. Wir müssen den Läufern dankbar sein, nicht wahr?«

»Auf die Läufer!« Einer der Anwesenden hob seinen Becher, andere folgten ihm. Auch Ato tat es ihnen nach, doch diesmal trank er nicht.

»Ja, die Läufer haben sich für uns unentbehrlich gemacht.«

Er machte eine kleine Pause. Jetzt galt es.

»So unentbehrlich, dass wir ihnen bereitwillig unser Blut schenken.«

Wieder gab es Bestätigung aus der Menge.

»Wir schenken ihnen Nahrung. Aus unserem Blut ziehen sie ihre Kraft.«

Ato hielt wieder inne. Dann schmetterte er den wertvollen Becher ins Feuer, wo die Flüssigkeit zischend verdampfte. Ein Schreckenslaut fuhr durch die Menge.

»Unsere Göttinnen sind erzürnt! Die Läufer nehmen nicht nur unsere Kraft, sie rauben unsere Seelen. Sie nähren sich an uns!«

»Wir sind für sie nicht mehr als Vieh«, ergänzte seine älteste Tochter, die ihrem Vater gegenüberstand.

»Aber sie helfen uns«, tönte eine Stimme aus dem Dunkel. Ato warf einen furcherregenden Blick in die Richtung.

»Das machen sie uns glauben!«, donnerte seine Stimme. Dann fuhr er leiser und eindringlicher fort: »Doch ist das wirklich so?«

Er blickte in die Runde.

»Wir wissen, dass die Läufer unendlich leben, während wir sterben müssen. Sie nehmen unsere Fertigkeiten in sich auf, während wir bluten müssen. Sie fressen unserer Seelen, die doch eigentlich den Göttinnen gehören.«

Stimmengemurmel kam auf. »Das stimmt.« – »Hegon hätte nicht sterben müssen. Vlat hätte ihn heilen können.«

Ato nahm zufrieden wahr, dass er die Saat erfolgreich gelegt hatte.

»Wir sind Vieh für die Läufer. Doch wollen wir das sein?«

Mehrere in der Runde schüttelten den Kopf.

Ato atmete innerlich erleichtert auf. Sie folgten ihm. Er fuhr fort.

»Sie entfremden uns von unseren Göttinnen und Gebräuchen. Schlimmer noch, sie lullen uns ein mit ihren Taten. Wir vertrauen ihnen, so wie das Schwein seinem Führer vertraut, wenn es zum Schlachten geführt wird.«

Ein Stöhnen ging durch die Menge. Inzwischen war die Luft zum Schneiden dick und Schweiß rann über Atos Gesicht.

»Sie rauben unsere Lebenskraft und verjüngen sich dadurch selbst.«

Ato suchte nach einem Gesicht.

»Lar, kannst du dich erinnern, als dein Sohn vom Baum gefallen war? Der Läufer hat so lange sein Blut getrunken, bis er tot war. Du dachtest, es würde deinen Sohn heilen, aber geheilt hat es nur den Läufer. Hast du dich nie gefragt, ob Torn wirklich sterben musste?«

Die angesprochene Frau schluchzte auf.

»Und du, Han, als deine Frau ihr Kind bekam und beide während der Geburt starben, war da nicht Vlat an ihrer Seite, tat so, als wolle er helfen, stattdessen nahm er die Seelen beider in sich auf?«

Han nickte bedrückt. Ein Sitznachbar legte ihm tröstend die Hand auf die Schulter.

»Sie war noch so jung.«

Ato nickte bestätigend. »Ja, sie war jung und stark. Es war nicht ihr erstes Kind. Doch nachdem Vlat von ihr getrunken hatte, war sie tot und mit ihr dein ungeborener Sohn.«

Han stand auf. »Du sagst, er hat sie getötet?«

»Ja, er hat ihr die Lebenskraft geraubt, für seine eigene Unsterblichkeit.«

»Tod den Läufern!«, klang ein Ruf aus der Menge. Andere stimmten mit ein.

»Tod den Läufern.«

»Doch nicht genug damit. Die Göttinnen haben gesagt, dass die Seelen, die die Läufer fressen, für sie verloren sind. Sie sind erbost.«

Ato stockte kurz. Er sah, dass alle an seinen Lippen hingen außer Joni. Um den musste er sich später kümmern. Doch jetzt galt es.

»Und sie erwarten ein Opfer!«

Ein entsetzter Aufschrei ging durch die Menge. Jeder im Raum wusste, was das bedeutete.

Ato schwieg eine kleine Weile, dann fuhr er fort.

»Ich habe beschlossen, ihnen ein Opfer zu bringen.«

115

Atemlos folgte die Menge seinen Worten. Wen würde es treffen?

»Ich habe beschlossen, die Läufer zu opfern!«, donnerte Atos Stimme durch den Raum.

Erleichterung flutete das Langhaus.

»Ja, die Läufer!« – »Opfert die Läufer!« – »Tod den Läufern!«

»Wir sind kein Vieh. Wir sind nicht diejenigen, die ihr Blut geben!«, fuhr Ato unter dem Gejohle der Anwesenden fort. »Wir sind diejenigen, die ihr Blut nehmen.«

»Ja, lasst sie bluten.«

Han war aufgestanden und peitschte die Menge an.

»Lasst sie bluten! Lasst sie bluten! Lasst sie bluten!«

Ato hatte Mühe, die Menge zu übertönen. Aber noch war er nicht fertig.

»Wir werden sie zerschmettern, sodass sie nicht mehr heilen können. Weg mit ihrer Unsterblichkeit. Wir werden ihnen *ihre* Lebenskraft rauben, indem wir *ihr* Blut trinken.«

Johlende Zustimmung aus der Menge.

»Und wir werden uns die Seelen unserer Familien zurückholen, indem wir ihre Seelen essen.«

Inzwischen standen sie alle. Die Luft war durchdrungen von Wut. Ato blickte in hassverzerrte Gesichter.

»Wir werden uns ihre Erinnerungen und Fertigkeiten aneignen, wie sie es mit uns getan haben. Wir brauchen die Läufer nicht! Wir holen uns die Unsterblichkeit von ihnen! Wir holen uns unsere Seelen zurück! – Tod den Läufern!«

»Tod den Läufern! Tod den Läufern! Tod den Läufern!«

Joni war der Einzige, der sitzen geblieben war. Er betrachtete die aufgepeitschte Menge mit Entsetzen. Auf was hatte er sich da eingelassen? Vorsichtig rutschte er zurück, bahnte sich einen Weg nach hinten durch die Menschenmenge, die Angst im Nacken, dass Ato ihn entdeckte. Joni huschte aus dem Versammlungshaus. Er musste die Läufer warnen.

Doch Ato hatte ihn nicht aus den Augen gelassen und schickte seinen ältesten Sohn mit einer Kopfbewegung hinter ihm her. Er konnte nicht zulassen, dass der Plan verraten wurde.

Kapitel 8

DAS FREMDE IN UNS

Hanna war zu Bett gegangen. Sie hatten sich vorher einige Stunden durch Fachbücher der klinischen Psychologie und Psychotherapie geklickt, um Ansatzpunkte zu finden, wie man mit Schang umgehen sollte. Vlat war fasziniert gewesen von der Vielfältigkeit des menschlichen Gemüts, aber auch abgestoßen. Menschen waren so unperfekt, so filigran und verletzlich.

Und so gefährlich.

»Ich verstehe das nicht. Wenn ich die Beschreibungen und Symptome lese, handelt es sich doch bei diesen Menschen um solche, die Böses tun, Anderen schaden, sie quälen und manipulieren. Warum lasst ihr das zu?«

Hanna blickte ihn an. »Wie meinst du das?«

»Bei uns ist es üblich, Läufer, die uns allen, ihrem Umfeld oder sich selbst schaden, zu eliminieren.«

»Mit eliminieren meinst du töten?«

Vlat nickte.

»Aber das geht doch nicht. Wir reden über Menschen, die krank sind, nicht der Norm entsprechen. Wir versuchen, ihnen zu helfen.«

»Wenn ich diese Bücher richtig verstehe, ist das sehr schwierig und nicht sehr erfolgversprechend. Die, die ihr nicht heilen könnt, sperrt ihr ein.«

»Ja, aber wir bemühen uns, sie zu resozialisieren – wieder in die Gesellschaft zu integrieren. Oder sie zu therapieren.«

»Warum?«

Vlat wirkte erstaunt und um Verstehen bemüht.

»Warum, warum. Weil es Menschen sind.«

»Aber Menschen, die andere Menschen töten, verlieren doch ihr Menschsein – das, was euch ausmacht.«

»Das kann man so nicht sagen. Manche haben eine Geschichte, Gründe für ihr Handeln. Sie sind selbst Opfer.«

»Für euch sind die Täter Opfer?« Vlat betrachtete Hanna verdutzt. »Das verstehe ich nicht.«

Hanna rieb sich die Stirn. Solche philosophischen Diskussionen überforderten sie ein wenig.

»Wir sind Produkte unserer Erziehung. Manchmal geht da etwas schief, Eltern vernachlässigen ihr Kind, quälen es vielleicht sogar und das Kind entwickelt Überlebensstrategien, um in dieser feindlichen Welt überleben zu können. Es wird selbst zum Täter.«

»Aber das ganze wäre doch gar nicht passiert, wenn man die Eltern schon eliminiert hätte. Wieso lasst ihr zu, dass sie sich paaren und vermehren?«

Hanna blickte hilflos zur Decke. Vlat hatte anscheinend extrem archaische Vorstellungen. Auge um Auge, Zahn um Zahn ... oder so.

»Unsere Kultur basiert auf Fairness und Gerechtigkeit. Wir bemühen uns wenigstens darum.« Sie zuckte mit den Schultern. »Das klappt natürlich nicht immer. Aber jeder hat eine faire Chance, seine Unschuld zu beweisen. Beziehungsweise andersherum, die Gesellschaft, das Rechtssystem muss die Schuld beweisen.«

»Und wenn die Schuld bewiesen ist, dann werden die Täter eliminiert.«

»Nein, Vlat, nicht eliminiert. Wir haben keine Todesstrafe. Sie werden bestraft, ins Gefängnis gesteckt. Teils für viele, viele Jahre.«

»Und wenn sie es wieder tun? Immer wieder?« Vlat deutete auf ein klinisches Fachbuch. »Ihr nennt sie Psychopathen, ich nenne sie Schädlinge.«

Hanna verlor die Geduld. »Himmel, hat euch denn nie jemand gesagt, dass man solche Menschen nicht einfach töten darf?«

Vlat stand auf. »Wer hat euch wohl gesagt, es nicht zu tun?«

Er verließ den Raum.

Obwohl er üblicherweise um diese Zeit hellwach war, fühlte er sich müde. Die Fachbegriffe, die geschraubte Sprache, die sich ihm kaum erschlossen hatte, das merkwürdige Menschenbild dahinter – alles das hatte ihn erschöpft. Er brauchte dringend frische Luft.

Hatte Schang nicht gesagt, sie wären in der Nähe seines Heimatortes Esch? Vlat dachte daran, dass er in den Erinnerungen von Schang gesehen hatte, wie dieser eine in einen Sack verpackte Skulptur in seinem Garten vergraben hatte, bevor er in den Krieg zog. Vielleicht sollte er sich diese Statue einmal ansehen. Er machte sich auf den Weg. Wenn er rasch ging, wäre er in knapp drei Stunden am Haus.

Vlat war so auf den Weg konzentriert, dass er kaum bemerkte, dass Schang in ihm erwachte.

Lus beobachtete Vlat aus der Ferne. Sie hatte gesehen, wie er die Pension verließ und hatte beschlossen, ihm zu folgen. Sie wollte zu gerne beobachten, wie Vlat jagte, sich ernährte. Es war extrem mühsam gewesen, an ihm dran zu bleiben, zumal sie in der Dunkelheit längst nicht so gut sah wie er. Doch war die Nacht sternenklar und der Vollmond stand am Himmel.

Nach knapp drei Kilometern gestand sie sich ein, dass sie ihn verloren hatte. Verdammt! Sie schlug mit der Faust gegen einen Baumstamm. Scheiße, tat das weh! Lus betrachtete im Licht ihrer Handytaschenlampe ihre lädierte Faust. Die Knöchel bluteten. Ächzend friemelte sie eine Packung mit Tempotaschentüchern aus ihrer Jogginghose und verarztete notdürftig ihre Hand. Dann drehte sie sich um und setzte sich wieder in Marsch Richtung Heimat. Was für eine Zeitverschwendung.

Es hatte länger gedauert, als gedacht, bis Schang seine alte Heimat erreichte. Von seinem Elternhaus war nichts mehr zu sehen. Er war einige Zeit durch die Straßen des kleinen Ortes gewandert auf der Suche nach bekannten Landmarken. Er spürte Wut in sich aufsteigen. Was war mit seiner kleinen Dame passiert? Er zitterte fast bei dem Gedanken, sie endlich wieder in den Händen zu halten. Alles wirkte fremd hier, so geleckt und bieder. Er spuckte verächtlich auf den Boden. Hier verdiente keiner mehr sein Brot mit seiner Hände Arbeit. Da, ein altes Wegekreuz. Das stand schon seit einigen Jahrhunderten. Von hier aus musste er rund hundert Meter nach links gehen und dann die erste Straße rechts rein. Er machte sich beschwingt auf den Weg.

Jetzt stand Schang vor dem alten Grundstück seiner Eltern und fluchte vor sich hin. Da, wo sich früher einmal ein Gemüsegarten befunden hatte, war nun ein roter Aschenplatz zu sehen. »Bouleplatz – Nutzung auf eigene Gefahr« las er auf einem Schild. Boule, was sollte das denn jetzt schon wieder sein? Das Wort sah französisch aus. Die Froschfresser hatten anscheinend überall ihre Spuren hinterlassen. Schang blickte zum Himmel hinauf. Es war schon spät. Heute würde er hier nichts mehr machen können. Er sollte am Morgen wieder zurück in der Pension sein, um kein Misstrauen bei der Kleinen zu wecken. Nicht besonders hübsch, aber nützlich.

Er würde zurückkommen.

Als Vlat rund drei Stunden später wieder bei der Pension ankam, dämmerte es bereits. Schang hatte sich zu Vlats Erleichterung zurückgezogen, während der Läufer seinen Weg durch den Wald suchte. Er überquerte die kleine Dorfstraße, als er die junge Frau im Fahrzeug witterte, die ein Stück weg von der Pension geparkt hatte.

Lus sah ihn kommen und erschrak, als sein Blick auf sie fiel. Mist, er hatte sie entdeckt. Sie war spät nachts erst von ihrem Ausflug zurückgekehrt und hatte sich nur kurz ins

Auto setzen wollen, um die Fahrzeugpapiere aus dem Handschuhfach zu holen. War vielleicht keine so gute Idee, die dort drin liegen zu lassen. Nur mal schnell die Augen schließen – und schon war sie eingeschlafen. Vor ein paar Minuten hatte sie die Müllabfuhr geweckt, die in Allerherrgottsfrühe ihren Aufgaben nachging. Jetzt brauchte sie dringend eine heiße Dusche.

Da sah sie ihn. Vlat hatte ihr das Gesicht zugewandt. Seine roten Haare waren nicht zu übersehen. Kaum hatte sie den Gedanken gefasst, setzte er die Kapuze auf. Verdammt, konnte er etwa auch ihre Gedanken lesen? Auf diese Entfernung? Sie hatte gedacht, das wäre so ein Vertrauten-Ding.

Vlat näherte sich ihrem Fahrzeug und sie überlegte rasch, ob sie einfach den Motor starten und wegfahren sollte. Doch dann zuckte Lus mit den Schultern. Was sollte es? Sie wollte den Typen doch sowieso kennenlernen. Also öffnete sie kurz entschlossen die Tür und stieg aus.

»Hallo! Du musst Vlat sein. Ich bin Lus, eine Freundin von Hanna«, ging sie direkt in die Offensive.

Vlat schaute sie mit unbewegtem Gesicht an, sodass Lus ganz verlegen wurde.

»Du bist die Frau, die Medizin studiert?«

»Ja ... Medizin ... richtig ... Ich studiere Medizin.«

Lus verfluchte sich selbst. Wieso stotterte sie plötzlich wie eine verhuschte Zwölfjährige. Sie hob den Kopf und streckte Vlat die Hand hin.

»Hallo! Freut mich, dich kennenzulernen.«

Vlat nahm ihre Hand und schnüffelte daran.

»Schaut mal, Jungs, ein Handkuss!« Eine Horde Jugendlicher mit überhöhtem Alkoholpegel kam aus dem Haus gestolpert, vor dem Lus geparkt hatte.

»Na, schöne Frau, darf ich auch mal an dir schnuppern?«

Ein untersetztes, pickeliges Individuum schob sich zwischen Vlat und Lus und grapschte nach Lus' Hand. Genüsslich pressten sich seine feuchten Lippen auf ihren

Handrücken. Dann zog er sie mit einem Ruck an sich: »Kommt her, Jungs, sagt der schönen Frau guten Tag!«

Er presste seinen Unterleib an ihre Hüften und Lus konnte seine Erektion spüren. Sie war so perplex von diesem Übergriff, dass sie sich erst einmal nicht wehrte. Dann fiel ihr gleich der nächste um den Hals, betatschte ihre Brüste und biss ihr ins Ohr. Seine Alkoholfahne war ekelerregend. Lieber Himmel, sollte sie hier mitten auf der Dorfstraße Opfer einer Vergewaltigung werden? Krampfhaft versuchte sie, an ihre Handtasche zu kommen, um das Pfefferspray zu packen.

»Vlat, hilf mir!«

Ihr Blick fiel auf den Läufer. Der stand völlig erstarrt da und schaute auf die drei Typen, die sich um sie versammelt hatten und sie ausgiebig betatschten. Lus schob den vor ihr Stehenden mit Gewalt zurück und trat ihm in die Eier.

»Verzieh dich, du Arschloch!«

Der so Gescholtene stürzte zum Gejohle seiner Kumpane zu Boden.

»Das wirst du mir büßen, du Schlampe. Haltet sie fest.«

Er rappelte sich mühsam auf und wollte sich ihr erneut nähern, als Vlat endlich eingriff. Er bewegte sich unglaublich schnell, packte den Angreifer von hinten und riss ihn zurück. Gleichzeitig spürte Lus, wie eine Welle von Furcht sie überrollte. Eine so tiefgehende Angst hatte sie noch nie verspürt, selbst gerade nicht, im Angesicht einer versuchten Vergewaltigung. Den beiden anderen Typen ging es nicht anders. Sie ließen sie los, einer griff nach einem Messer, während der Andere kreischend das Weite suchte.

Der erste Angreifer war zu Boden gegangen und Vlat trat ihm gegen den Kopf, sodass er bewusstlos wurde. Darauf stürzte sich der mit dem Messer Bewaffnete – verflucht, der Kleine war höchstens sechzehn, konstatierte Lus – auf Vlat, der ihm den Rücken zugewandt hatte. Vlat drehte sich im letzten Moment um und hob schützend seinen Arm. Doch das Messer traf und schlitzte ihm den rechten Arm vom

Handgelenk bis zum Ellbogen auf. Inzwischen hatte Lus endlich ihr Pfefferspray zu packen bekommen. Sie sprang nach vorne, riss den Jungen herum und gönnte ihm eine volle Ladung in die Augen. Der Junge kreischte, ließ das Messer fallen, das Lus mit einem Tritt außer Reichweite brachte, und hielt sich die Hände vors Gesicht.

»Komm, wir müssen hier weg. Oder hast du Lust, Fragen zu beantworten?«

Lus schob Vlat auf den Beifahrersitz, nahm auf dem Fahrersitz Platz und startete den Motor.

»Ich glaube, ich bringe dich in die Notaufnahme. So eine Wunde kann ich nicht einfach verbinden. Das muss genäht werden.«

Doch Vlat schüttelte den Kopf. Er hielt seinen Arm an den Körper gepresst. Lus spürte seinen Schmerz fast körperlich.

»Bring mich in den Wald, einfach aus dem Dorf raus. Ein paar Kilometer weiter sind Waldwege, da kannst du anhalten.«

»Bist du sicher?«

Vlat nickte nur.

Lus gab Gas. Sie war noch völlig schockiert von den Geschehnissen. Wie schnell die Situation eskaliert war! Sie konzentrierte sich kaum auf die Straße, sondern fuhr einfach geradeaus, bis Vlats Stimme ertönte.

»Da vorne rechts kannst du anhalten. Fahr aber lieber in den Waldweg hinein und schalte das Licht aus. Nicht, dass man uns verfolgt.«

»Ich hatte nicht den Eindruck, dass die beiden dazu noch in der Lage wären.«

»Um die sorge ich mich auch nicht, sondern um den Dritten, der abgehauen ist.«

Stimmt, es waren drei gewesen. Lus fuhr langsam den Waldweg entlang. Nach fünfzig Metern hielt sie an und schaltete den Motor ab. Das Licht erlosch.

»So, hier sollten wir sicher sein. Soll ich mal nach deinem Arm sehen.«

»Ich denke, das ist nicht nötig. Ich werde mir noch ein wenig Moos holen. Das kühlt.«

»Wieso willst du eine Schnittwunde kühlen?«

Vlat blickte sie an, zuckte mit den Schultern und hielt ihr dann den Arm hin. Lus packte seine Hand. Sie war glühend heiß.

»Du lieber Gott, du hast Fieber. Ich hätte dich wirklich direkt ins Krankenhaus bringen sollen.«

Sie wollte den Motor starten, doch Vlat hielt sie auf.

»Sieh hin!«

Lus schaltete die Innenbeleuchtung an und betrachtete Vlats Arm. Der Schnitt hatte sich bereits geschlossen, nur noch eine dünne, rote Linie war zu sehen. Sie keuchte auf.

»Wow! Du heilst schnell.«

Noch während sie die Wunde betrachtete, verschwand die rote Linie und nur noch eine weiße Narbe war zu erkennen.

»Die Narbe wird morgen früh verschwunden sein. Aber die Heilung kostet Kraft.«

»Der Arm glüht richtig. Ist das von deiner Heilkraft?«

Vlat nickte. »Komm, ich brauche das Moos.«

Lus schaltete die Innenbeleuchtung wieder aus und beide verließen den Wagen.

Vlat machte sich auf die Suche und Lus folgte ihm.

»Heilst du immer so schnell?«

»Das kommt auf die Wunde an. Solche Verletzungen heilen zügig. Es war ein sauberer Schnitt, nicht allzu tief. Anderes dauert auch schon mal länger.«

»Das ist phantastisch. Ich frage mich, wodurch dieser Heilprozess zustande kommt.«

Vlat bückte sich, grub mit seiner unverletzten Hand ein Stück Moos aus und presste es auf die Wunde.

»Jetzt ist die Hitze schlimmer als der Schmerz. Ich muss dringend jagen.«

»Willst du mein Blut trinken?«

Lus schob ihm ihr Handgelenk hin. Vlat blickte sie verblüfft an.

»Danke für dein Vertrauen, aber danke, nein. Mir steht der Sinn heute nach Wild. So, ich muss jetzt los. Es ist schon ziemlich hell.«

Er drehte sich um und lief mit leichten Schritten in den Wald hinein.

»Wir sehen uns später. Sag Hanna Bescheid.«

Dann war er verschwunden.

Lus wandte sich um und ging zum Wagen zurück. Sie zitterte am ganzen Körper. *Schock*, dachte sie bei sich. *Verzögerte Reaktion. Liegen und Beine hoch.* Sie kroch auf die Rückbank und schloss die Augen.

Hanna war verrückt vor Sorge. Nicht nur, dass Vlat spurlos verschwunden war, auch Lus konnte sie nicht erreichen. Sie hatte mindestens schon zehn SMS geschickt, doch keine Reaktion. Zudem gab es im Dorf einige Aufregung. Anscheinend hatte es in den frühen Morgenstunden eine Schlägerei unter Jugendlichen gegeben, die auf dem Heimweg von einer Geburtstagsfeier waren. Ein früher Handwerker hatte die beiden Verletzten am Morgen ganz in der Nähe gefunden und den Notarzt verständigt. Das war das Hauptgesprächsthema am Frühstückstisch in der Pension gewesen. Ihre Wirtin war ganz aufgelöst, war doch einer der verletzten jungen Männer ihr Neffe. Keiner konnte sich so recht einen Reim auf die Geschichte machen. Sollten Vlat oder Lus etwas damit zu tun haben? Aber was?

Um sich abzulenken, beschäftigte Hanna sich mit der verschwundenen Skulptur. Sie hatte während ihrer geistigen Verbindung mit Vlat einen Blick auf Schangs großen Schatz erhascht, nicht so, dass sie die Figur hätte beschreiben können, aber sie hatte einen Eindruck bekommen. Die Art war ihr vage vertraut erschienen. Sie erinnerte sie an die Skulptur von Auguste Rodin, die sie vor einiger Zeit bei einem Urlaub in Mexiko im Museo Soumaya gesehen hatte. Eine ziemlich realistische Darstellung einer jungen, nackten Frau, kopflos, mit gespreizten Beinen, streckte sie ihre Vulva dem Betrachter entgegen. Schangs Figur war dieser sehr ähnlich gewesen, erotisch, realistisch, non-infinito. Das Motiv war sicher für einen Vierzehnjährigen faszinierend. Sollte die Skulptur, für die er gemordet hatte, eine Arbeit von Auguste Rodin sein? Wäre das möglich?

Hanna schaltete ihren Laptop ein und begann zu recherchieren. Zunächst schaute sie sich noch einmal die Skulptur aus dem Museo Soumaya an. »Iris« hieß die kopflose Dame. Diese freizügige Zurschaustellung von Geschlechtsteilen hatte sie verwundert. War man Anfang des zwanzigsten Jahrhunderts schon so offenherzig gewesen? Das konnte sie sich nach den prüden Nachkriegsjahren kaum vorstellen. Doch tatsächlich stieß sie bei ihren Recherchen auf ein umfangreiches Oeuvre von Rodin mit zahlreichen Aktzeichnungen. Speziell die Skizze »Auf dem Rücken liegender weiblicher Akt« von 1900 brachte bei ihr eine Seite zum Klingen. Hatte die Skulptur von Schang nicht so ausgesehen? Vielleicht war die Skizze die Vorlage für eine Bronze gewesen. Sie suchte eine Weile in den einschlägigen Datenbanken, wurde aber nicht fündig. Also machte sie ein Bildschirmfoto von der Skizze und speicherte es in ihrem Handy. Schang oder Vlat oder wer auch immer musste sich die Zeichnung ansehen.

Wieder schickte sie eine SMS an Lus, wieder keine Reaktion. Natürlich musste man in der Eifel immer mal wieder damit rechnen, dass man in einem Funkloch saß. Eine Netzabdeckung, als hätten die Motten drin gehaust. Doch machte sie sich zunehmend Sorgen um ihre Freundin. Das sah ihr gar nicht ähnlich, sich nicht zu melden. Vlat hatte sich wahrscheinlich irgendwo im Wald eine Höhle gegraben und verschlief den Tag. Sie musste ihm dringend ein Handy besorgen, damit sie ihn tracken konnte. Jetzt saß sie hier allein in dieser leicht ranzigen Frühstückspension mitten im Nirgendwo und starrte die Decke an. Sie überlegte kurz, ob sie eine Runde durchs Dorf drehen sollte, um sich mit neuesten Informationen über die morgendliche Schlägerei zu versorgen, doch konnte sie sich des Eindrucks nicht erwehren, dass ihre Pensionswirtin sie schon ganz von selbst über die neusten Neuigkeiten des Dorftratsches informieren würde.

Die Skizze von Rodin ging ihr nicht aus dem Kopf. Vielleicht wäre es gut, einen Fachmann einzuschalten. Sie guggelte nach einem Kunstexperten, der sich auf Rodin spezialisiert hatte und wurde in Düsseldorf fündig. Der Kunsthändler Max von Ullmann führte eine kleine aber feine Galerie in der Düsseldorfer Altstadt, galt als ausgewiesener Kenner und verfügte anscheinend über eine gute Reputation, soweit man dem Internet Glauben schenken konnte.

Hanna überlegte kurz, dann griff sie beherzt zum Telefon. Wer nicht wagt, der nicht gewinnt.

Es dauerte eine Weile, bis sie Max von Ullmann persönlich am Telefon hatte. Zuerst war er im Kundengespräch, beim zweiten Versuch versuchte der beflissene, aber auch leicht arrogante Assistent sie abzuwimmeln, nachdem sie ihm ihr Anliegen genannt hatte. Erst als sie andeutete, dass es um einen Fall von Beutekunst gehen könnte, wurde sie durchgestellt.

»Was kann ich für Sie tun?« Die Stimme des Kunsthändlers war tief und wohlklingend. *Du könntest gut als Telefonverkäufer durchgehen*, dachte Hanna sarkastisch.

»Ich habe Fragen zu einem Kunstwerk von Rodin. Man sagte mir, Sie wären Rodin-Experte.«

»Richtig. Ich hatte bereits das Vergnügen, einige seiner Werke zu begutachten und auch zur Auktion zu bringen. Worum geht es?«

»Können Sie mir sagen, ob es zu der Skizze ›Auf dem Rücken liegender weiblicher Akt‹ auch eine Skulptur gibt?«

»Ich habe die Skizze im Moment nicht vor Augen. Könnten Sie mir ein Foto zukommen lassen?«

»Ach, ich dachte Sie wären Experte«, rutschte es Hanna heraus.

Der Ton am anderen Ende der Leitung wurde frostig.

»Das Werk Rodins ist außerordentlich umfangreich, was Ihnen sicher bewusst wäre, wenn Sie sich ähnlich intensiv wie ich mit seinem Oeuvre beschäftigt hätten.«

Hanna beeilte sich, ihr Bedauern über ihren Fauxpas auszudrücken und machte sich daran, die Datei zu mailen.

»Warten Sie, ich schaue mir die Skizze einmal an.«

Danach gab es eine längere Gesprächspause. Hanna hörte, wie Max von Ullmann die Computertastatur benutzte.

»Es handelt sich bei der Skizze um ›Femme nue sur le dos, jambes relevées‹. Sie ist im Musée Rodin in Paris. Keine Beutekunst.«

»Ja, das weiß ich. Ich wollte nur wissen, ob Rodin eine Skulptur mit diesem Motiv gemacht hat.«

»Nein, meines Wissens nach nicht. Wieso?«

»Könnte es sein, dass eine solche Skulptur existiert, ohne in den Verzeichnissen aufzutauchen?«

»Das wäre höchstens der Fall, wenn Rodin die Skulptur direkt verschenkt oder an einen privaten Sammler veräußert hätte. Aber selbst wenn, wäre sie sicher später irgendwo notiert worden. Es geht hier schließlich um Rodin, einer der – ach was, der berühmteste Bildhauer des zwanzigsten Jahrhunderts, auf Augenhöhe mit Michelangelo und Picasso. So etwas stellt man nicht einfach ins Wohnzimmer und lässt es dort vergammeln.«

»Aber möglich wäre es, oder?«, hakte Hanna nach.

»Unwahrscheinlich. Also, wenn Sie die Skulptur nicht mit eigenen Augen gesehen haben, würde ich das Gespräch gerne beenden.«

Hanna atmete tief ein. Sollte sie oder sollte sie nicht?

Der Kunsthändler bemerkte ihr Zögern und wurde aufmerksam.

»Sie haben sie mit eigenen Augen gesehen, stimmt's? Das ist die Beutekunst, über die Sie mit meinem Assistenten gesprochen haben.« Seine Stimme klang nun aufgeregt und längst nicht mehr so desinteressiert wie zu Beginn des Gesprächs.

»Nicht mit eigenen Augen ...«

»Haben Sie ein Foto gesehen? Können Sie es mir mailen?«

»Ich muss da erst noch etwas klären.«

»Warten Sie, warten Sie«, drängte Max von Ullmann. »Sollten Sie wirklich eine solche Skulptur gefunden haben, ein verschollenes Meisterwerk von Rodin, wäre das eine Sensation in der Kunstwelt. Das würde Sammler aus aller Welt auf den Plan bringen, auch solche, denen Sie nicht begegnen wollen. Sie brauchen einen Profi, der sich im Kunstmarkt auskennt.«

Doch Hanna legte einfach auf.

Nachdenklich legte Max von Ullmann den altmodischen Telefonhörer auf die Gabel.

»Michael, kommen Sie mal kurz rüber«, rief er durch die geöffnete Tür seinem Assistenten zu, der gerade in der Galerie ein Paket auspackte.

»Selbstverständlich. Ich bin sofort bei Ihnen.«

Michael betrat das mit antiken Möbeln und modernen Kunstwerken mondän eingerichtete Büro, setzte sich aber nicht.

»Sie haben doch gerade mit dieser jungen Frau telefoniert. Haben Sie zufällig ihre Kontaktdaten notiert?«

»Nur den Namen und die Mobilfunknummer.«

»Her damit!«

Michael ging, um den Zettel von der Ladentheke zu holen, hinter der sich sein Arbeitsplatz befand.

»Hat sie gesagt, von wo sie angerufen hat? Wieso haben Sie keine Adresse notiert?«

Ullmann wirkte ungeduldig und sein Assistent blickte ihn verdutzt an.

»Entschuldigung. Wenn Sie es wünschen, frage ich zukünftig all unsere Anrufer auch nach ihrer Adresse.«

Der Kunsthändler presste die Lippen zusammen und wedelte Michael Kaufmann mit einer Hand aus seinem Büro. Sein Assistent war zwar tüchtig, aber definitiv ein wenig zu vorlaut. Er würde sicherlich nicht lange auf dieser Position bleiben.

»Schließen Sie bitte die Tür«, rief er Michael hinterher und griff zum Hörer.

Das war ein Fall für Franka Wottke. Die konnte mit Namen und Mobilfunknummern wahre Zauberkunststückchen vollbringen.

Die Vorbereitungen waren in vollem Gange. Jeder im Dorf wusste Bescheid und eine gespannte Erwartung lag in der Luft. Alle waren auf den Beinen. Der Platz um das Langhaus war geräumt worden, sodass die Gäste Platz hatten. Man hatte einige Säue in einen Pferch direkt davor gesteckt und auch einige Ochsen und Schafe angebunden. Den Gästen sollte es an Nichts fehlen. In mit Bändern verzierten Keramiktöpfen gärte schon seit ein paar Tagen Obst vor sich hin und zahlreiche Tonflaschen mit Körnergebräu und einem speziellen Kräutersud harrten ihrer Bestimmung.

Atos älteste Tochter Atota war mit Joni in den nahen Wald gegangen, damit er ihr Kräuter zeigte, die den großen Schlaf brachten. Man wollte die Läufer zunächst betäuben, um einen Kampf zu vermeiden, und dann töten. Waffen, Handbeile und Dechsel lagen bereit und rings um das Dorf herum hatte man einen Graben angelegt, in welchen die Opfer gebracht werden sollten.

Joni hatte vorläufig beschlossen, mitzuspielen. Er suchte fieberhaft nach einer Gelegenheit sich abzusetzen und die Läufer zu warnen. Doch hatten diese die Gegend verlassen, um ihren Artgenossen entgegenzugehen und sie zur Siedlung zu geleiten. Er wusste, dass Atota von Ato den Befehl erhalten hatte, ihn sofort zu verständigen, sollte Joni seinen Plan hintertreiben. Jonis Familie hatte man festgesetzt und Joni war klar, dass Ato zwar ihn brauchte für das Opferfest, aber nicht seine beiden Frauen und die acht Kinder.

Ato hatte ihn vor die Wahl gestellt: »Wir opfern die Läufer oder deine Kinder. Such es dir aus.«

Verzweifelt hatte Joni gerufen, die Göttinnen hätten doch überhaupt kein Opfer verlangt. Doch das hatte Ato so erbost, dass er Jonis jüngstes Kind, bloß ein Säugling, den Säuen zum Fraß vorgeworfen hatte. Naumi, seine erste Frau, hatte Joni beschworen, sich nicht aufzulehnen und lieber die Familie zu beschützen. Die Saat, die Ato ausgestreut hatte, war auch bei ihr auf fruchtbaren Boden gefallen.

»Sind dir die Läufer mehr wert als deine Familie?«, hatte sie ihn angeschrien und auf den Boden gespuckt. »Dein Sohn ist tot wegen deiner Sturheit.«

Da hatte er schweigend genickt und sich bereiterklärt, seine Rolle bei dem anstehenden Schauspiel zu übernehmen. Doch insgeheim werkelte er immer noch an einem Plan, seine Freunde unter den Läufern vor dem Massaker zu schützen.

Die Läufer durchstreiften die Steppen und Ebenen mit dem Lauf der Jahreszeiten und hielten sich gemeinhin von Menschen fern. Doch zu Joni und seinen Kindern hatten sie eine besondere Beziehung aufgebaut. Nuro hatte Joni vor Jahren unter einem Felsen liegend gefunden. Für Joni war Nuro wie ein Bote der Göttinnen erschienen, nachdem er auf der Wanderung zu seinem Gebetsplatz in einen Felssturz geraten war und sich schwer verletzt hatte. Nuro hatte ihm die Schmerzen genommen und die Brüche gerichtet. Während der Behandlung hatte Joni erschrocken gespürt, dass Nuro seine Gedanken lesen und sie auf geistiger Ebene miteinander kommunizieren konnten. Das war auch für Nuro eine erstaunliche Erfahrung, denn normalerweise erfolgte solch ein mentaler Austausch nur unter Läufern. So war er Joni zur Siedlung gefolgt, um dem Geheimnis auf den Grund zu gehen, und hatte entdeckt, dass auch einige von Jonis Kindern diese Fähigkeit besaßen. In den darauffolgenden Jahren hatten er und später auch sein Gefährte Vlat sich in der Siedlung unentbehrlich gemacht. Bis jetzt.

Kapitel 9

DIE NACKTE FRAU

Es war bereits Abend, als sich endlich die Tür öffnete. Zu Hannas Erstaunen traten Vlat und Lus gemeinsam ein.

»Äh, ihr habt euch also schon kennen gelernt. Wie schön«, stammelte Hanna, um gleich wutentbrannt fortzufahren: »Wo zum Teufel seid ihr gewesen? Ich war verrückt vor Sorge. Wieso habt ihr euch nicht gemeldet.«

Lus setzte sich in einen Sessel, während Vlat an den Türrahmen gelehnt stehenblieb.

»Reg dich nicht auf. Ja, wir haben uns heute früh getroffen. Es war reiner Zufall«, log Lus munter drauf los, denn sie konnte an Hannas Gesicht erkennen, dass sie alles andere als begeistert war.

»Nein, kein Zufall. Du hast mich verfolgt.«

Vlat drückte sich vom Türrahmen ab und ging auf Hanna zu.

»Du hast ihr von mir erzählt und mein Vertrauen missbraucht.«

Hanna erblasste. Plötzlich war sie von der Anklägerin zur Angeklagten geworden.

»Wir haben schon über dich gesprochen, bevor ich dich kennengelernt habe«, bemühte sie sich um Klarstellung. »Außerdem hast du mir erlaubt, sie einzuweihen, um nach einem Betäubungsmittel zu fragen, falls Schang wieder auftaucht.«

»Sie hat mir sonst kaum etwas erzählt«, beeilte sich Lus, ihrer Freundin beizustehen.

»So wenig, dass du mir freiwillig dein Blut anbietest?« Vlat betrachtete Lus mit hochgezogenen Augenbrauen.

»Was?« Hanna war fassungslos und blickte entsetzt von Lus zu Vlat und wieder zurück.

»Ja, aber nur, weil wegen des Messerschnitts. Ich wusste nicht, dass du so schnell heilst.«

»WAS?« Langsam wurde Hanna fuchsteufelswild. »WAS IST HEUTE PASSIERT!?«, brüllte sie, sodass Vlat angewidert zurückwich, während Lus zu Hanna stürzte, um ihr den Mund zuzuhalten.

»Bist du verrückt? Willst du, dass die ganze Pension von uns erfährt?«

Hanna riss sich zusammen. »Also gut. Aber ich will jedes Detail wissen.«

Nachdem Lus und Vlat ihr von den Geschehnissen der letzten Nacht und des Tages erzählt hatten, wollte Hanna Vlats Arm sehen. Widerstrebend rollte er den Ärmel hoch und zeigte ihr die inzwischen kaum noch erkennbaren Spuren der Verletzung.

»Ist es nicht faszinierend?« Lus blickte Hanna erwartungsvoll an. »Seine Zellen erneuern sich in unglaublichem Tempo.«

»Lass ihn in Frieden«, fauchte Hanna.

»Das tue ich doch. Ich habe doch bloß gesagt, was los ist.«

Lus schmollte eine Weile, doch dann gewann ihre Wissbegier wieder die Oberhand, während Vlat seinen Ärmel herunterrollte.

»Sag mal – ich weiß, das ist eine blöde Frage – was wäre gewesen, wenn der Typ statt eines Messers eine Axt gehabt und dir die Hand abgehakt hätte?«

»LUS!« Hanna war entsetzt, doch Vlat zuckte nur mit den Achseln.

»Sie wäre nachgewachsen. Aber das hätte länger gedauert.«

»Wie lange?«

»Ich habe nie darauf geachtet. Einen Sommer?«

»Das heißt, du hast das schon einmal erlebt?«

Vlat nickte. »Natürlich. Sowas kann ja mal passieren. Einmal hat mir ein Bär den Arm abgerissen. Ich wollte mich an ihm nähren, als er gerade ruhte. Anscheinend war er noch nicht eingeschlafen.«

Die beiden Frauen schauten ihn mit großen Augen an. Doch dann schüttelte Hanna die Bilder ab und wandte sich wieder der Gegenwart zu.

»Kommt, wir haben Wichtigeres zu tun als Anekdoten von früher auszutauschen.«

Lus war zwar anderer Meinung, was man ihrem Gesicht deutlich ansah, doch sie fügte sich.

Hanna zog ihr Handy aus der Tasche und holte das Foto der Rodin-Skizze auf den Bildschirm.

»Hier, könnte das die Figur von Schang sein?«

Vlat riss ihr das Handy aus der Hand. Seine Gesichtszüge veränderten sich, wurden wilder und härter. Seine Stimme klang tiefer als vorher.

»Woher hast du das?«

Hanna und Lus blickten sich erschrocken an. Sie hatten sich gerade einen unberechenbaren Psychopathen ins Haus geholt.

Franka Wottke war nicht untätig geblieben. Mit einem Namen und der dazugehörigen Mobilfunknummer war es ihr ein Leichtes, die Person aufzuspüren.

»Sieh an, Hanna Schmitz, dann lass mich doch mal schauen, welche Spuren du im Netz hinterlassen hast.«

Nach knapp neunzig Minuten wusste Franka, dass Hanna in Bochum Psychologie studierte, viel Spaß mit ihrer Mitbewohnerin Lus hatte, 22 Jahre jung war und ursprünglich aus der Gegend um Koblenz kam. Franka war immer wieder erstaunt darüber, wie offenherzig Menschen ihr Leben in den sozialen Netzwerken ausbreiteten.

»Tja, meine Liebe, jetzt ist nur noch interessant, wie du mit Beutekunst in Verbindung gekommen bist.«

In den letzten Tagen hatte Hanna nichts mehr gepostet. Wo war sie abgeblieben? Waren nicht gerade Semesterferien? Nun gut, das würde sie noch herausfinden. Wozu gab es Mobiltelefone?

Sie machte Screenshots von einigen Fotos, auf denen Hanna und Lus gut zu erkennen waren. Das würde später vielleicht hilfreich sein.

Dann wählte sie über ihren Computer mit simulierter Bochumer Vorwahl Hannas Nummer und schickte ihr eine SMS.

»Hallo Hanna, hier die Einladung zur Hausparty.«

Noch ein Kuss–Smiley. Mal sehen, ob Hanna widerstehen konnte, die angehängte Datei mit einer gefakten Einladung anzuklicken. Sollte ihre Neugier die Oberhand gewinnen, gäbe es nur den Hinweis auf einen defekten Dateianhang. Gleichzeitig würde sich eine kleine, aber sehr spezielle Trackingsoftware entfalten und Franka jederzeit den Aufenthaltsort von Hanna senden. Jetzt musste sie nur noch warten.

In dem sonst so gemütlichen Hotelzimmer war die Stimmung eisig.

»Hast du meine Skulptur gefunden? Wer hat sie gezeichnet?«

Schang hatte sich drohend über Hanna aufgebaut, die vor Angst schlotterte. Schang wirkte an sich schon bedrohlich, aber in Verbindung mit Vlats Fähigkeiten war er absolut unberechenbar für die beiden Frauen. Lus mischte sich ein. Die furchtlose Lus!

»Zeig mir mal die Zeichnung. Ich will sie auch mal sehen.«

Sie tippte Schang auf die Schulter, der zornig herumfuhr.

»Halt du dich da raus!«

Lus fuhr zurück. Derweil hatte Hanna aber ihr Tablet eingeschaltet und suchte fieberhaft nach der Skizze im Netz.

»Hier, siehst du? Die Zeichnung ist in einem Pariser Museum. Ich habe deine Figur nicht gesehen.«

Schang griff nach dem Gerät und blickte die Zeichnung an. Er strich mit einem Finger die gezeichneten Konturen nach. Sein Gesicht veränderte sich, wirkte plötzlich deutlich jünger und weicher. Hanna fasste Hoffnung. Sollte Vlat zurückkehren? Doch die Gesichtszüge, die sich zeigten, waren eindeutig Schangs. Nur eine sehr viel jüngere Ausgabe.

»Erzähl mir von der Figur. Sie ist wunderschön.«

Der junge Schang nickte. »Ja, das ist mein Gretchen. Sie ist unglaublich. Diese Art, Metall zu gestalten, ist unglaublich. Und diese Schönheit ...«

»Unglaublich!«, ergänzte Lus trocken, doch Hanna funkelte sie erbost an und gebot ihr mit einer Handbewegung Schweigen.

»Was gefällt dir besonders?«

Der Junge wurde rot. »Sie ist so ... anders«, stotterte er.

»Sie ist vor allem nackt!«, lachte Lus.

Die Gesichtszüge des Läufers gerieten wieder in Bewegung. Jetzt hatte Hanna genug.

»Lus, lass uns doch mal eine Weile allein. Ich würde gerne mit ... Wie heißt du eigentlich?«, wollte sie plötzlich von dem Jungen wissen.

Der beruhigte sich gerade wieder. »Jean.«

Lus Augen weiteten sich. Hanna nickte ihr zu.

»Lus, darf ich dir Jean vorstellen? Aber jetzt lass mich mit ihm allein. Ich würde gerne mit Jean unter vier Augen sprechen.«

Nach einer halben Stunde kam Hanna aus dem Zimmer und gesellte sich zu Lus in den Frühstücksraum, der um diese Uhrzeit menschenleer war. Es ging schon auf zweiundzwanzig Uhr zu.

»So, Jean schläft jetzt. Und ich hoffe, dass er als Vlat wieder erwacht.«

»Ja, sag mal, was war das denn?«

»Hast du gesehen, wie sich seine Gesichtszüge verändert haben, während er die Skulptur ansah?«

»Ja, das war gespenstisch.«

»Ich vermute, Schang oder Jean leidet an einer dissoziativen Störung. Da wohnen anscheinend zwei Seelen in seiner Brust.«

»Du meinst, so wie bei Doktor Jekyll und Mister Hyde?«

»So ähnlich. Jean hatte anscheinend eine außerordentlich gewalttätige Kindheit. Er hat nicht viel gesagt, aber sein Gesicht sprach Bände, als er von seinem Vater erzählte. Er ist einer von fünf Söhnen, der Jüngste, und anscheinend war er so etwas wie der Blitzableiter für allen Ärger, den es im Haus gab. Er war froh, als er in die Lehre kam. Sein Meister war so etwas wie ein Metallkünstler, hat ihn aber auch regelmäßig verprügelt. Gewalt gehörte für ihn zum Leben einfach dazu. Aber er war immer das Opfer. Durch die Skulptur hat sich etwas verändert. Von Vlat weiß ich, dass er gemordet hat, um die Skulptur behalten zu können. Er wurde vom Opfer zum Täter. Ich glaube, dass er damit nicht zurechtkam. Die Skulptur könnte ein Auslöser für die dissoziative Identitätsstörung gewesen sein. Oder auch die Gewalterfahrung in seiner Kindheit. Auf jeden Fall ist Jean ein lieber Junge, gerade sexuell erwacht und Schang ein gewalttätiges, empathieloses Monster. Letzterer hat damals die Kontrolle übernommen und anscheinend auch behalten.«

»Aber wieso ist Jean plötzlich wieder aufgetaucht?«

Hanna wirkte nachdenklich.

»Ich weiß es nicht. Vielleicht hat die Zeichnung etwas ausgelöst. Zumindest scheint die Erinnerung an die Skulptur ja gestern auch Schang auf den Plan gerufen zu haben.«

»Könnte Vlat mit seinen Fähigkeiten eine Rolle spielen?«

»Ja, auch das wäre möglich. Eine Dissoziation entsteht auch dadurch, dass das Individuum nicht in der Lage ist, mit negativen Affekten umzugehen. Der ganze Gefühlshaushalt ist gestört. Deshalb versucht der Patient, seine Emotionen abzuschalten.«

»Hört, hört, jetzt ist er schon dein Patient«, spottete Lus.

»Du weißt, was ich meine. Irgendwie tut mir der Junge wirklich leid. Was für ein Leben. Aber um auf Vlat zurückzukommen: Er besitzt natürlich unglaubliche Fähigkeiten, die Gefühle Anderer zu beeinflussen. Wenn er das mit mir als Außenstehende machen kann, sollte das innerhalb seines eigenen Gehirns ja eigentlich noch viel besser funktionieren.«

»Ich frage mich, was passieren würde, wenn der kleine Jean die Skulptur tatsächlich in den Händen halten würde.«

»Tja, das ist eine gute Frage. Vielleicht ist das ja der Auftrag, den Vlat erfüllen muss, damit die Seele von Schang Ruhe findet – ihn und sein Gretchen wieder vereinen.«

»Vlat war ja gestern unterwegs, um sich nach Schangs Elternhaus umzusehen. Allerdings hat dann Schang übernommen und irgendwie scheut sich Vlat, zu tief in seine Erinnerungen hineinzugehen.«

»Das hat er dir gesagt?«, staunte Hanna. »Dann hat er echt Vertrauen zu dir gefasst.«

»Ach, so eine gemeinsame Schlägerei mit Flucht, Stichwunden und allem Drum und Dran schweißt zusammen.«

Lus lachte schrill und Hanna registrierte für sich, dass Lus das Erlebnis deutlich näher gegangen war, als sie zugeben wollte.

»Da habe ich anscheinend echt etwas verpasst. Aber gut, dass du das Thema noch einmal erwähnst. Nach dem, was du mir erzählt hast, sollten wir schleunigst abreisen. Ich könnte mir vorstellen, dass man nach euch suchen wird.«

Lus schlug sich mit der Hand an die Stirn.

»Ach du Scheiße, du hast Recht. Darüber haben wir nicht nachgedacht.«

»Hat euch denn jemand beim Reinkommen gesehen?«

Lus schüttelte den Kopf.

»Trotzdem. Lass uns packen, wir reisen ab. Ich werde Frau Lederer das Geld auf den Nachttisch packen mit einem kleinen Dankeschön. Und irgendeiner Nachricht: Oma ist krank oder so ähnlich. Dich hat sie ja noch gar nicht gesehen und ich habe für heute früh ein Alibi. Vielleicht fällt Vlat damit durchs Raster. Aber wir sollten kein Risiko eingehen. Ich habe keine Ahnung, wie Vlat oder Schang oder wer auch immer auf ein Verhör reagieren würde.«

»Nichts, was ich mir ausmalen will.«

Die Frauen verließen den Frühstückssaal und gingen Koffer packen.

Auf dem Weg zum Zimmer summte plötzlich Hannas Handy.

»Huch, habe ich mich jetzt erschrocken«, stöhnte sie und kramte das Mobiltelefon aus der Tasche. »Eine SMS! Irgendeine Einladung zur Hausparty?«

»Ach, die ist bestimmt von Dirk von den Ingenieuren. Die sind noch auf der Suche nach ein paar weiblichen Gästen.«

Hanna klickte auf die Einladung, doch kam nur die Fehlermeldung, dass die Datei fehlerhaft sei und nicht geöffnet werden könnte. Sie zuckte mit den Schultern und steckte das Telefon wieder ein.

»Als Ingenieur sollte er eigentlich wissen, wie man einen Anhang verschickt«, lästerte sie.

Rund hundert Kilometer weiter nördlich summte in diesem Moment das Mobiltelefon von Franka Wottke.

»Na also, der Vogel ist gelandet …«

Sie machte sich auf den Weg.

Die beiden Frauen hatten in Windeseile ihre Taschen gepackt. Hanna ging zu Vlat, um ihn zu wecken. Hoffentlich würde auch Vlat wach und nicht etwa Schang. Sie schüttelte ihn an der Schulter.

»Vlat! Wir müssen hier weg.«

Der Läufer öffnete seine Augen und blickte Hanna unverwandt an.

»Vlat?«

Er nickte und stand mit einer fließenden Bewegung auf.

»Gut, dass du wieder da bist! Ich habe dich vermisst.«

Hanna drückte ihm eine Reisetasche in die Hand.

»Wir sollten los. Ich will vermeiden, dass man euch mit der Schlägerei heute Morgen in Verbindung bringt.«

Vlat folgte ihr schweigend.

»Ein Bouleplatz, sagst du?«

Hanna, Lus und Vlat hatten sich über ein Buchungsportal kurzfristig ein kleines Ferienhaus direkt am Wald gemietet, ganz in der Nähe von Schangs ehemaliger Bleibe. Jetzt saßen sie gemeinsam um den Wohnzimmertisch. Vlat hatte vorsichtig in den Erinnerungen von Schang/Jean gekramt und die letzte Nacht rekapituliert.

Vlat nickte. »Ja. Nutzung auf eigene Gefahr.«

»Es hätte schlimmer kommen können. Stellt euch vor, da stünde nun ein Einkaufszentrum.«

Lus wirkte ziemlich entspannt.

»In diesem winzigen Eifeldorf? Eher nicht. Aber du hast recht. Ein Bouleplatz lässt sich vielleicht noch unauffällig untersuchen. Aber ich halte es trotzdem für keine gute Idee, dort einfach ein paar Löcher zu buddeln.«

Lus zuckte mit den Schultern. »Wir sagen einfach, es wäre ein Fuchs gewesen. Vlat, was meinst du, graben Füchse Löcher? Oder doch lieber Wildschweine?«

Der Angesprochene dachte kurz nach. »Ich weiß nicht, ob ich Füchse oder Wildschweine dazu bewegen könnte, den Platz umzugraben.«

Lus blickte ihn erstaunt an. »Das habe ich gar nicht gemeint. Aber ernsthaft, tun Tiere, was du ihnen sagst?«

Vlat nickte. »Natürlich. Das tut ihr doch auch. Aber es muss in ihrer Natur liegen. Wildschweine suhlen sich nicht auf solchen Plätzen. Zu trocken. Und für einen Fuchsbau ist das Gelände zu offen.«

»Sag mal, hast du uns gerade mit Tieren verglichen?«, hakte Lus nach.

»Was seid ihr denn sonst?«, fragte Vlat erstaunt nach.

»Ääh, Menschen?«

»Ach das.« Vlat winkte ab. »Da gibt es keinen Unterschied.«

»Ja, aber wir können denken, miteinander kommunizieren, Entscheidungen treffen.«

»Ich glaube, ihr seid die einzige Spezies, die nicht bemerkt, dass die anderen das auch können.«

Lus blieb vor Entrüstung der Mund offenstehen, doch Hanna bemerkte das feine Lächeln um Vlats Lippen. Sollte der Kerl auf seine alten Tage so etwas wie Humor entwickeln? Sie grinste ihn an.

»Lass gut sein, Lus. Könnte man nicht einen medizinischen Grund finden? Kontamination? Gift im Staub? Dann könnten wir den Platz absperren lassen und offiziell untersuchen.«

»Das halte ich für keine gute Idee. Wir hätten sofort das Gesundheitsamt am Start, den Amtsarzt, die Lokalpresse. Und würden in Windeseile auffliegen. Nein, wir müssen unauffälliger vorgehen.«

Schweigend saßen sie um den Tisch, jeder in Gedanken versunken. Doch nach zwei Minuten sprang Hanna auf.

»So geht das nicht. Ich brauche etwas zu trinken.«

Sie ging in die Küche und kam mit drei Gläsern und einer Flasche Rotwein zurück.

»Vlat, trinkst du eigentlich Wein?«

»Hat immerhin die gleiche Farbe wie Blut.«, ergänzte Lus. Vlat verneinte. »Für mich keinen Alkohol. Ich darf die Kontrolle nicht verlieren.«

»Du meinst wegen Schang?«, nickte Hanna. »Stimmt, das wäre keine gute Idee.«

»Ich werde gleich jagen gehen. Es ist schon nach Mitternacht. Wollt ihr nicht schlafen? Das ist doch eure Zeit?«

Hanna blickte auf die Uhr.

»Schon so spät? Du hast recht. Ich gehe ins Bett. Lus, willst du bei mir im Doppelbett schlafen oder nimmst du die Schlafcouch? Vlat braucht sie nicht.«

»Ich nehme die Couch, dann kann ich noch etwas lesen.« Lus holte ein Anatomiebuch aus ihrer Tasche. »In vierzehn Tagen habe ich Prüfung.«

»Na, viel Spaß! Ich werde nur noch Schäfchen zählen.«

Hanna verzog sich ins Schlafzimmer und Vlat verließ das Haus.

Der Läufer wanderte in die Nacht hinaus. Er fühlte sich am wohlsten, wenn er im Wald war, in der freien Natur. Gebäude und Mauern erschienen ihm bedrohlich. Meist war es auch viel zu warm in den Räumen. Doch hier unter freiem Himmel war er in seinem Element. Er blickte hinauf in den Himmel. In der dunklen Nacht standen die Sterne zu Tausenden am Himmel. Er entfernte sich vom Ferienhaus. Das, was er nun vorhatte, war gefährlich und er wollte vermeiden, seine Gefährtinnen in Gefahr zu bringen. Inzwischen hatte er sich an die beiden Frauen gewöhnt. Tatsächlich hatte er einiges von ihnen gelernt. Das hatte er gar nicht erwartet. Für ihn waren Menschen etwas, um das man besser einen großen Bogen machte. Aber vielleicht hatte er das falsch eingeschätzt. Natürlich waren sie nur kurzlebig, aber er würde die Zeit mit ihnen genießen.

Als er eine geeignete Stelle gefunden hatte, setzte er sich aufrecht hin und schloss die Augen. Er wollte versuchen, mit Jean Kontakt aufzunehmen und hoffte, dass sich Schang nicht einmischen würde. In den Fachbüchern, die er für Hanna gelesen hatte, gab es einige Hinweise, wie man mit einer geteilten Seele umgehen konnte. Vielleicht gelang es ihm, die Fragmente zu etwas Neuem zu verschmelzen.

VI

Der große Tag war gekommen. Schon den ganzen Morgen lag ein Schweigen über der Siedlung, schwer wie ein Leichentuch. Man wartete gespannt auf die Ankömmlinge.

Nuro hatte ihnen gesagt, dass wohl einige hundert Läufer zum großen Mahl erscheinen würden. Das war ungewöhnlich, denn eigentlich waren die Läufer Einzelgänger. Man traf sich nur selten.

Joni hatte sich schon seit Stunden bemüht, die Lederbänder, mit denen Ato ihn an den Stützpfahl seiner Hütte gebunden hatte, zu lösen. Ato wusste von der besonderen Verbindung Jonis zu den Läufern. Deshalb war ihm sehr daran gelegen, Joni so lange zu isolieren, bis er ihn für die große Anrufung der Göttinnen brauchte.

Nach und nach trafen die ersten Läufer ein. Viele wurden von Nuro und Vlat zur Siedlung geleitet. Sie führten ihre Gefährten vor das Sippenoberhaupt, das sie gastfreundlich in Empfang nahm und ihnen Platz und Gelegenheit anbot, sich zu nähren.

Joni erstarrte, als hinter ihm ein Rascheln und dann ein scharrendes Geräusch ertönten. Hatte sich eine Schlange den Weg in die Hütte gebahnt? Oder noch schlimmer, war einer von Atos Männern dort, der ihn daran hindern würde, zu flüchten? Bisher hatte er nur die Wachen am Eingang der Hütte bemerkt. Da ertönte hinter ihm eine neugierige Kinderstimme: »Was machst du da?«

»Psst! Sei still«, flüsterte Joni. Er wollte auf keinen Fall riskieren, dass die Wachen aufmerksam wurden und sich möglicherweise seine Hände und Fesseln genauer ansahen.

»Musst du nicht draußen sein, bei Vater?«

Jetzt flüsterte auch das Kind. Joni stockte der Atem. Das musste Heimon sein, Atos Jüngste. Ein verspieltes Kind, das stets Unsinn im Kopf hatte.

»Ja, das sollte ich. Aber ich habe einen dummen Fehler gemacht und mich an den Pfahl gefesselt.«

Jetzt stand Heimon vor ihm und betrachtete ihn mit schief gelegtem Kopf.

»Soll ich jemanden holen, der dich befreit?«

Sie wollte sich schon umdrehen und nach draußen stürzen, doch Joni konnte sie gerade noch mit einem heftigen Kopfschütteln und einem gezischten »Nein!« davon abbringen.

»Heimon, hör zu. Das hier muss unser Geheimnis bleiben. Hast du das verstanden?«

Heimon nickte brav. Man hatte ihr Respekt vor dem alten Schamanen gelehrt und ihr Kinderverstand sagte ihr, dass Zauberer von Geheimnissen umgeben waren. Jetzt war sie Teil eines solchen Geheimnisses und kam sich dementsprechend wichtig vor. Folgsam legte sie den Zeigefinger an die Lippen.

Joni nickte ihr zu.

»Kannst du mir helfen und die Lederbänder durchschneiden? Meine Opferklinge liegt dort drüben.« Er deutete mit dem Kopf in die Richtung.

Heimon ging zu der großen Opferschale, in der eine sorgfältig geschliffene Steinklinge lag. Ehrfurchtsvoll betrachtete sie das Objekt.

»Fass sie ruhig an«, ermunterte Joni sie, obwohl er sich innerlich wegen des Sakrilegs wand.

»Damit kannst du das Leder schneiden. Schnell, beeil dich!«

Er hörte an dem Stimmengewirr und dem Blöken der Tiere, dass sich inzwischen eine große Menge Menschen und Läufer auf dem Platz vor dem Langhaus versammelt und mit der Speisung begonnen hatte. Doch das hatte auch sein Gutes. Die Wächter waren abgelenkt und der Lärm war so groß, dass die Geräusche aus dem Inneren des Zeltes nicht bis an ihre Ohren drangen.

Joni versuchte, auf mentalem Weg Nuro zu erreichen. Vielleicht war er in der Nähe und konnte ihn hören? Doch in seinem Geist blieb es still.

Inzwischen hatte Heimon mit ihren kleinen Kinderfingern die Lederbänder bearbeitet und Joni zwar befreit, sich aber prompt mit der scharfen Schneide selbst verletzt. Sie begann zu weinen und drückte die blutende Fingerkuppe fest mit der anderen Hand. Joni verdrehte die Augen. Jetzt musste er sich auch noch um das Mädchen kümmern, sonst brüllte sie ihm die ganze Sippe zusammen.

»Psst, Kind. Ich spreche einen kleinen Zauber und dann ist der Schmerz gleich verschwunden.«

Er huschte zu einer Bank, auf der er Lappen und Kräuter gelagert hatte.

»Komm her, du bekommst einen Verband.«

Zügig verarztete er Heimon und sprach ein kurzes Heilgebet. Das Mädchen verfolgte die Zeremonie mit offenem Mund und bewunderte anschließend den kunstvoll verbundenen Finger.

»Zeige mir mal, wie du in die Hütte gelangt bist.«

Gehorsam ging Heimon zur hinteren Wand und zeigte auf eine Stelle, wo sich ein Fell gelöst hatte. Joni seufzte innerlich vor Erleichterung auf, dass seine Schamanenhütte nach alter Tradition noch aus Fellen bestand, die auf Birkenstämmen festgezurrt waren. Aus dem Langhaus hätte er nicht flüchten können. Vorsichtig ließ er sich nieder und schob sich durch das Loch. Heimon folgte ihm.

»Denke daran, das ist unser Geheimnis. Die Götter segnen dich dafür.«

Heimon nickte stolz, dann drehte sie sich herum und stob davon. Joni blickte ihr sinnend nach. Ein gutes Kind. Hoffentlich würde Ato nie erfahren, dass sie ihn befreit hatte.

Doch es wurde Zeit, wenn er seine Freunde retten wollte. Geräuschlos schlich Joni in Richtung des Tors, sein Gesicht durch eine Kapuze verhüllt. Solange Ato oder seine Gehilfen ihn nicht entdeckten, hatte er eine Chance, die Siedlung zu verlassen. Die anderen respektierten seine Autorität. Noch!

Er hatte Glück. Die Aufmerksamkeit lag auf den Neuankömmlingen. Joni hatte noch nie so viele Läufer gesehen. Die rothaarigen Schöpfe waren überall. Es war ein riesiger Trubel. Blökende Tiere, grunzende Schweine, darüber hinaus floss das Körnergebräu in Strömen und auch die gärenden Früchte, die Ato verteilen ließ, wurden gerne genascht. Joni sah, dass bereits einige Läufer der ungewohnten Kost ausgiebig zugesprochen hatten. Anscheinend waren sie den Rausch nicht gewöhnt. Gefühlswallungen von Ausgelassenheit und Freude trafen Joni, aber auch Enthemmung und unterschwellige Gewalt. Ein Läufer zerrte ein Mädchen zu sich, doch es riss sich los und floh kreischend. Ein anderer hatte sich einen Jungen gepackt und biss ihm heftig in den Hals. Er schrie auf, konnte sich aber nicht wehren. Joni wusste, dass er sich beeilen musste. Die Situation eskalierte bereits. Und er hatte keine Ahnung, ob Ato wirklich bewusst war, was er da entfesselt hatte.

Er huschte aus dem Lager. Seine Gedanken rasten. Würden sie die Läufer noch retten können, ohne Gewalt über die ganze Siedlung zu bringen? Es half nichts, er musste es versuchen.

Er eilte in die Nacht hinaus und begann, die Siedlung weiträumig zu umkreisen. Irgendwann musste er auf Nuro oder Vlat treffen. *Nuro, wo bist du?*, sendete sein Geist. Doch seine mentalen Rufe blieben unerwidert.

Kapitel 10

SEELENPEIN

Nachdem sich Vlat in eine tiefe Meditation versenkt hatte, konzentrierte er sich und tauchte hinein in seinen Seelenpool. Er beschwor die Kraft seiner Ahnen und fühlte, wie sich die Geister einer langen Reise durch die Zeit manifestierten. Unendlich viele Erinnerungsfetzen trudelten durch seinen Geist, aus fernen Welten und vergangenen Zeiten. Unendliche Freude und unsägliches Leid drohten ihn zu überwältigen. Mühsam regulierte er den inneren Gefühlssturm. Das, was er hier tat, war die Vorstufe zu dem Wahnsinn, aus dem heraus ein neuer Läufer entstehen würde und der alte verschwand. Doch genau das sollte hier und heute nicht passieren.

Er aktivierte sein inneres Heer, um der Begegnung mit Schang und Jean gewachsen zu sein. In einem kurzen Geistesblitz suchte er auch die Seele von Josef, seinem Vertrauten, der ihn fast achtzig Jahre bei der Tilgung seiner Seelenschuld begleitet hatte. Eine vertraute Stimme im Chor.

»Was hast du vor?«, tönte Josef in seinem Kopf.

»Schangs Auftrag erfüllen, damit er verschwinden kann. Und damit auch du verschwinden kannst. Ich habe bemerkt, dass du keine Ruhe findest. Du fühlst dich verantwortlich für das, was mit uns geschehen ist?«

»Ja.«

»Dann hilf mir, die Seelenpein zu heilen. Wir müssen Jean und Schang vereinen.«

Vlat spürte ein inneres Aufheulen. Die Seelen wussten um die Gefahr, in der sie sich alle befanden, sollte Schang entfesselt werden und die Kontrolle übernehmen.

Tief versenkte sich Vlat in das Heer der Seelen und verflocht sie zu einer stabilen Wehrmauer um seine eigene

Seele, zur letzten Verteidigungslinie seiner geistigen Gesundheit.

Nun war es Zeit. Er atmete noch einmal tief durch, holte sich Josef an seine Seite und rief nach Jean. Er hoffte, dass es der Junge war, der kam. Doch er hatte kein Glück.

»Was wollt ihr von mir?«

Schangs Stimme erklang in Vlats Geist, stark und fordernd. Vlat sandte eine Welle von Wohlbehagen durch seinen Geist, um Schang zu beruhigen, aber auch sich selbst.

»Ich würde gerne mit Jean sprechen.«

»Lasst den Kleinen in Ruhe.«

»Du beschützt ihn, nicht wahr?«

Ungeduld durchzog den Läufer.

»Das geht euch nichts an.«

Vlat setzte ein Gefühl von Erleichterung dagegen.

»Wir wollen ihm helfen, Ruhe zu finden.«

»Ruhe? Ruhe gibt es nicht in unserem Leben!«

Wut entbrannte in Vlat. Er keuchte auf. Bilder des Grauens zogen durch seinen Geist. Brutal ermordete Männer, vergewaltigte Frauen, zerfetzte Glieder. Eine tiefe Trauer erfüllte sein Herz.

Eine Trauer, die Schang nur noch wütender machte. Vlat spürte, wie der Gefühlssturm seine Wehrmauer ins Wanken brachte. Die Wut brach über ihn herein und wurde zu seiner eigenen Wut. Seine Ahnen versuchten ihn abzuschirmen, aber der Widerstand wurde immer schwächer. Die Monstrosität der Bilder hatte nicht nur ihn schockiert.

»Schang! Wir brauchen dich.«

Plötzlich mischte sich Josefs tiefe Stimme in das Tohuwabohu der Wut.

Die Wut flaute ab.

»Josef? Du bist hier?«

»Ja, wir starben gemeinsam. Erinnerst du dich?«

Eine Melange aus Trauer, Angst und Schmerz durchwallte Vlats Geist.

Schang schwieg.

»Wir hatten so viele Träume und Hoffnungen. Du hast mir einmal von deiner Bronzefigur erzählt, als wir abends eine Flasche Korn ergattert hatten. Erinnerst du dich?«

Sie teilten Bilder der Erinnerung. Zwei Männer an einem kleinen Lagerfeuer in einem zerbombten Dorf, junge Gesichter, schmutzig und abgehärmt, aber doch in einem Gefühl unerwarteten Glücks. Zu leben, zu lieben, satt und warm für den Moment.

»Vlat kann uns helfen, einen Teil unserer Träume zu erfüllen. Das, was wir nicht mehr können.«

Josefs Stimme klang drängend. Er spürte, dass er bei Schang etwas bewirkte.

»Was ist dein Traum?«

»Ich habe keine Träume. Träume sind Schäume, so sagt man doch. Ich habe mir immer genommen, was ich wollte. Vlat hat mir nichts zu bieten, was ich mir nicht selbst holen kann.«

Vlat erschauerte innerlich. Er wusste, das Schang darauf anspielte, dass er die Kontrolle über ihn übernehmen wollte.

Doch Josef gab nicht auf.

»Was ist mit Jean? Was sind seine Wünsche?«

»Der hat nichts zu wünschen.«

Doch die Stimme von Schang klang zögerlich, veränderte sich.

Vlat sandte eine Welle von Ruhe und Geborgenheit durch seinen Geist.

»Jean, was ist dein Traum? Was kann Vlat für dich tun?«, klang Josefs Stimme eindringlich, fast beschwörend in Vlats Geist.

Vlat fühlte, dass sich Schangs Präsenz veränderte. Sie wurde weicher, biegsamer, frischer.

»Ich will Gretchen noch einmal in den Händen halten, ich will einmal in Liebe bei einer Frau liegen und ich will mit meinen eigenen Händen eine solche Skulptur schaffen.«

Die jugendliche Stimme klang drängend und fordernd, aber auch hoffnungsvoll.

Eine Welle der Vorfreude schwappte durch den Geist des Läufers, doch diesmal ging sie nicht von Vlat aus.

Ein vieltöniges »So sei es!« hallte durch Vlats Schädel. Selbst Schangs Stimme war in diesem Chor zu hören.

Vlat atmete tief aus und beendete den inneren Dialog, indem er seine Aufmerksamkeit wieder in die Außenwelt richtete. Es war spät geworden, der Mond inzwischen über den Himmel gewandert. Zeit für den Rückweg!

In einiger Entfernung stand eine dunkle Gestalt und beobachtete durch ein Nachtsichtglas den tief in Meditation versunkenen jungen Mann. *Was für ein Spinner*, dachte Franka, *sich mitten in der Nacht in den Wald zu hocken und zu meditieren.* Sie ließ das Nachtsichtglas sinken. Zeitverschwendung. Als sie gesehen hatte, wie jemand zu dieser späten Stunde das Holzhaus verließ, hatte sie auf eine heiße Spur gehofft, doch stattdessen stand sie nun im Gebüsch herum und trat sich die Beine in den Bauch.

Es hatte nicht lange gedauert, bis Franka Hannas Handy geortet hatte, doch war es gar nicht so einfach gewesen, das Holzhaus am Waldrand zu finden. So präzise waren die Standortdaten dann doch wieder nicht. Erst nach einigen Recherchen im Internet zu Übernachtungsmöglichkeiten in der Umgebung war sie auf das Ferienhaus gestoßen, das ein wenig abgelegen von Esch lag.

Was machte der Kerl bloß hier draußen? Sie hob erneut ihr Glas. Von Vlat war keine Spur mehr zu sehen. Sie fluchte innerlich vor sich hin. Wie unprofessionell von ihr, das Ziel aus den Augen zu lassen. Auch wenn ihr die Arme wehtaten – jetzt war der Typ verschwunden. Sie suchte noch eine Weile den Wald ab, vergebens. Müde packte sie zusammen und ging zu ihrem geräumigen Geländewagen zurück. Sie würde dort ein paar Stunden schlafen und sich dann um das Ferienhaus kümmern. Vielleicht hatte sie bei den Frauen mehr Glück.

»Ich hatte die Nacht eine Idee, wie wir den Platz untersuchen können. Mit einem Metalldetektor.«

Lus saß am Frühstückstisch und schnitt ein Brötchen auf. Vlat hatte sie auf dem Rückweg von seinem nächtlichen Ausflug mitgebracht.

»Dass mit dem Bäcker war ein guter Move. Du wirst noch richtig menschlich«, lobte Hanna ihn und biss herzhaft in ihr Brötchen. »Woher hattest du das Geld?«

»Aus deinem Portemonnaie.«

»Oh. Ja, gut. Aber du hättest vorher fragen können.«

Hanna wirkte ein wenig konsterniert. Sofort spülte eine Welle von Wohlbehagen durch ihren Geist.

»Ja, ist gut! Lass das!«, keifte sie Vlat an.

Lus blickte erstaunt auf.

»Was war das denn jetzt gerade? Warst du das?« Sie schaute Vlat an.

»Das macht er immer.«, schimpfte Hanna. »Wie ein warmes Schaumbad.«

»Ich find's schön!«

Wieder flutete eine Wohlfühlwelle durchs Zimmer. Lus lachte auf, während Hanna ein Kissen nach Vlat warf. Er grinste sie an.

»Das mit dem Grinsen bekommst du inzwischen richtig gut hin«, lobte Hanna ihn. »Aber lass die Gefühlswallungen bitte sein. Ich komme mir vor, wie ein Welpe, der sein Leckerli bekommt.«

»Mich stört es nicht«, meinte Lus zu Vlat. »Mich kannst du gerne baden.«

Hanna rollte mit den Augen.

»Hattest du nicht gerade von einer Idee gesprochen?«

»Ach ja, stimmt. Was hältst du von einem Metalldetektor? So wie die Schatzsucher einen haben. Damit könnten wir nachts den Platz absuchen ohne aufzufallen.«

»Wie tief hat Schang die Skulptur eingegraben?«, fragte Hanna Vlat.

Der hob die Schultern. »Keine Erinnerung.«

»Sicher nicht so tief«, meinte Lus. »Es war der Garten seiner Eltern. Er wollte sie ja nur eine Weile verbergen und später wieder ausbuddeln.«

»Dann sollten wir uns auch mit dem Gedanken beschäftigen, dass man sie gefunden hat bei der Anlage des Platzes«, sinnierte Hanna. »Obwohl – der Kunsthändler, mit dem ich gestern sprach, meinte, eine solches Skulptur gäbe es nicht. Wenn man sie gefunden hat, hat man sie also definitiv nicht als Fund gemeldet.«

Lus sah sie fragend an. »Kunsthändler?«

Kurz schilderte Hanna ihr Gespräch mit Max von Ullmann. Sie vermied es jedoch, die Skizze hervorzuholen. Zu groß war die Gefahr, dass sie bei Vlat wieder eine erneute Verwandlung triggern könnte.

»Also, falls sich irgendjemand bei der Arbeit an der Boulebahn mit Gretchen davon gemacht hat, hat er sie entweder nun in seinem Wohnzimmer stehen oder an einen privaten Sammler verkauft. Sie steht in keinem Verzeichnis.«

»Es hilft nichts, wir müssen erst einmal sehen, ob die Skulptur nicht noch an ihrem Platz ist.«

Lus stand auf. »Ich werde losziehen und einen Metalldetektor auftreiben. Hat jemand von euch eine Idee, ob man sowas im nächsten Baumarkt kaufen kann?«

Hanna und Vlat zogen synchron die Schultern hoch und schüttelten den Kopf.

Lus musste lachen. »Was war das denn jetzt? Synchronschwimmen?«

Hanna streckte ihr die Zunge heraus, während Vlat nur irritiert die Augenbrauen hob.

»Ich habe in der Nacht Jean geweckt«, erwähnte Vlat, nachdem Lus gegangen war.

Hanna erstarrte.

»Was hast du getan? War das nicht wahnsinnig gefährlich?«

»Ja, das war es. Und fast wäre es gescheitert. Aber ich bin noch hier.«

VII

Es hatte lange gedauert, bis Joni Vlat und Nuro friedlich auf dem Boden hockend auf einer Anhöhe fand. Sie hielten dort Ausschau nach Nachzüglern und wollten gerade aufbrechen, um sich dem großen Fest anzuschließen. Bald würden die Wandersterne am Himmel zu sehen sein und das Ritual konnte beginnen. Jeder Läufer trug nicht nur die eigenen Lebenserinnerungen, sondern auch die Biographien vieler Seelen in sich. Diese Bilder würden in den Köpfen der Läufer zu einem großen Ganzen verschmelzen und das individuelle Bewusstsein schwinden. Läufer tauschten sich nicht mit Worten, sondern mit Gedanken aus. Durch diese Zeremonie spürten sie ihre innere Verbundenheit und die Verbindung zu ihren Ahnen. Das war ein Moment großen Glücks und die beiden waren bereits voller Vorfreude, als Joni keuchend zu ihnen trat.

»Es tut mir unendlich leid, aber ihr müsst fliehen!«

Nuro blickte ihn mit ausdruckslosen Augen an. Sein Geist tauchte ohne Vorwarnung in Jonis Bewusstsein ein. Der schluchzte hilflos auf.

»Ich bin zu spät!«

Aus der Ferne drang Geschrei zu ihnen. Vlat sprang auf und wollte ins Tal stürzen, doch Nuro hielt ihn auf. Joni konnte durch seine Verbindung mit Nuro nun auch Vlats Geist hören. Er beschwor die beiden Läufer mit seiner inneren Stimme, sich zu retten.

»Glaubt mir, eure Gefährten sind verloren. Ato hat für alles gesorgt. Die Getränke waren vergiftet. Hört ihr das Geschrei? Das große Töten hat bereits begonnen.«

Der Schmerz der beiden zwang Joni in die Knie.

»Ich habe versucht, es aufzuhalten, aber Ato hat mich gefangengenommen.«

Er schickte ihnen die Bilder seiner Gefangennahme. In seinem Geist erschien ein flammendes »*Warum?*«. Die beiden Läufer konnten es nicht fassen. Sie hatten den Siedlern geholfen sesshaft zu werden, sie mit Wissen und ihren Fertigkeiten unterstützt.

»Sie glauben, dass ihr ihnen die Seelen stehlt und die Lebenskraft raubt.«

»Aber das ist nicht wahr. Wir geben ihnen von unserer Kraft und bieten den Sterbenden Ruhe und Frieden im Übergang. Wir ehren ihr Andenken und ihre Erinnerungen, als wären es unsere eigenen.«

»Ich weiß das. Ich vertraue euch. Ich kann in eure Seelen sehen.«

»Und wir in deine.«

Joni spürte die tiefe Trauer der beiden, aber auch den Zorn, der in Nuro steckte. Er wusste, dass er das Böse über sein Volk gebracht hatte, indem er Ato zugestimmte hatte, das große Wanderritual dort unten in der Siedlung zu vollziehen. Vlat bemühte sich, Nuros Zorn zu dämpfen, doch Joni fühlte auch Vlats innere Zerrissenheit. Beide vereinigten ihre mentale Kraft und versuchten, die Gefährten unten in der Siedlung zu erreichen. Ohne Erfolg. Joni spürte die Bemühung und schüttelte müde den Kopf.

»Entweder sind sie betäubt oder schon tot. Ato hat nichts dem Zufall überlassen. Jeder Neuankömmling musste mit ihm den Becher heben.«

Nuro riss sich aus der Verbindung und wandte sich ab. Joni empfand die plötzliche mentale Trennung wie ein Stich in seinem Schädel, dann war es still.

Sie konnten nichts tun.

Kapitel 11

AUF DER SUCHE NACH VERBORGENEN SCHÄTZEN

Nachdem Vlat Hanna von seinem nächtlichen Seelentrip erzählt hatte, saßen beide schweigend da. Hanna dachte nach.

»Du meinst, es wäre möglich, dass Schang gemeinsam mit Jean verschwindet, wenn du ihm die drei Wünsche erfüllst?«

»Ja, ich halte das für möglich. Aber uns fehlt die Erfahrung mit einer so fragmentierten Seele. Vielleicht ist dann nur Jean fort, aber Schang immer noch da.«

Vlat zuckte mit den Schultern.

»Du lieber Himmel, dann kämen wir vom Regen in die Traufe.« Hanna runzelte die Stirn. »Wenn ich dich richtig verstehe, hast du Schang in Schach halten können, indem du dich nicht von seinen Emotionen hast überwältigen lassen, sondern positive Emotionen dagegengesetzt hast, richtig?«

Vlat nickte. »Ja, das hat geholfen, Jean zu wecken. Ich hatte in einem deiner Lehrbücher gelesen, dass Menschen mit dissoziativen Störungen Schwierigkeiten mit ihrem Emotionsmanagement haben. Also haben wir unsere Kraft gebündelt, um Jean positive Emotionen zu schenken und die negativen Gefühle von Schang zu neutralisieren.«

»Na, darin bist du ja ein Meister«, bemerkte Hanna trocken. Sofort flutete ein Gefühl des Wohlbehagens durch ihren Geist. Sie warf Vlat einen scharfen Blick zu.

»Den Fachjargon hast du übrigens schon richtig gut drauf«, lobte sie ihn.

»Es ist eine merkwürdige Sprache in deinen Büchern, um etwas eigentlich Simples kompliziert auszudrücken.«

»Du hältst dein Problem für simpel?«

»Nein, natürlich nicht. Aber diese Unterscheidungen, die ihr macht – Psychopathen, Soziopathen, Sadisten, Narzissten, diese ganzen Persönlichkeitsstörungen – sind das nicht Schädlinge für eure Spezies?«

Hanna schluckte. Nicht schon wieder so eine Diskussion. Doch war es als Vertraute nicht ihre Aufgabe, ihn mit ihrer Kultur vertraut zu machen?

»In solchen Kategorien denken wir nicht. Das sind in gewisser Weise Krankheiten.«

»Die sich aber kaum therapieren lassen.«

»Auch wenn wir nur wenige retten können, lohnt sich der Aufwand.«

»Sehen das die Opfer der anderen auch so?«

Da öffnete sich die Haustür und Lus kehrte zurück. Hanna lehnte sich erleichtert zurück.

»Nichts ist mit Metalldetektor. Ich habe mich in zwei Baumärkten und einem Eisenwarenhandel erkundigt. Man kann sich die Geräte aber leihen, wurde mir gesagt. In Bonn!« Sie rollte mit den Augen. »Tiefste Provinz hier.«

Hanna stand auf. »Dann komm, wir machen uns direkt auf den Weg. Es gibt einiges zu tun. Vlat kann derweil ein paar Stunden schlafen und das Haus hüten.«

Doch Vlat war anderer Meinung. »Das Haus benötigt keinen Hüter. Wo soll es schon hinlaufen? Ich gehe zurück in den Wald.«

»Was wollen Sie denn suchen?«

Der Fachberater in dem Bonner Baumarkt schaute die beiden jungen Frauen desinteressiert an.

»Na, was wohl? Metall.«

Lus war nicht nach Smalltalk zumute.

»Na, Sie sind mir ja 'ne ganz Schlaue. Das habe ich mir schon gedacht. Aber ein bisschen genauer muss es schon sein. Wollen Sie Leitungen aufspüren oder doch lieber vergrabene Goldschätze? Suchen Sie ein Schmuckstück, dass Sie im Gras verloren haben? Oder alte Munition aus dem Zweiten Weltkrieg?«

»Was macht das denn für einen Unterschied?«, mischte sich Hanna ein.

»Naja, Golddetektoren müssen besonders empfindlich sein, wenn Sie Leitungen suchen, benötigen Sie eine Tiefe von ungefähr einem Meter, bei verlorenem Schmuck reichen auch fünfzehn Zentimeter. Da gibt es also riesige Unterschiede.«

Der Baumarktmitarbeiter stocherte in den Zähnen. Lus verzog angewidert das Gesicht.

»Also, normales Metall reicht uns, Eisen, Kupfer, Zinn, sowas halt. Und ein Meter müsste es schon sein. Vielleicht sogar noch etwas tiefer.«

»Also schwere Geschütze. Da habe ich doch etwas für die Damen.«

Der Mann ging in einen Nebenraum und kam mit einem Metalldetektor zurück.

»Hier, das ist unser Modell für Schatzsucher. Vier Suchmodi, drei verschiedene Ortungstöne, die Empfindlichkeit kann in sechs Stufen eingestellt werden, wasserdicht bis zu einer Wassertiefe von drei Metern, mit Punktortungsfunktion und Notchdiskrimierung ...«

»Ja, ja, schon gut. So genau wollen wir das gar nicht wissen«, fiel Lus ihm ins Wort. »Wie bedient man das Gerät?«

Der Fachberater schaute sie erbost an, schaltete dann aber wortlos das Gerät ein und näherte sich damit einem Metallteil. Ein durchdringender Ton ertönte.

»Wow, das ist ziemlich laut!«, entfuhr es Hanna.

»Sie nutzen sowieso besser einen Kopfhörer. damit können Sie viel besser in den Boden hineinhorchen.«

Der Mann wollte wieder zu einem Fachvortrag ausholen, doch Lus unterbrach ihn erneut. »Sagen Sie mal, da gibt es doch sicher eine Bedienungsanleitung. Wir lesen das lieber nach. Wie hoch ist die Miete pro Tag?«

Der Mann nannte einen zweistelligen Betrag und man wurde schnell handelseinig.

»Warum warst du denn so nickelig zu dem Kerl?«, fragte Hanna, als sie den Baumarkt verließen.

»Aus Prinzip. Außerdem kann Vlat die Bedienungsanleitung auswendig lernen, das geht schneller.«

»Auch wieder wahr. Aber gut, dass der Mann das Gerät mal eingeschaltet hat. Stell dir vor, wir wären nachts damit auf dem Bouleplatz unterwegs. Das schreckt doch die ganze Nachbarschaft auf.«

»Stimmt, aber der Kopfhörer hat ein ganz schönes Loch in meinen Geldbeutel gerissen.«

Lus hob ihre neuste Errungenschaft hoch.

»Schade, dass man den nicht auch leihen kann.«

Es war schon später Nachmittag, als Hanna und Lus wieder in ihrem Ferienhaus eintrafen. Sie waren noch einkaufen gewesen, um ihre Vorräte aufzufüllen. Den Geländewagen, der ihnen nach Bonn gefolgt war, hatten sie ebenso wenig bemerkt, wie die junge Frau im Baumarkt, die sich im Nebengang ausgiebig die Tapetenrollen angesehen hatte.

Ein Metalldetektor, so so. Franka Wottke war recht zufrieden mit sich. Diese Beschattung war auf jeden Fall sehr viel ergiebiger gewesen als ihr Nachteinsatz. Zeit für einen kurzen Zwischenbericht. Sie wählte die Nummer von Max von Ullmann, der eigentlich Klaus Hamacher hieß, wie sie bereits vor einiger Zeit herausbekommen hatte, als sie ihn aus einer Laune heraus überprüfte. Sie wusste immer gerne, für wen sie arbeitete. Aber ein »Von und zu« machte auf der Visitenkarte eines Kunsthändlers natürlich einiges mehr her. Tatsächlich hatte er früher als bildender Künstler gearbeitet und sich sein Pseudonym ganz offiziell im Personalausweis eintragen lassen.

Franka hielt ihren Auftraggeber für einen arroganten Blender, aber sie war nicht wählerisch. So lange die Bezahlung stimmte.

Er hatte ihr seine Durchwahl gegeben und war auch direkt am Apparat.

»Haben Sie schon etwas in Erfahrung bringen können über meine Anruferin?«

»Ich bin ihr gefolgt. Sie wird begleitet von ihrer Freundin und einem Mann, zu dem ich allerdings noch keine Informationen habe. Zurzeit wohnen sie in einem Ferienhaus in der Eifel, in der Nähe von Esch. Interessant ist, dass die beiden Frauen sich heute einen Metalldetektor geliehen haben. Ich denke, sie suchen etwas. Möglicherweise das Objekt, von dem Sie gesprochen haben.«

»Bleiben Sie auf jeden Fall dran.« Die Stimme des Kunsthändlers klang aufgeregt. »Und halten Sie mich auf dem Laufenden.«

»Wir müssen über mein Honorar sprechen. Wenn ich hierbleiben soll, brauche ich einen Vorschuss. Die üblichen Konditionen.«

»Wird erledigt. Zunächst einmal für eine Woche. Dann sehen wir weiter.«

Es war weit nach Mitternacht, als sich Hanna, Lus und Vlat auf den Weg machten, um sich die Boulebahn in Jeans Heimatdorf genauer anzuschauen. Der Ort war nur einige Fahrminuten entfernt. Es war stockdunkel rund um den Sportplatz, nur einige weiter entfernte Straßenlampen sorgten für ein wenig Licht. Doch für Vlat war das gar kein Problem. Er führte die beiden Frauen zügig zu der Anlage und deutete auf die Boulebahn, die sich in der Dunkelheit abzeichnete.

»Hier müsste Jean die Statue vergraben haben. Zumindest nach seiner Erinnerung. Aber es hat sich alles so verändert, dass er nicht sicher ist.«

»Phantastisch. Ich sehe uns hier schon den kompletten Sportplatz absuchen«, schnaubte Lus.

»Jetzt lasst uns erst einmal anfangen«, griff Hanna mäßigend ein. »Vlat, hast du die Bedienungsanleitung gelesen?«

Vlat leierte mühelos die technische Dokumentation in holländischer Sprache herunter.

Lus grinste und sah Hanna an. »Ich mag den Kerl.«

»Wer nicht? Hast du auch die deutsche Fassung im Kopf?«

Vlat nickte und schaltete den Metalldetektor mit einem Griff ein, schaltete ihn aber direkt wieder aus, als er mit seinem feinen Gehör das schrille Piepsen wahrnahm.

»Das macht Schädelweh!«

Hanna hatte bereits die Kopfhörer aufgesetzt, koppelte sie mit dem Gerät und schaltete es wieder ein. Egal, wo sie es hinhielt, es piepste an ziemlich allen Stellen.

»So kommen wir nicht weiter.« Sie scharrte mit ihrem Fuß zwei Kronkorken frei, die sich in den Sand eingegraben hatten. »Hier wurde anscheinend nicht nur Boule gespielt.«

»Das Gerät beherrscht Notchdiskriminierung«, mischte sich Vlat ein.

»Ich wusste es, wir hätten diesem Fachberater zuhören sollen«, schimpfte Hanna, während Lus Vlat böse anfunkelte.

»Wenn du uns nicht direkt sagst, was das heißt, diskriminiere ich dich gleich.«

»Man kann das Gerät auf bestimmte Metalle einstellen. Bronze besteht aus Zinn und Kupfer.«

Vlat stellte einen Regler am Gerät ein.

»Probiere es noch einmal.«

Hanna schaltete erneut das Gerät ein. Das Piepsen blieb aus. Sie fuhr mit der Sonde über den Boden, doch das Gerät blieb still.

Franka fasste sich an den Kopf. Sie war dem Trüppchen gefolgt, hatte Hannas Auto dann passiert und in einer Nebenstraße einen Parkplatz gesucht. Jetzt beobachtete sie, wieder mit ihrem Nachtsichtgerät bewaffnet, die Bemühungen. Was für Anfänger. Die Kleine hielt die Sonde viel zu hoch und arbeitete die Stellen auch nicht systematisch ab. Das konnte ja nichts werden. Wahrscheinlich hatte sie nicht mal die richtige Empfindlichkeit eingestellt. Das sah doch alles sehr nach trial and error aus. Aber die Nacht hatte sich gelohnt. Anscheinend war die Boulebahn der Ort, wo es etwas zu finden gab. Sie schickte eine verschlüsselte SMS zu Max von Ullmann: »Schmitz sucht mit Metalldetektor Boulebahn in Esch ab. Bisher kein Ergebnis.«

Anscheinend litt ihr Auftraggeber an Schlafstörungen, denn zu ihrem Erstaunen kam unmittelbar eine Antwort: »Graben!«

Das hatte ihr noch gefehlt. Erwartete der feine Herr etwa, dass sie mit Schaufel und Hacke unterwegs war? Sie überlegte eine Weile. Dann hatte sie eine Idee.

Hanna machte noch einige Versuche, doch das Gerät war schwerer als gedacht und ihre Arme erlahmten langsam. Auch hatte sie nicht den Eindruck, dass sie Fortschritte machte. Sie hörte einige Töne in ihrem Kopfhörer, konnte sie aber nicht interpretieren. Es half nichts, sie musste sich die Bedienungsanleitung noch einmal in Ruhe ansehen. Vielleicht brauchten sie sogar einen Profi für die Suche. Aber woher sollten sie den nehmen? Sie legte das Gerät auf den Boden und nahm die Kopfhörer ab.

»Sorry, aber ich glaube, das wird so nichts. Entweder piepst es ständig oder überhaupt nicht.« Ihre Stimme klang quengelig und sie war erschöpft.

»Lass mich mal!«

Lus nahm das Gerät in ihre Hände und Hanna setzte ihr den Kopfhörer auf. Lus begann am anderen Ende und schwenkte die Sonde hin und her. Sie lief die Bahn dreimal auf und ab. Doch auch bei ihr tat sich nichts.

Sie trat zu Vlat und hielt ihm den Metalldetektor hin.

»Willst du auch mal?«

Doch der schüttelte nur den Kopf.

»Ich glaube, da ist nichts.«

»Aber warst du jetzt nicht viel zu schnell unterwegs?«, fragte Hanna.

»Keine Ahnung! Es piepst immer mal wieder, aber bei so einer Figur müsste doch viel mehr zu hören sein, oder?«

»Das hilft alles nichts, wir müssen uns entweder intensiver mit dem Gerät auseinandersetzen oder uns Hilfe besorgen.« Hanna übernahm das Kommando und begann, einzupacken.

»Aber wir sollen das Ding doch morgen schon zurückbringen?«

»Vielleicht kann uns der Typ aus dem Baumarkt ja weiterhelfen. Er schien doch Ahnung zu haben.«

Lus funkelte Vlat an. »Du solltest dir doch die Bedienungsanleitung ansehen. Ich dachte, du wärst so ein Schnellmerker.«

»Wissen heißt nicht Verstehen«, bemerkte dieser trocken. »Viele Begriffe, die dort stehen, habe ich noch nie gehört, auch nicht in meinen geteilten Erinnerungen.«

Sie packten den Metalldetektor in den Kofferraum und stiegen ins Auto.

»Ich habe wirklich keine Lust, mich mit dieser Dumpfbacke aus dem Baumarkt zu unterhalten. So ein typischer Besserwisser«, machte Lus ihrer Enttäuschung Luft.

Sie wandte sich um und blickte Vlat an, der auf der Rückbank saß.

»Kannst du ihn nicht einfach beißen und gut ist?«

»Lus!«, schimpfte Hanna und verriss fast das Steuer.

»Ich mag es nicht besonders, Menschen zu beißen. Ihre Erinnerungen sind so ...«

»... faszinierend?«, half Lus aus.

»... vielfältig?«, ergänzte Hanna.

»... primitiv.«

»Wie meinst du das?«, wollte Hanna wissen.

»Meist geht es um Liebe und Hass, um Besitz und Verlust, Leichtsinn und Furcht.«

»Sex, Drugs and Rock 'n' Roll. Ich weiß, was du meinst«, nickte Lus. »Aber denk doch auch mal an den faszinierenden Wissenszuwachs. Was du alles lernen könntest? Bedienung von Geld- und Ticketautomaten, Computerprogrammierung, Motorradfahren und Bungeejumping. Oder wie man Helikopter fliegt und einen Thermomix bedient.«

Sie schwärmte geradezu.

»Menschen riechen.«

Während Hanna unmerklich ihre Nase in Richtung ihrer Achselhöhlen schob und schnüffelte, war das für Lus nur ein zusätzliches Argument.

»Du musst den oder die Betreffende gar nicht beißen. Du bräuchtest bloß einen Blutbeutel. Denk mal drüber nach.«

»Was meinst du damit?« Bei Vlat schien der Gedanke auf ein gewisses Interesse zu stoßen.

»Ich arbeite bei unserem Krankenhaus als studentische Hilfskraft. Wir werden immer auch mal zum Blutspende-Dienst eingeteilt. Da kommen jedes Mal zwischen dreißig und fünfzig Leute und spenden Blut.«

»Und du trinkst das dann?«

»Iihh, bewahre. Wir sammeln das in Kunststoffbeuteln. Daraus wird Blutplasma gewonnen. Wir benötigen dieses Blut, wenn Patienten durch Unfälle oder bei Operationen Blut verloren haben.«

»Ich verstehe!«

»Ich könnte dir da was besorgen«, lockte Lus. »Kein Jagen, kein Beißen, kein strenger Körpergeruch. Blut in Hülle und Fülle.«

Vlat nickte. Ein Gefühl von Zufriedenheit machte sich im Wagen breit.

Lus grinste Hanna an. »Ich glaube, ihm gefällt der Gedanke.«

Einige Straßen weiter trank Hubert Schaller gedankenverloren einen Whisky. Die unbekannten Besucher der Boulebahn waren im Dorf nicht unbemerkt geblieben. Vor einer knappen Stunde hatte er eine SMS von Klara aus ihrer dienstäglichen Boulerunde bekommen. Auf der Fahrt zu einem Notfall waren der Seniorenpflegerin mehrere Gestalten auf der Boulebahn aufgefallen. Ob er wüsste, was da los sei. Es hatte in letzter Zeit immer mal wieder Fälle von jugendlichem Vandalismus im Dorf gegeben.

Es war reiner Zufall, dass er die SMS überhaupt so früh entdeckt hatte. Er musste nachts inzwischen häufiger aufstehen. Der Preis des Alters. Normalerweise wäre er wieder ins Bett gekrochen, aber die Sache ließ ihm keine Ruhe. Und so hatte sich der Bauunternehmer in den Trainingsanzug geworfen und auf den Weg gemacht. Als er ankam, waren die drei Fremden bereits dabei, einzupacken. Doch konnte Hubert Schaller von Weitem erkennen, dass sie einen Metalldetektor dabeihatten.

Er trank noch einen Schluck und ließ den scharfen, nach Torf und Meer schmeckenden Whisky die Kehle hinunterlaufen. War es nun soweit? Doch woher wussten sie es? Konnten sie es überhaupt wissen?

Damals, als er mit seinem Bagger das Grundstück für die neu geplante Boulebahn vorbereitete, die oberste Erdschicht abtrug und das Gelände begradigte, war seine Schaufel plötzlich auf etwas Hartes gestoßen. Hier hatte früher mal ein Wohnhaus gestanden. Vielleicht war er auf ein paar alte Rohre gestoßen. Auf jeden Fall war er von seinem Bagger gestiegen, hatte sich eine Schaufel geschnappt und sich die Sache genauer angeschaut. Groß war sein Erstaunen gewesen, als er in verrotteten Lumpen eine wunderschöne Bronzeskulptur entdeckte. Eine schöne Frau, nackt und in freizügiger Pose. Nichts, was er seiner Frau zu

Weihnachten schenken würde. Seine Finger waren über ihre Figur geglitten, hatten sie liebkost, und ihm war klar geworden, dass er diese Skulptur unbedingt besitzen wollte. Er hatte den Fund nicht gemeldet und auch seiner Frau nichts davon erzählt, sondern die Schöne in eine Jacke gewickelt und sie mitgenommen. Heute stand sie in seiner kleinen Jagdhütte auf Lind. Hier verirrte sich nur selten jemand hin und seine Frau schon gar nicht. Wenn er jemanden besonders gut kannte und man auch schon einige Whiskys intus hatte, führte er seine Schöne schon mal vor, aber das war nur ein oder zweimal der Fall gewesen, vor vielen Jahren. Nachdem er einen Katalog eines bekannten französischen Bildhauers, dessen Namen er inzwischen schon wieder vergessen hatte, in den Händen gehalten hatte, hatte er die Bronzeskulptur niemandem mehr gezeigt.

Bei seinen Recherchen, wer in dem alten Haus gewohnt hatte, war er auf einige üble Geschichten gestoßen. Arme Leute wären die Merkurs gewesen, überzeugte Nazis und Schläger. Von Alkohol war die Rede gewesen, Gewalt in der Familie und gegen jüdische Nachbarn. Es wurde viel gemunkelt, dass die jüngeren Söhne im Krieg einiges angestellt hatten, aber niemand wusste Genaueres. Es war auch viel zu lange her und niemand wollte gerne über den Krieg sprechen. Und so beschloss auch Hubert Schaller, nicht über den Krieg zu sprechen, nicht über die vergrabene Skulptur, die er in einem Garten gefunden hatte und die sicherlich keinem der Merkurs gehört hatte, nicht über die möglichen Besitzer, die vermutlich alle in einem KZ ihr Ende gefunden hatten und nicht über deren Nachkommen, die möglicherweise ein Anrecht auf die Skulptur hatten. Er hatte beschlossen zu schweigen und seine Schöne zu behalten.

Baulärm erschütterte den frühen Morgen. In aller Herrgottsfrühe war ein Team von Bauarbeitern angerückt, ausgestattet mit zwei kleinen Minibaggern, die von beiden Seiten die

Boulebahn aufrissen. Franka Wottke überwachte die Arbeiten, bewaffnet mit Klemmbrett und bekleidet mit einem Bauhelm und einer orangenen Warnweste. Auf dem Rücken der Weste stand »Altlastensanierung RLP« zu lesen. Sie waren nun schon eine knappe Stunde hier im Einsatz. In der Zeit waren trotz der frühen Morgenstunde einige Anwohner und sogar der Ortsvorsteher aufgetaucht, um sich zu erkundigen, was hier vorging. Allen hatte Franka ihre kleine Lügengeschichte aufgetischt. In einem alten Verzeichnis wäre diese Stelle genannt gewesen als Standort für eine metallverarbeitende Industrieanlage. Man sei auf der Suche nach chlorierten Kohlenwasserstoffen. Sehr schädlich, sehr gefährlich, ja, auch auf einer Boulebahn, etc., etc. Sie wusste nicht, ob man ihr glaubte, aber das war eigentlich auch egal, In einer halben Stunde wären sie hier weg.

»Was machen Sie hier?«

Sie seufzte. Der Nächste, bitte. Was war das schön in der Stadt. Da konnte man nach Belieben Baustellen errichten und keine Sau kümmerte es, mal abgesehen davon, dass sich alle über den Umstand beschwerten. Aber hier? Sie wurde mit Namen von Verantwortlichen bombardiert, die sie nicht kannte, mit Geschichtsdaten, die sie nicht interessierten. Der Ortsvorsteher hatte angekündigt, sich zu erkundigen. Sollte er doch. Sie drehte sich um und sagte ihr Sprüchlein auf.

Doch diesmal biss sie auf Granit.

»Das ist doch Humbug. Hier hat nie eine Fabrik gestanden, zumindest keine mit chlorierten Kohlenwasserstoffen. Zudem ist der komplette Bodenbereich ausgetauscht worden, als wir hier die Boulebahn angelegt haben.«

»Und Sie sind ...?«

»Hubert Schaller, Vorsitzender des örtlichen Boulevereins und Bauunternehmer. Wir haben den Platz vor einigen Jahren angelegt.«

»Guten Tag, ich bin Heidelinde Frankenfeld von der Altlastensanierung RLP und leite dieses Projekt.«

Sie reichte ihm eine Visitenkarte. Sollte er die dort genannte Nummer anrufen, würde er tatsächlich im Landesministerium für Umwelt landen. Bis er sich dort durchgefragt hatte, waren sie hier schon längst wieder abgerückt.

Doch Schaller würdigte die Visitenkarte mit keinem Blick.

»Ich weiß ziemlich sicher, dass es keine Altlastensanierung RLP gibt, sonst würde ich das als Bauunternehmer wissen. Falls es Altlasten gibt, wenden wir uns an die ADD.«

Er griff nach seinem Mobiltelefon.

»Sie haben sicher nichts dagegen, wenn ich die Polizei rufe.«

Franka fluchte innerlich. Sie blickte sich um. Konnte sie den Mann ausschalten, ohne dass sie jemand beobachtete? Da tönte von der Baustelle eine Stimme: »Wir sind hier fertig. Nichts zu finden.«

Von der Boulebahn war nicht mehr viel zu erkennen.

»Okay, packt ein. Wir rücken ab«, gab Franka den Befehl und zu Hubert Schaller gewandt: »Glück gehabt, hier ist alles altlastenfrei.«

Er starrte erst die Boulebahn und dann sie an.

»Und wer richtet uns die Bahn wieder her?«

»Wenden Sie sich an die ADD. Sie kennen ja die Verantwortlichen.«

Franka drehte sich um und grinste in sich hinein.

Nach fünf Minuten hatten sie das Gerät wieder verstaut und zogen ab. Sie bemerkte aus den Augenwinkeln, dass Hubert Schaller ihre Fahrzeuge und auch die Mitarbeiter mit seinem Handy fotografierte. Sollte er doch.

Vlat stand hinter einer Hainbuchenhecke und belauschte das Geschehen aus der Ferne. Er hatte am frühen Morgen den Aufzug des kleinen Bautrupps bemerkt und beschlossen, sich die Sache einmal anzuschauen. So ein Zufall. Kaum hatten sie das Feld mit einem Metalldetektor untersucht, wurde es auch schon komplett umgegraben. Vlat glaubte nicht an Zufälle. Sollte die Skulptur dort vergraben sein, würde man sie finden, das war sicher. Doch auch nach rund eineinhalb Stunden Arbeit mit den Minibaggern gab es keine Erfolgsmeldung. Die Bronzefigur war nicht dort. Sollte sich Jean geirrt haben? Hatten sie am falschen Platz gesucht? Doch wieso hatte man hier überhaupt gegraben? Anscheinend waren die Bauarbeiten überraschend erfolgt, zumindest sprachen die Reaktionen der Dorfbewohner dafür. Vlat hatte die zahlreichen Nachfragen mit Interesse verfolgt. Hier hatte niemand Bescheid gewusst. Inzwischen war der Trupp erfolglos abgerückt. Jemand hatte noch Fotos gemacht. Schade, dass er nicht so ein Handy besaß, das wäre jetzt hilfreich gewesen. Verblüfft erkannte er sein plötzliches Begehren nach menschlicher Technik. Natürlich war er in der Lage, die Gesichter jederzeit aus seinem Gedächtnis abrufen zu können. Aber es wäre schon praktisch gewesen, hätte er sie Hanna und Lus zeigen können.

Vorsichtig näherte er sich dem völlig zerstörten Bouleplatz, als niemand mehr in der Nähe war. Die Bauarbeiter hatten etwas gefunden, es dann aber frustriert zur Seite gelegt. Eine alte Eisenkette, ziemlich verrostet und mit verbogenen Gliedern. Jetzt wusste Vlat, dass sie an der richtigen Stelle gesucht hatten, denn eine Erinnerung flammte auf: Jeans Hände, die eine Bronzeskulptur vorsichtig in eine alte Plane ein- und mit der Kette umwickelten. Jemand hatte die Figur entdeckt, sie mitgenommen und die Kette einfach liegen gelassen. Doch wer? Und wer beim Mond war diese Frau von der Altlastensanierung RLP?

Franka Wottke hatte ihre beiden Helfer entlassen, die Nummernschilder der beiden Kastenwägen getauscht und die Magnettafeln mit der Firmenbezeichnung entfernt. Für solche Zwecke verfügte sie über ein umfangreiches Repertoire – Elektriker, Gebäudereinigung, Security, Hoch- und Tiefbau, Catering, Blumen. Notfalls konnte sie sogar mit einer

Hüpfburg aufwarten. Die Minibagger würden bis zum Ende des Tages von einem ihrer Mitarbeiter wieder zu der Frankfurter Baufirma zurückgebracht werden. Der Polier hatte ihr noch einen Gefallen geschuldet.

Nun wählte sie die Nummer von Max von Ullmann. Sie konnte sich denken, dass er über ihre Information nicht sehr erfreut sein würde und seufzte innerlich. Er war ein gut zahlender Klient, aber auch ein äußert ungeduldiger, der Lösungen erwartete.

»Du bist sicher, dass der ganze Platz umgegraben wurde?«

Lus und Hanna saßen am Frühstückstisch, als Vlat von seiner Erkundung zurückkam und von seinen Beobachtungen berichtete. Lus hakte auf Vlats Nicken nach.

»Und es ist auf jeden Fall der richtige Platz, sagt Jean oder Schang oder wer auch immer?«

Wieder nickte Vlat bestätigend.

»Na, dann war jemand schneller als wir, hat die Skulptur gefunden und sich unter den Nagel gerissen.«

Hanna dachte nach. »Auf jeden Fall wurde die Figur heimlich beiseite geräumt. Sonst wäre der Fund doch irgendwo vermerkt worden. Und laut meinem Experten ist sie das nicht.«

»Ja, und dieser Fund kann schon Jahrzehnte zurückliegen. Vielleicht haben Jeans Eltern sie sogar gefunden und zu Geld gemacht.«

»Mitten im Krieg? Wer hätte in den Zeiten daran Interesse gehabt? Offiziell konfisziert wurde sie nicht. Sonst wäre sie in den Verzeichnissen der Nationalsozialisten irgendwann aufgetaucht.«

»Lief Rodin nicht unter entartete Kunst? Vielleicht hat man die Skulptur ja eingeschmolzen. Wie die ganzen Kirchenglocken.«

Vlat spürte, wie Jean sich innerlich krümmte. Wut keimte in ihm auf. Er bemühte sich, seine Gefühle zu dämpfen, um Schang nicht auf den Plan zu holen.

Hanna schnappte sich ihr Tablet und recherchierte kurz im Internet.

»Nein, in der Datenbank für entartete Kunst ist er nicht zu finden. Vielleicht weiß ja mein Experte mehr. Soll ich ihn mal anrufen?«

Doch Lus schüttelte mit dem Kopf.

»Mal abgesehen vom Verbleib der Skulptur, beschäftigt mich die Frage, wieso man heute den Bouleplatz umgepflügt und wer das veranlasst hat. Könnte dein Experte nicht seine Finger im Spiel haben?«

»Mmh, möglich wäre es«, meinte Hanna nachdenklich. »Wer wusste sonst noch von der Skulptur? Eigentlich nur Max von Ullmann. Oder habt ihr es sonst noch jemandem erzählt?«

Lus und Vlat schüttelten ihre Köpfe.

»Das würde bedeuten, dass er weiß wo du bist und er dich beobachten lässt«, befürchtete Lus. »Wie sollte er sonst auf den Platz gestoßen sein?«

»Das scheint mir aber ziemlich weit hergeholt. Ich habe doch gestern erst mit ihm telefoniert.«

»Und wahrscheinlich brav deinen Namen und deine Telefonnummer genannt.«

»Naja, den Namen schon. Aber die Nummer nicht!«, brauste Hanna auf.

»Rufnummerübermittlung?«, erkundigte sich Vlat angeregt.

Lus und Hanna sahen ihn erstaunt an.

»Ich lerne. Kann ich auch ein Handy bekommen?«

»Später. Aber du hast recht, meine Rufnummer wird nicht unterdrückt. Trotzdem! Vielleicht findet er im Internet einige Daten über mich oder in den sozialen Netzwerken, aber wie soll er uns hier finden?«

»Vielleicht wurdest du getrackt«, überlegte Lus laut. »Hast du nicht gestern so eine merkwürdige SMS mit der Einladung bekommen?«

»Ja, schon, aber der Anhang war doch defekt.«

»Eben. Möglicherweise hast du dir damit einen Trojaner runtergeladen. Schalte dein Handy lieber aus.«

»Aber nur unter Protest.« Hanna griff in ihre Tasche und tat, wie ihr geheißen. »Ich glaube eher, dass uns jemand beim Sondeln beobachtet hat und glaubt, wir wären einer großen Sache auf der Spur.«

»Aber das würde ja nicht unbedingt eine Firma zur Altlastensanierung auf den Plan rufen, oder?«

»Auf jeden Fall haben wir Staub aufgewirbelt. Und sollte derjenige noch im Dorf leben, der die Figur gefunden hat, dürfte der nun unruhig geworden sein.«

Lus kaute an ihren Fingernägeln vor Aufregung. »Gehen wir die Sache doch einmal systematisch an.«

»Beiß lieber in ein Brötchen als in deine Finger.« Hanna schob ihr eins hin, von den Brötchen, die sie zum Frühstück beim Bäcker im Ort geholt hatten.

»Vielleicht wurde die Figur ja schon vor Jahrzehnten gefunden. Aber ist es nicht wahrscheinlicher, dass man das gute Stück ausgegraben hat, als man den Bouleplatz anlegte?«

»Ob wahrscheinlicher, kann ich nicht sagen, aber wenn sie zu diesem Zeitpunkt noch in der Erde lag, hätte man sie gefunden. Das stimmt.« Hanna ärgerte sich über sich selbst. »Und deshalb war es totaler Schwachsinn, dass wir diese Welle mit dem Metalldetektor gemacht haben.«

»Und mit dieser Aktion möglicherweise die Aufmerksamkeit auf den Platz gelenkt haben«, ergänzte Lus. »Wir sind echte Anfänger.«

Vlat nickte.

Lus funkelte ihn an. »Du bist ganz ruhig. Du hast uns das doch alles eingebrockt.«

»Wir könnten uns erkundigen, wer die Leute waren, die damals den Platz angelegt haben«, überlegte Hanna.

»Und noch mehr Aufmerksamkeit auf uns ziehen? Keine gute Idee. Schade, dass wir den Leuten nicht in die Köpfe gucken können.«

Wie an einem Schnürchen gezogen bewegten sich die Köpfe von Hanna und Lus in Richtung Vlat.

»Vlat, hast du keine Idee, wie du an die Erinnerungen der Leute kommen könntest?«

Vlat zuckte mit den Schultern. »Schon. Aber ich kann sie ja nicht alle beißen.«

»Aber so zwei oder drei? Das ginge doch?«, äußerte sich Lus hoffnungsvoll.

Hanna blickte sie strafend an. »Wie denkst du dir das? Was meinst du, was hier für eine Panik ausbricht, wenn Vlat hier die Leute überfällt und beißt. Kommt nicht in Frage. Wir müssen das auf die altmodische Tour machen und mit den Leuten reden. Der Bouleplatz ist doch sicher noch nicht so alt. Da erinnert man sich bestimmt.«

»Aber gesetzt den Fall, jemand hat sich tatsächlich auf unsere Fährte gesetzt und sucht nach der Skulptur – dann führen wir ihn oder sie direkt dahin und Jean guckt in die Röhre. Wir sollten besser abtauchen.«

»Warum sollte Jean in eine Röhre schauen?«, wollte Vlat interessiert wissen.

»Das sagt man so«, winkte Hanna ab.

»Wir haben doch Vlat an unserer Seite. Das sollten wir ausnutzen. Er besitzt übermenschliche Fähigkeiten, die uns helfen können«, beharrte Lus.

»Aber Beißen ist eine Schnapsidee.«

»Vielleicht muss er die Leute ja gar nicht beißen. Es würde doch reichen, wenn du ihr Blut trinkst, oder?«

Vlat nickte.

»Kommen wir doch noch mal auf das Thema Blutspende zurück. Das DRK veranstaltet in der Region immer wieder mal Blutspende-Termine. Vielleicht können wir uns da dranhängen. Auf dem Land ist Blutspenden Ehrensache. Selbst wenn wir dadurch den unehrlichen Finder nicht finden sollten, bin ich mir sicher, dass wir jemanden finden, der sich an den Bau des Bouleplatzes erinnern kann.«

»Was für ein feines Polypopton«, bemerkte Hanna gönnerhaft.

Lus, die keine Ahnung hatte, wovon Hanna sprach, ließ sich nicht aus der Ruhe bringen.

»Nicht wahr? Aber im Ernst, was haltet ihr davon, wenn ich in die Stadt fahre und über meine Kontakte einen Termin organisiere. Die sind immer so froh, wenn es Freiwillige gibt, die das vor Ort managen. Das sollte eigentlich klappen. Morgen bin ich wieder zurück. Bis dahin haltet ihr euch bedeckt.«

Hanna zuckte mit den Achseln. Sie hatte keine bessere Idee.

Also zog Lus los.

»Sollten wir nicht einfach ein paar Tage abwarten?« Vlat machte seinem Unbehagen Luft.

»Ich hatte den Eindruck, dass Schang und Jean es eilig haben. Je früher du Schang aus deinem Geist bekommst, desto besser.«

»Naja, ich lebe schon eine ganze Weile mit Schangs Geist. Da kommt es auf ein paar Tage nicht an.«

Hanna lachte. »Du meinst wahrscheinlich ein paar Jahre, oder? Wenn ich überlege, wieviel Zeit vergangen ist, bis du Josefs und Waldis Aufträge erledigt hast? Da liegen ganze Generationen zwischen.«

»Ich vergesse immer, wie kurzlebig das menschliche Dasein ist. Hundert Jahre vergehen für mich wie im Flug. Für dich scheint es eine lange Zeitspanne zu sein.«

»Eine Zeitspanne für ein ganzes Leben. Wenn ich es mir recht überlege, haben wir Menschen wahrscheinlich im Vergleich zu euch eine ähnliche Lebensspanne wie ein Wellensittich für uns.«

»Und für eine Eintagsfliege ist der Wellensittich extrem langlebig«, nickte Vlat. »Dadurch haben wir sehr unterschiedliche Bezugspunkte, merke ich. Was euch wichtig ist, hat für mich keine Bedeutung, weil der Bezugsrahmen so unterschiedlich ist. In dreihundert Jahren spielen die heutigen Themen keine Rolle mehr, sie verwehen in der Zeit zur Bedeutungslosigkeit.«

»Bist du deshalb allein unterwegs?«, wollte Hanna wissen. »Ohne menschliche Gefährten in einer menschlich geprägten Welt ist das Überleben sicher nicht immer einfach.«

»Die Welt ändert sich so schnell, dass das auch nicht viel anders wäre. Ich genieße die Zeit mit euch, weiß aber auch, dass es nur kurz währen wird. Ihr werdet alt werden und sterben.«

Hanna schluckte.

»Wir sind für dich also so etwas wie ein putziges Haustier, ganz nützlich und nett, aber nicht mehr?«

»Oh, man kann sein Haustier sehr lieben.«

Eine Welle von Geborgenheit überschwemmte Hanna. Sie grinste gequält. »Wenigstens etwas.«

Lus hatte sich sofort zur Universität begeben, nachdem sie in Bochum angekommen war. Als studentische Hilfskraft hatte sie Zugang zum Labor. Vorsichtig nahm sie eine Plastiktüte aus ihrer Tasche und holte ein blutverkrustetes Tuch heraus. Sie war zu neugierig, was diese Blutprobe ihr über Vlats Heilungsfähigkeiten verraten würde. Kurz überkam sie ein schlechtes Gewissen, weil sie Hanna und Vlat hintergangen hatte, doch beruhigte sie sich damit, dass es ein großer Schritt für die Medizin wäre, wenn man etwas finden könnte, das Alterungsprozesse verlangsamen und Heilung beschleunigen könnte. Sie würde das Blut mit allen Labortests untersuchen, die ihr zur Verfügung standen. Untersuchen, soweit das in diesem Zustand noch möglich war, und die DNS extrahieren. Es würde etwas dauern, aber das war es wert. Natürlich würde sie versuchen, das Geheimnis von Vlat zu wahren – das hatte sie Hanna versprochen – aber sollte seine Art dabei helfen, das Geheimnis des ewigen Lebens zu lüften, wäre das eine Sensation. Und sie, Lus, wäre diejenige, die dafür sorgen würde. Sie sah sich selbst schon bei der Nobelpreisverleihung und musste innerlich grinsen. Jetzt erst einmal die Daten sichern.

Während einige Analysen liefen, verließ sie das Labor, um zu telefonieren. Sie hatte versprochen, eine Blutspendenaktion in Esch zu organisieren und würde ihr Wort halten. Zumindest an dieser Stelle. Zudem war sie hochgradig interessiert daran, zu beobachten, welche Informationen und Erinnerungen Vlat aus den Blutproben extrahieren konnte. Dieses Wesen war ein wandelndes Wunder.

Es hatte einige Zeit gedauert, bis Lus den richtigen Ansprechpartner erreicht hatte. Zuerst war man nicht daran interessiert gewesen, eine Blutspende auf die Beine zu stellen – zu kurzfristig, zu weit ab vom Schuss – doch hatte sich Lus den Mund fusselig geredet. Immerhin wäre sie doch vor Ort, könne alles regeln und auch die Probenqualität überwachen. Ein bis zwei Hilfskräfte ließen sich sicher vor Ort akquirieren. Erfahrungsgemäß ließen sich Gemeindemitglieder leicht motivieren, tatkräftig mit anzupacken. Schließlich rang sie dem Verantwortlichen eine Bestätigung ab. Sollte es ihr gelingen, innerhalb der nächsten drei Tage eine Blutspendenaktion zu organisieren, würde man sie mit dem entsprechenden Equipment unterstützen.

Als sie zurück ins Labor kam, bemerkte sie zu ihrem Schreck, dass sich Klaus Esslingen, Professor für Biologie und ihr Dozent um Bereich der Labordiagnostik, interessiert über den Drucker beugte und sich ihre Daten anschaute.

Ohne sie anzublicken, bemerkte er: »Ich kann mich nicht daran erinnern, dass Sie sich heute für einen Laborplatz eingetragen haben, Frau Martinez. Können Sie mir verraten, was Sie hier gerade tun?«

»Oh, ich untersuche nur eine Blutprobe, die ich gefunden habe. Nichts Wichtiges. Ich bin auch gleich wieder weg.«

Sie wollte zu ihm treten und ihm die Blätter aus der Hand nehmen, doch blockte er sie mit dem Arm ab. Seine Augen hingen an den Zahlen.

»Das ist wirklich bemerkenswert. Unerwartet. Was für Blut ist das, sagten Sie?«

»Ich sagte, dass ich das Tuch gefunden hätte und nicht weiß, von wem es ist. Darf ich meine Ausdrucke haben?«

Ohne Lus auch nur einen Blick zu schenken und seine Augen von dem Ausdruck abzuwenden, wich der Professor ihren zugreifenden Händen aus.

»Muss ich Sie wirklich daran erinnern, dass Sie sich hier in meinem Labor befinden und alles, was Sie hier sehen, im Besitz der Universität ist?«

Plötzlich weiteten sich seine Augen.

»Das ist ... unglaublich!«

VIII

Ato blickte zufrieden auf die betäubten und betrunkenen Läufer. Die meisten waren bereits bewusstlos zusammengesunken. Einige hatten noch versucht zu fliehen, waren aber von den Siedlern niedergeschlagen worden. Jetzt gingen die jungen Männer durch die Reihen und töteten die letzten Läufer mit Messern und Beilen.

»Denkt daran. Sie sind unsterblich. Sie werden wieder auferstehen«, mahnte Ato, der einmal beobachtet hatte, wie Nuro eine Verletzung überstanden hatte, die einen Menschen direkt getötet hätte. Ato hatte dabeigestanden, als Nuro durch einen herabstürzenden Balken schwer am Kopf getroffen worden und besinnungslos niedergesunken war. Die Wunde hatte sofort zu heilen begonnen und war nach kurzer Zeit verschwunden als hätte es sie nie gegeben. Nuro war aufgewacht, hatte nur den Kopf geschüttelt und dann einfach weitergearbeitet. Das hatte damals den wilden Wunsch in Ato reifen lassen, sich diese Fähigkeit zu eigen zu machen. Er würde die Götter bitten, ihm den Weg zu weisen.

Und tatsächlich, des Nachts kam die Erleuchtung in seinen Träumen. Die Läufer nährten sich von Blut, doch die Kraft der Läufer lag in ihrem Fleisch, denn die Nahrung machte den Körper und den Geist stark. Man musste bloß ihr Fleisch essen und damit ihre Kraft in sich aufnehmen!

Und so hatte er seinen Plan geschmiedet.

Ato wusste, es würde nicht ausreichen, die Läufer zu töten. Er musste sie daran hindern, wieder zu erwachen.

Jetzt brauchte er diesen verdammten Schamanen. Der musste die rituelle Opferung anleiten.

»Holt mir Joni!«, befahl er seinen beiden ältesten Nachkommen, die damit beschäftigt waren, die noch lebenden Läufer niederzuknüppeln. »Aber denkt daran, ihm einzuschärfen, dass ein falsches Wort zum Tod seiner Familie führt.«

Die beiden nickten und machten sich auf den Weg, kamen jedoch nach kurzer Zeit mit leeren Händen zurück.

»Er ist weg. Jemand muss ihm geholfen haben. Die Fesseln waren durchtrennt.«

Ato fluchte laut und verpasste dem Überbringer der schlechten Nachricht einen Faustschlag, sodass dieser zu Boden ging. Hoffentlich machte ihm der alte Schamane keinen Strich durch die Rechnung. Jetzt musste er improvisieren.

Er rief seinen Stamm zu sich. Es waren rund hundert Menschen, die sich um ihn scharten.

»Joni wurde von den Göttinnen gerufen. Er hat uns geheißen, die von den Läufern gefressenen Seelen zu befreien, damit die Göttinnen zufrieden gestellt werden. Trennt die Köpfe ab, damit die Läufer nicht ins Leben zurückkehren. Dann schneidet vorsichtig bei jedem Schädel die Schädelplatte auf, als würdet ihr von einem Tontopf den Deckel abheben. Nur so können die Seelen eurer Ahnen unbeschädigt ihre Freiheit erlangen und aufsteigen. Beeilt euch! Die Göttinnen warten nicht gerne.«

Es wurde schon hell, bis die Arbeit getan war. Bei jeder Schädelplatte, die abgehoben wurde, hatte Ato die freigelassenen Seelen begrüßt und mit einer kurzen Anrufung zu den Göttinnen geschickt.

Die Stammesmitglieder waren erschöpft und müde. Die Arbeit war blutig gewesen und widerwärtig. Man war es gewohnt, Tiere zu schlachten, aber das hier? Ato spürte den Widerwillen und es hatte seiner ganzen Autorität bedurft, die Sache zum Abschluss zu bringen. Doch das war erst der erste Schritt gewesen.

»Schneidet ihnen das Fleisch herunter, auf dass es uns Kraft und Stärke gibt, und zerschlagt die Knochen. Schleift ihre Zähne, die sich in uns gebohrt haben, auf den Mahlsteinen. Danach bereitet das Festmahl.«

Kapitel 12

IN GEFAHR

Hanna langweilte sich. Um nicht aufzufallen, hatte sie beschlossen, während Lus' Abwesenheit die Zeit in ihrem kleinen Ferienhaus zu verbringen. Sie hatte in der Lokalpresse gelesen, dass man immer noch nach Zeugen für die Schlägerei in Reifferscheid suchte, und hatte Sorgen, dass man auf sie und Vlat aufmerksam werden könnte. Doch Lus fehlte ihr und Vlat war meistens unterwegs oder schlief. Gerade machte er sich wieder auf den Weg. Er war lieber in der freien Natur als in den vier Wänden.

»Sag mal, kann ich nicht mitkommen?«, fragte Hanna hoffnungsvoll. »Mir fällt hier die Decke auf den Kopf. Frische Luft würde mir guttun.«

Vlat schaute sie distanziert an, nickte dann aber. »Gut.«

Er verließ, ohne sich nach ihr umzublicken, den Raum und trat aus dem Haus. Hanna beeilte sich, ihre Jacke zu schnappen, Handy, Taschentücher, Hausschlüssel, und wuselte hinter ihm her.

»Zeig mir, wie du lebst«, bat Hanna. »Ich kann mir das gar nicht vorstellen.«

Sie fröstelte jetzt schon. Schließlich war es Ende April noch recht kühl in der Eifel.

Vlat zuckte mit den Schultern, drehte sich einmal um seine eigene Achse und deutete auf die Umgebung. »Das ist meine Heimat. Der Wald gibt mir alles, was ich brauche: Schutz, Nahrung, Medizin.«

Er ging ein paar Schritte, bückte sich und pflückte ein paar Beeren.

»Hier, probier mal.«

»Mmh, Walderdbeeren. Die kenne ich.«

»Und diese hier?«

Er bückte sich erneut und pflückte ein paar Blätter, die er Hanna zum Kauen gab. Hanna probierte vorsichtig.

»Was ist das? Schmeckt ein bisschen wie Spinat.«

»Ich glaube, ihr nennt diese Pflanze ›Guter Heinrich‹. Überall wachsen hier essbare Beeren und Blätter. Auch du müsstest hier nicht verhungern.«

»Weißt du was? Ich würde gerne ein paar Tage mit dir im Wald leben. Was hältst du davon?«

Vlat schaute Hanna erstaunt an. »Es ist für dich aber nicht sehr bequem und ziemlich kalt.«

»Egal. Zeige mir deine Welt.«

Eine halbe Stunde später hatte Vlat aus Ästen einen gemütlichen Unterschlupf gebaut. Statt eines Messers benutzte er seine Zähne, die Hanna zum ersten Mal bewusst wahrnahm. Spitze und scharfe Zähne und anscheinend ein paar mehr, als man in einem menschlichen Gebiss erwarten würde.

»Sag mal, wenn ich mir deine Zähne so anschaue. Du wirkst eigentlich ganz menschlich mit deinen roten Haaren und den grünen Augen. Doch wie siehst du wirklich aus? Du hast dich für die Menschenwelt getarnt, richtig?«

Vlats Gesichtszüge zerflossen und entspannten sich. Die Nase wirkte spitzer, fast wie ein Schnabel, die Lippen verschwanden, die Augen verfärbten sich tiefschwarz. Hanna war fasziniert, gleichzeitig aber auch verängstigt. Vlat wirkte plötzlich wie das, was er war – eine außerordentlich fremdartige Kreatur. Er spürte Hannas Unbehagen, verwandelte sich wieder in den jungen, rothaarigen Mann. Gleichzeitig spürte Hanna, wie ihre Furcht gedämpft wurde.

»Du musst dir keine Sorgen machen. Ich würde dir nie etwas tun. Du bist meine Vertraute.«

»Naja, Josef ist tot und seine Seele lebt in dir weiter. Das würde ich nicht gerade als erstrebenswerte Perspektive bezeichnen.«

In diesem Moment warf Vlat ein Netz aus Josefs Erinnerungen über sie. Hanna spürte die Kälte der Nacht, sah das Aufflammen der Explosion, die plötzlich Taubheit und den furchtbaren Schmerz in ihrer Körpermitte. Sie fühlte, wie das Blut aus ihr heraussprudelte und das Leben sie verließ. Und sie hoffte auf einen schnellen Tod, denn der Schmerz war unerträglich. Dann sah sie Vlat in Josefs Erinnerung, der sich über Waldi gebeugt hatte, Waldis seliges Lächeln. Und sie wusste, dass sie in diesem Moment genau dieses Verlangen hatte – nach Frieden, nach Ruhe, nach einem schnellen und schmerzlosen Tod.

Sie keuchte auf und verlor kurzfristig das Bewusstsein. Vlat fing sie auf, als sie zusammensackte, und legte sie vorsichtig auf das Bett aus Moos. Hanna war eine starke Riecherin, selten hatte er einen so intensiven geistigen Kontakt mit einem Menschen erlebt. Aber er musste aufpassen, sie nicht zu überfordern.

Max von Ullmann parkte sein Mercedes-Cabrio direkt vor der alten Mühle. Das Wetter war herrlich und der Biergarten gut besucht. An einem Tisch etwas abgelegen hatte Franka Wottke Platz genommen. Ein alkoholfreies Weizenbier stand vor ihr auf dem Tisch. Sie winkte Max von Ullmann zu. Er setzte sich. Zeitgleich erreichte ein junges, großgewachsenes Mädchen mit Kellnerschürze den Tisch.

»Was darf ich Ihnen bringen?«

»Nur ein Wasser, bitte.«

»Mit Kohlensäure, medium oder ohne?«

Das war Max von Ullman sowas von egal. Er würde das Wasser sowieso nicht trinken.

»Medium.«

»Da haben wir aber nur die großen Flaschen.«

Er stöhnte innerlich auf. »Dann mit Kohlensäure, bitte.«

»Die kleine oder die große Flasche?«

Von Ullman sah auf und blickte die Frau finster an. »Wissen Sie was? Ich nehme gar nichts. Vielen Dank.«

Die Frau schaute verdutzt, packte dann aber Stift und Schreibblöckchen weg und setzte sich wieder in Bewegung.

Franka war dem kurzen Geplänkel gelangweilt gefolgt und verzichtete auf jeden Kommentar.

»Wie ist der Stand der Dinge? Haben Sie etwas über den Verbleib der Figur herausbekommen?«

Franka schüttelte den Kopf. »Nein. Ich habe mich gestern in dem Ferienhaus umgeschaut, wo das Trio untergekommen ist. Das Gepäck ist noch da, aber das Haus verlassen.«

»Sie sollten die Personen doch beschatten.«

Max von Ullmann war gereizt. Zuerst diese penetrante Kellnerin und jetzt die geballte Inkompetenz seiner Mitarbeiterin.

»Um drei Personen zu beschatten, benötige ich mehr Personal. Ich habe mich an Luisa Martinez gehängt, als sie das Haus verließ. Sie ist nach Bochum zur Uni gefahren. Als ich zurückkam, waren die Anderen verschwunden. Zumindest habe ich niemanden mehr gesehen.«

»Und was ist mit der Skulptur?«

Franka zuckte mit den Schultern. »Keine neuen Informationen dazu. Auf dem Bouleplatz war sie nicht.«

»Haben sie den Rest des Geländes abgesucht? Vielleicht haben sich die drei im Standort geirrt.«

»Wir haben auch so schon genug Aufsehen erregt. Ich halte es für keine gute Idee, jetzt das komplette Grundstück umzupflügen. Man hat sich sicherlich mit der ADD in Verbindung gesetzt.«

»Und wenn Sie es mit einem Metalldetektor probieren? Wenn ich Ihnen Glauben schenken darf, wurde das Feld nicht professionell abgesucht.«

Franka wiegte den Kopf hin und her. »Das wäre eine Möglichkeit. Ich selbst bin für den Job verbrannt. Man hat mich gesehen. Aber ich könnte einen Spezialisten kommen lassen.«

»Machen Sie das. Das ist Ihre letzte Chance. Bisher haben Sie mich nicht mit Ihren Leistungen überzeugt«, bemerkte der Kunsthändler herablassend.

Franka ballte unter dem Tisch ihre Hände zu Fäusten. Was hatte der Idiot erwartet? Sie konnte mit dem begrenzten Budget keine Wunder wirken.

»Der Spezialist kostet zusätzlich.«

»Das habe ich nicht anders erwartet.« Ullmann zückte seine Brieftasche und zog fünf Zweihundert-Euro-Scheine aus der Tasche. »Das sollte dafür reichen. Aber ich erwarte Ergebnisse.«

Er stand auf und ging.

Tief in seinem Inneren befürchtete er, dass die Rodin-Skulptur verloren sein könnte. Doch das wäre ganz, ganz schlecht. Er hatte bereits einen Käufer für die Statue gefunden. Einen, der nicht mit sich spaßen lassen würde, sollte er das Versprochene nicht liefern können. Doch der vereinbarte Preis war das Risiko wert.

Zwei Tage später kehrte Lus zurück. Sie hatte den Kopf voll. Die gute Nachricht: Sie durfte vor Ort eine Blutspende für das DRK organisieren. Die schlechte Nachricht: Bis zur Durchführung benötigte man anscheinend mindestens zwei Wochen Vorlauf. Räumlichkeiten, Genehmigungen, Pressearbeit, Personalbeschaffung – alles das dauerte. Zähneknirschend hatte Lus zugestimmt und sich wieder auf den Weg in die Eifel gemacht.

Doch das Ferienhaus war leer. Auf dem Küchentisch stand noch das Geschirr von ihrer letzten gemeinsamen Mahlzeit. Es roch dementsprechend in der Küche und sie riss erst einmal alle Fenster auf. Wo konnten Vlat und Hanna sein? Verfolgten sie eine neue Spur? Vielleicht hatte Vlat eine weitere Erinnerung mit seinen Seelenkumpels geteilt? Lus schrieb Hanna eine SMS. Im Nebenraum meldete sich fiepsend ein Handy. Jetzt wurde es Lus mulmig zumute. Wieso war Hanna ohne ihr Handy unterwegs? Sollte ihr etwas zugestoßen sein? Und wie vertrauenswürdig war Vlat wirklich?

Franka hatte von ihrem Beobachtungsplatz aus Lus' Ankunft bemerkt. Endlich. Sie hatte schon Angst gehabt, dass ihr Beschattungseinsatz völlig für die Katz wäre und sich in Gedanken ausgemalt, was Max von Ullmann dazu sagen würde. Der angefragte Profisucher würde frühestens am Wochenende eintreffen. Er war eigentlich auf Minensuche spezialisiert und gerade auf einem Einsatz im Kosovo.

Inzwischen hatte sie sich auch schon Gedanken darüber gemacht, ob nicht jemand anders die Figur entwendet haben könnte, doch die Recherchen waren schwierig. Anscheinend war die Anlage der Boulebahn kein offizielles Bauprojekt gewesen. Zumindest gab es in den einschlägigen Archiven keine Daten darüber. Sie verfluchte sich selbst, dass sie so offen als Mitarbeiterin der Altlastensanierungsfirma aufgetreten war. Inzwischen hatte man am Ort sicher bemerkt, dass die Grabungsarbeiten nicht von offizieller Stelle beauftragt worden waren. Sie musste zugeben, dass sie den Auftrag völlig falsch eingeschätzt hatte. Als verdeckte Ermittlerin fiel sie aus und hatte zudem mit ihrer Aktion den Besitzer der Skulptur – sollte es sie wirklich geben – aufgescheucht.

Ganz schlechte Performance, so viel Selbstkritik musste sein. Ihre einzige Hoffnung waren die drei aus dem Ferienhaus: Hanna Schmitz, Lus Martinez und der merkwürdige Kerl, der immer wieder im Wald verschwand. Sie hatte versucht, ihm zu folgen, aber er hatte sie mühelos abgeschüttelt. Also hatte sie sich an die beiden Frauen gehängt und war Lus gefolgt, als diese wegfuhr. Vielleicht wäre sie besser in Bochum an ihr drangeblieben, wollte aber den möglichen Fundort und die beiden anderen nicht so lange aus den Augen lassen. Sie brauchte dringend einen Partner, gestand sie sich ein. Diese One-Woman-Show, das musste aufhören. Doch dieses Problem würde sie später lösen. Jetzt war erst einmal Lus Martinez dran.

Derweil hatte sich Lus im Haus umgesehen, hatte Hannas Wagen untersucht, ihr Telefon gecheckt, doch keine Hinweise gefunden, die auf den Verbleib von Hanna und Vlat schließen ließen. Sie sank auf einen Küchenstuhl. Hoffentlich war nichts passiert. Sie war so euphorisch gewesen, als die Sache mit der Blutspendenaktion auf den Weg gebracht worden war. Vlat würde das Blut der meisten Dorfbewohner trinken können und hätte damit Zugriff auf zahlreiche Erinnerungen rund um den Bouleplatz. Wer weiß? Vielleicht war ja sogar die Person dabei, die die Skulptur entdeckt und behalten hatte.

Sie selbst würde fasziniert beobachten, welche Fähigkeiten Vlat weiterhin entfaltete. Nachdem ihr Prof die Daten von Vlat gesehen hatte, war er buchstäblich sprachlos gewesen. Die extrahierte DNS war ungleich komplexer als die menschliche. Statt zwei gab es drei Stränge und wesentlich mehr Gene. Weitere Untersuchungen hatten ergeben, dass sich neutrale Zellen in jede beliebige Körperzelle verwandeln konnten, bei permanenter Zellerneuerung. Die Zellen alterten überhaupt nicht und defekte Zellen wurden sofort ersetzt. Lus hatte sich von seiner Faszination anstecken lassen und ihm von Vlat erzählt. Ihre Beobachtung der raschen Wundheilung hatten Professor Esslingen elektrisiert. Er verfügte über gute Kontakte zur Pharmaindustrie und war sich sicher, dass man dort außerordentliches Interesse haben dürfte, mit dem Genmaterial zu arbeiten. Lus hatte in diesem Moment zwar ein schlechtes Gewissen Vlat und Hanna gegenüber gespürt, doch als Esslingen sich bereit erklärt hatte, das Thema in ihrer Dissertation zu begleiten, ihr das Blaue vom Himmel versprochen und von den zahlreichen positiven Anwendungsmöglichkeiten bei der Krankheitsbekämpfung vorgeschwärmt hatte, war sie eingeknickt.

Ein finsterer Gedanke schoss ihr durch den Kopf. Sollte Professor Esslingen hinter dem Verschwinden von Vlat und Hanna stecken? Er hatte ihr hoch und heilig versprochen, dass er Vlat nichts tun würde, nur einige Blutproben und etwas Knochenmark benötigte, aber war ihm zu trauen? Die meisten Pharmafirmen waren ganz okay und tatsächlich dem Wohl der Menschen verpflichtet, aber einige eben auch nicht. Die gingen über Leichen. Und wenn die Thesen von Esslingen Bestand hätten, könnte man mit den Studienergebnissen zu Vlats DNS Millionen, nein, Milliarden verdienen. Hatte man sich Vlat geschnappt? Und was war mit Hanna geschehen? Hoffentlich hatte sie keinen Fehler gemacht, den sie ihr ganzes Leben bereuen würde.

»Martinez ist zurückgekehrt.«

Franka Wottke telefonierte mit Max von Ullmann. Sie brauchte dringend ein paar gute Nachrichten für ihren Auftraggeber. Sonst wäre sie diesen Job los und wahrscheinlich auch noch alle zukünftigen.

»Ich glaube, dass Martinez ein Schlüssel zur Lösung sein könnte«, spekulierte sie wild drauf los.

»Dann schnappen Sie sich das Mädchen, bevor sie uns wieder durch die Lappen geht«, befahl Ullmann.

Franka Wottke runzelte die Stirn. Mist, da hatte er sie anscheinend beim Wort genommen.

Ullmann reagierte auf ihr Zögern. »Ich erwarte, dass Sie mir die Frau bringen, verstanden?«

»Sollen wir Sie nicht lieber noch ein paar Tage beobachten? Vielleicht führt sie uns ja zu der Skulptur.«

»Meine Geduld ist am Ende, ich will jetzt Ergebnisse sehen.«

»Was ist, wenn ich mich täusche?«, versuchte Franka, den Kunsthändler umzustimmen.

»Dann werden uns die beiden anderen sicherlich gerne dabei unterstützen, die Skulptur zu finden, wenn sie ihre Freundin wiedersehen wollen.«

Franka schluckte. Eine Entführung war ein völlig anderes Kaliber als das Umgraben eines Bouleplatzes.

Doch Max von Ullmann setzte noch einen drauf.

»Vielleicht sind die beiden anderen ja effizienter bei der Erledigung Ihres Jobs als Sie es sind. Ich will diese Skulptur. Um jeden Preis!«

Er beendete das Gespräch. Franka seufzte auf und verließ ihren Wagen.

IX

Auf der Anhöhe saßen die beiden Läufer und der Schamane immer noch zusammen. Sie hatten das Massaker nicht mehr verhindern können. Nuro war voller Zorn. Er schwor Ato und seiner Sippe Rache. Seine Wut waberte wie ein glutroter Nebel um ihn. Vlat dagegen spürte keine Wut, sondern große Trauer. Weil sie alle Einzelgänger waren und nicht in einem Verbund lebten, kannte er die dort so sinnlos hingemetzelten Läufer kaum. Man begegnete sich nur beim seltenen Wanderritual und verschmolz dort zu einem großen Ganzen, voller Nähe und Geborgenheit, ja tiefer Liebe. Vlat wusste, dass er diese Erfahrung in seiner Lebenszeit wohl nicht mehr machen würde. Zu wenige Läufer wandelten noch auf der Erde. Und zu viele waren hier gestorben.

Sein Vertrauen in die Menschen war zerstört. Er machte sich Vorwürfe, dass er die Anzeichen nicht richtig gedeutet hatte.

Auch Joni haderte mit sich. Hätte er es nicht kommen sehen müssen? Ato hatte sich in den letzten Jahren verändert. Er war mürrisch geworden und eigenbrötlerisch. Das Alter hatte es nicht gut mit ihm gemeint. Immer öfter hatte er an den Göttinnen und ihren Botschaften gezweifelt. Joni hatte zunehmend den Eindruck gewonnen, dass Ato nur noch einem Gott folgte – sich selbst.

»Danke, dass du uns gewarnt hast.«

Joni konnte Vlats Stimme in seinem Kopf hören. Dieser war aufgestanden.

»Was wirst du tun?«, fragte Joni.

»Ich mache mich auf den Weg«, war Vlats nüchterne Antwort.

»Wo gehst du hin?«

Vlat wies in irgendeine Richtung. Schaute dann zur Siedlung herunter.

»Weg von hier.«

»Und Nuro?«

Nuro hob den Kopf. Anscheinend hatte er mitbekommen, dass sich Vlat und Joni über ihn unterhielten. »Ich werde hierbleiben. Und eine Gelegenheit finden, Ato zu töten. Er ist das Böse in Person.«

Vlat nickte. »Ja, wir können ihn nicht leben lassen. Tue, was du tun musst. Es ist deine Verpflichtung.«

Nuro senkte den Kopf. »Wir treffen uns hier, wenn die Wandersterne erneut am Himmel stehen.«

»Wollt ihr euch noch an mir nähren, bevor ich wieder ins Dorf zurückkehre?«, fragte Joni die Läufer.

»Du willst zurück?«

»Meine Familie lebt dort.«

Vlat nickte. »Nun, das ist *deine* Verpflichtung.«

»Ihr könnt auf mich zählen, das wisst ihr. Ihr könnt mir vertrauen. Bitte!« Joni flehte fast.

Nuro tauchte in seinen Geist ein und durchdrang ihn bis in die Tiefe des Unterbewusstseins. Joni hatte den Eindruck, ihm würde Gewalt angetan, doch ließ er Nuro regungslos gewähren. Der Läufer hatte nach diesem Verrat ein Recht darauf, zu erfahren, wem er vertrauen konnte.

Nuro stand nun auch auf.

»Deine Absichten sind gut und deine Gedanken weise. Ich vertraue dir. Du solltest mit deiner Familie die Ansiedlung verlassen.«

Joni nickte. Er konnte sich denken, was Nuro damit andeuten wollte.

»Wann immer ihr in der Welt der Menschen Unterstützung braucht, bin ich für euch da. Und meine Erben nach mir, die auch eure Stimmen im Geist hören. Ich werde das Wissen über die Läufer wie ein Geheimnis hüten und nur an die Meinen weitergeben, damit es über alle Zeit besteht.«

Joni fühlte die Bestätigung der beiden in seinem Geist. Dann wandte er sich ab und ging zurück zu der Siedlung und dem großen Feuer. In Furcht vor dem, was er dort finden würde.

Kapitel 13

ENTFÜHRT

Drei Tage später kehrten Hanna und Vlat gemeinsam zurück zum Ferienhaus. Wäre es nach Hanna gegangen, hätte die erholsame Auszeit im Wald ruhig noch einige Tage andauern können. Waldbaden. Doch da war ja auch noch Lus. Zuerst war es Hanna als eine gute Idee erschienen, ihr Handy im Ferienhaus zu lassen, doch inzwischen machte sie sich einige Gedanken, wie es Lus in der Zwischenzeit ergangen war.

Die letzten Tage waren für Hanna eine Offenbarung gewesen. Sie hatte Vlat von einer völlig neuen Seite kennengelernt. Im Wald war er in seinem Element. Er verschmolz praktisch mit seiner Umgebung, tauchte ein in die Natur. Sie verstand nun seine Lebensweise sehr viel besser und auch seine Weigerung, sich mit neuen Technologien zu befassen. Es war alles – gut wie es war. Das perfekte Gleichgewicht im Sein. Ihr Kopf war frei und sie fühlte sich gesünder als je zuvor.

Obwohl Lus' Wagen vor der Tür stand, war das Haus leer.

»Wo mag sie sein?«

Vlat schnüffelte durch die Räume. »Sie war hier, aber nicht lange. Jemand war bei ihr. Eine Frau.«

»Wie praktisch. Besser als ein Jagdhund. Kannst du mir auch sagen, wie lange es her ist?«

Vlat nickte. »Einen Tag.«

»Woher weißt du das so genau?« Hanna war schwer beeindruckt.

»Weil hier ein Zettel liegt mit einer Nachricht, Uhrzeit und Datum.«

Hanna schob ihn zur Seite. »Lass mal sehen.«

Mit gerunzelter Stirn las sie den Ausdruck laut vor: »Wenn Sie Ihre Freundin wiedersehen wollen, beschaffen Sie die Rodin-Skulptur. Keine Polizei! Wir melden uns über ihr Mobiltelefon.«

Lus' Handy lag auf dem Tisch. In dem Moment summte es. Hanna erschrak.

»Jesses!«

»Willst du nicht dran gehen?«

Sie griff nach dem Handy. Die Rufnummer war unterdrückt.

»Ja?«

»Endlich sind Sie da. Sie haben sich Zeit gelassen. Beschaffen Sie uns bis zum Ende der Woche die Skulptur, sonst ...«, drohte eine verzerrte Stimme am anderen Ende.

»Aber wir haben die Figur nicht!«, rief Hanna verzweifelt.

»Ihr Problem.«

Der Anrufer legte auf. Hanna schnappte nach Luft. »Die meinen es ernst!«

Sie schaute Vlat schockiert an.

»Was ist los?«

»Jemand hat Lus entführt. Sie wollen sie gegen die Bronzeskulptur austauschen.«

Vlat fühlte, wie sich in seinem Inneren Widerstand regte. »Wir haben die Figur doch gar nicht.«

»Das ist denen egal. Der Anrufer meinte, das wäre unser Problem.« Hanna schluckte schwer. »Meinetwegen ist Lus in Gefahr. Ich hätte sie da nie mit reinziehen dürfen.« Sie versteckte ihr Gesicht in ihren Händen.

Vlat nahm sie tröstend in den Arm. »Wenn überhaupt war das meine Schuld. Ich hätte dir diese Seelenlast nicht aufbürden dürfen.«

Sie standen eine Weile eng umschlungen. Hanna hatte ihr Gesicht an Vlats Schulter gelegt. Sie weinte leise vor sich hin. Doch nach einer Weile riss sie sich zusammen. Dankbar blickte sie zu Vlat auf. Wenigstens hatte er diesmal darauf verzichtet, ihre Gefühle zu manipulieren. Sein Blick war in die Ferne gerichtet, seine Stirn gerunzelt. Seine Gesichtszüge hatten sich in Schangs verwandelt. Eilig trat Hanna einen Schritt zurück.

»Wir werden die Figur finden und uns dann den Entführer vorknöpfen«, knurrte Schangs Stimme und Hanna fröstelte es. Sie hatte den Eindruck, dass Schang nicht an einem Austausch gelegen war. Himmel, hoffentlich übernahm Vlat bald wieder die Oberhand.

»Ich brauche die Erinnerung der Leute hier am Ort. Irgendjemand wird wissen, was passiert ist.«

»Wie stellst du dir das vor? Ohne Lus bekommen wir die Blutspendenaktion nicht organisiert.«

»Ich mache das auf meine Art. Ein kleiner Spaziergang von Tür zu Tür in dunkler Nacht.« Schang grinste. »Mach dir keine Gedanken. Deine Freundin ist im Handumdrehen wieder da.«

Jetzt machte Hanna sich richtig Sorgen.

»Aber das geht doch nicht. Du kannst doch nicht das ganze Dorf beißen. Du willst doch nicht auffallen. Was meinst du, was hier los ist, wenn die Presse mitbekommt, dass hier reihenweise Menschen in ihren Häusern angegriffen wurden? Und gebissen!?«

Hanna kreischte fast. Sie sah schon die Schlagzeilen vor ihrem geistigen Auge: Vampire treiben ihr Unwesen in der Vulkaneifel.

»Wenn du das tust, wimmelt es morgen hier von Polizisten und Presseleuten. Dann können wir unbeobachtet keinen Schritt mehr tun. Und du riskierst, aufzufliegen. Ist es das wert?«

Schang verzog angewidert das Gesicht. »Diese Schmeißfliegen können wir hier nicht gebrauchen.«

»Genau. Deshalb bleiben wir bei dem ursprünglichen Plan. Wir müssen das nur dem Entführer erklären«, entwickelte Hanna Zweckoptimismus.

»Aber ohne Lus funktioniert der Plan nicht«, erwiderte Schang.

»Da finden wir eine Lösung. Ich bin ziemlich sicher, dass Gretchen noch in der Region ist. Jemand hat sie ausgegraben und mitgenommen. Sonst wäre die Eisenkette nicht dort gewesen. Denk doch mal nach. Wir müssen nur vorsichtig herausbekommen, wer sich an die Skulptur erinnert. Und am besten auch noch, wo die Figur jetzt ist. Kriegst du das hin?«

Schang nickte. »Wenn ich das Blut trinke, finde ich das raus. – Und wenn nicht, habe ich noch andere Mittel.«

Plötzlich überschwemmte eine Welle eiskalter Furcht Hanna. Sie krümmte sich zusammen, ihr Atem krampfte, als sie gegen die aufsteigende Panik ankämpfte.

»Lass das!«, keuchte sie, doch Schang beobachtete sie nur interessiert, wie ein um sein Leben kämpfendes Insekt. Erst nach zwei Minuten entließ er Hanna aus dem Gefühlstornado. Diese funkelte in wütend an, drehte sich um und verschwand im Bad. Er hörte von Weitem, wie sie sich erbrach. Ein Lächeln breitete sich auf seinem Gesicht aus. Das würde lustig werden.

Hanna blickte erschöpft in den Badezimmerspiegel. Eine solche Furcht hatte sie noch nie gespürt. Sie war durchgeschwitzt und ihr Magen rebellierte immer noch. Gerade hatte sie einen Eindruck bekommen, was passieren würde, falls Schang dauerhaft die Kontrolle über Vlat gewinnen sollte. Es half nichts, sie musste Jeans Wünsche erfüllen, damit die Seele Ruhe finden und verschwinden würde. Und bis dahin musste sie sehr, sehr vorsichtig sein.

Franka Wottke beobachtete mit einem Feldstecher das Ferienhaus. Eigentlich hatte sie erwartet, dass sich die beiden nach dem Telefonat mit dem Entführer auf die Suche nach der Figur machen würden. Frankas Aufgabe war es, ihnen zu folgen und im richtigen Moment dafür zu sorgen, dass die Bronzeskulptur tatsächlich in den Händen von Max von Ullmann landen würde. Doch alles blieb still. Was heckten die zwei bloß aus? Sie würde ihnen bis heute Abend Zeit geben und dann die Daumenschrauben stärker anziehen.

Hanna lief im Wohnzimmer auf und ab. Auf dem Tisch stand eine Kaffeetasse, doch der Inhalt war inzwischen kalt geworden. Sie hatte keine Ruhe. Hoffentlich meldeten sich die Entführer erneut. Hanna hatte hin und her überlegt, wie sie die Blutspendenaktion irgendwie über die Bühne bringen konnten, doch nur eine Lösung war ihr eingefallen. Sie fürchtete, dass Schang sich einfach auf den Weg machen könnte, um auf eigene Faust nach dem unehrlichen Finder zu suchen. Dabei würden ihn Kollateralschäden nicht aufhalten. Niemand würde ihn aufhalten können. Wenn Schang erst einmal von der Leine war, würde er sich nicht mehr bremsen lassen.

Hanna hatte Vlat in den letzten Tagen soweit kennengelernt, dass sie befürchtete, Vlat könne mit Schangs Taten nicht leben. Sie würden ihn dazu bringen, vor Scham seine eigene Seele aufzugeben. Da war sich Hanna sicher. Doch Vlat musste gegen Schang ankämpfen. Er war der Einzige, der die Katastrophe verhindern konnte, dass Schang auf die Menschheit losgelassen würde. Ein unsterblicher, gefühlsmanipulierender, sadistischer Soziopath. Aber das würde wahrscheinlich nur gelingen, wenn man schnell Jeans größten Wunsch erfüllen würde, nämlich Gretchen noch einmal in den Händen zu halten. Das würde Jean auf den Plan rufen und Schang zurückdrängen. Dann hätte Vlat eine reelle Chance.

Jetzt hatte sie einen Plan, von dem sie sich ziemlich sicher war, dass er Vlat nicht gefallen würde. Aber es musste sein.

Bis zum Abend hatte niemand der beiden das Haus verlassen. Franka fror, ihre Nackenmuskulatur war völlig verspannt und ihr Genick schmerzte. Inzwischen war sie richtig sauer. Auf die zwei da unten im Ferienhaus. Auf Max von Ullmann, der sie in diese Situation gebracht hatte. Und vor allem auf sich selbst. Sie hätte schon längst die Entscheidung treffen sollen, auf diesen Job zu verzichten. Doch hasste sie es, zu versagen. Das ließ sich einfach nicht mit ihrem Selbstbild vereinbaren. Dabei war sie noch angeschlagen von ihrem letzten Auftrag, ein Security–Einsatz, bei dem sie sich eine Kugel eingefangen hatte. Aufgeben war keine Option. Sie hatte diesen Job angenommen und sie würde diesen Auftrag zur Zufriedenheit ihres Kunden lösen. Danach würde sie einen großen Bogen um Max von Ullmann machen.

Doch noch war es nicht soweit. Sie seufzte und griff zu ihrem Mobiltelefon.

»Ich bin's«, meldete sie sich, als das Gespräch angenommen wurde. »Hier tut sich nichts. Vielleicht wissen die wirklich nicht, wo sich die Skulptur befindet.«

»Dann werde ich die Motivation erhöhen.«

Ullmann legte auf. Franka bekam eine Gänsehaut. Mit dem Mann war definitiv nicht zu spaßen. Ein Grund mehr, den Job zu seiner Zufriedenheit abzuschließen.

Das Telefon klingelte erneut und Hanna, die nur auf dieses Geräusch gewartet hatte, schnappte sich ihr Handy und nahm atemlos das Gespräch an.

»Ja?«

Wie erhofft, war sie wieder mit Lus' Entführer verbunden.

»Die Uhr tickt. Sie übergeben uns die Statue bis Freitag um Mitternacht. Ansonsten können Sie sich von Ihrer Freundin verabschieden.«

Hanna hörte plötzlich Lus gehetzte Stimme im Hintergrund: »Hanna, die meinen es ernst!«

Ein klatschendes Geräusch erklang, ein schmerzhaftes Aufstöhnen, dann wieder die verzerrte Stimme des Entführers.

»Sie haben nicht viel Zeit.«

»Warten Sie. Legen Sie nicht auf. Ich habe einen Plan!«
Hanna hatte fieberhaft überlegt, wie sie den Entführer davon überzeugen konnte, Lus freizulassen, ohne Vlats merkwürdige Fähigkeiten ins Spiel zu bringen, aber ihr war nichts Überzeugendes eingefallen.

»Wir haben einen Plan, wie wir an die Skulptur kommen, aber dazu benötigen wir Lus. Ohne sie geht es nicht.«

»Schlechter Versuch. Glauben Sie ernsthaft, darauf lassen wir uns ein?«

»Sie können mich dafür haben. Aber wir brauchen auch noch etwas mehr Zeit. Unser Plan braucht Vorlauf.«

Plötzlich stand Schang hinter ihr, griff zum Hörer und bellte: »Sie werden Lus gegen mich austauschen.«

Hanna erbleichte. Sie konnte sich denken, was Schang vorhatte. Aber damit wäre Vlat die letzte Chance genommen, wieder die Oberhand zu bekommen.

»Nein, nein, mein Freund«, klang es aus dem Hörer. »Ich nehme das Angebot der Dame an.«

Hanna stellte das Mikrofon stumm und beschwor Schang: »Lass mich das machen. Wir brauchen dich für die Bluterinnerungen. Du und Lus, ihr schafft das.«

Dann stellte sie das Mikrofon wieder an.

»Ich gegen Lus. Wie machen wir das?«

»Da haben Sie noch einmal Glück gehabt. Gerade wollte ich auflegen und Ihre anscheinend für mich nutzlose Freundin beseitigen.«

Hanna stöhnte auf. »Bitte tun Sie das nicht. Wirklich, wir haben einen Plan und der wird funktionieren.«

»Erzählen Sie mir von dem Plan.«

»Es geht um die Blutspendenaktion in der kommenden Woche. Hier werden wir den Täter überführen und die Skulptur wiederbeschaffen.«

»Warum eine Blutspendenaktion?«

»Verlassen Sie sich darauf, wir werden die Skulptur für sie besorgen, aber mehr werde ich Ihnen nicht verraten. Nachher führen Sie den Plan selbst durch und töten meine

Freundin, weil sie Ihnen nicht mehr nützt und sie Zeugen aus dem Weg räumen.«

»Sie haben zu viele Krimis gelesen.«

»Meine Erfahrungen bei Entführungen halten sich in Grenzen. Da muss ich auf Literatur zurückgreifen.«

Die Person am anderen Ende lachte kurz auf. »Also gut. Sie gegen ihre Freundin, die Skulptur gegen Sie. Vermasseln Sie es nicht.«

»Das wäre kaum in meinem Interesse.« Hanna fühlte sich aus unerfindlichen Gründen der Situation gewachsen. Sie blickte zu Schang, der sie selbstzufrieden betrachtete. Sofort verpuffte das gute Gefühl.

»Wann findet der Austausch statt?«

»In einer Stunde. Einige hundert Meter aus dem Dorf heraus in Richtung Jünkerath kommen Sie an einen Wanderparkplatz. Fahren Sie dort mit Ihrem Auto hin. Kommen Sie allein. Sie werden dort Ihre Freundin an eine Bank gefesselt finden. Lösen Sie die Fesseln und Ihre Freundin kann in Ihrem Fahrzeug zurück zum Ferienhaus fahren. Sie bleiben dort. Lassen Sie Ihr Handy im Ferienhaus. Sie werden in wenigen Minuten ein Mobiltelefon vor Ihrer Haustür finden.«

Hanna erschrak. Anscheinend wurden sie überwacht. Die Entführer saßen ihnen auf der Pelle und wussten über jeden Schritt Bescheid.

Der Anrufer schien ihre Gedanken zu ahnen.

»Wir beobachten Sie. Halten Sie sich also an die Anweisungen, sonst wird es Ihrer Freundin übel ergehen. Nehmen Sie das neue Handy mit. Wir werden uns bei Ihnen melden und weitere Anweisungen erteilen. Haben Sie das verstanden?«

Hanna wiederholte kurz die Anweisungen.

»Gut. Wenn Sie nicht gehen, wird Ihre Freundin dran glauben. Wenn Sie sich nicht an die Anweisung halten, werden Sie dran glauben. Und wenn Sie versuchen, gemeinsam mit Ihrer Freundin abzuhauen, werden Sie alle daran glauben. Ich will diese Skulptur!«

Nachdem Hanna das Gespräch beendet hatte, setzte sie sich Schang gegenüber, der auf einem Sessel saß und sie mit eiskalten Augen musterte.

»So, so, du hast also einen Plan ausgebrütet, ohne mich zu fragen. Da bin ich ja mal gespannt.«

Hanna erläuterte ihren Plan.

Schang schien nicht gänzlich überzeugt. »Ziemlich viele Unwägbarkeiten. Was ist, wenn derjenige sich nicht bei der Blutspende meldet? Was ist, wenn ich nicht genügend Blut bekomme? Wenn es keine Erinnerungsbilder gibt? Wenn die Skulptur eingeschmolzen wurde? Oder sich im Ausland befindet?«

Hanna zuckte mit den Schultern.

»Wir können nur hoffen. Aber was wäre die Alternative?«

»Die Alternative wäre gewesen, mich auszutauschen. Ich hätte diesem Pack die Kehlen rausgerissen und sie in die Hölle geschickt. Doch du hast es versaut.«

Hanna sah blanken Hass in Schangs Augen. Sie schluckte verkrampft. Hatte er recht? Hatte sie es versaut? Sie hatte sich nicht entschließen können, diese lebende Atombombe auf die Menschheit loszulassen.

»Vielleicht hast du Recht«, bemühte sie sich, Schang zu beruhigen. »Aber jetzt halten wir uns an den ursprünglichen Plan. Dazu brauchen wir Vlat. Wenn einer die Erinnerungen lesen kann, dann er.«

Schang schaute sie mit ausdruckslosen Augen an.

»Vlat? Hörst du mich?«

Keine Reaktion in Schangs Gesicht.

»Schang, lass los. Vertraue uns. Wir besorgen die Skulptur für Jean, erfüllen seinen Wunsch. Vlat hat es versprochen und wird nicht eher ruhen, bis das erledigt ist.«

Schang atmete zischend aus. Langsam entspannten sich seine Gesichtszüge, veränderten sich. Hanna seufzte erleichtert. Vlat war wieder da.

Eine halbe Stunde später machte sich Hanna auf den Weg. Es war zwar noch früh, aber sie wollte auf keinen Fall zu spät kommen.

Da, die Einfahrt. Weniger ein Parkplatz, mehr ein Waldweg. Nicht sehr einladend. War sie hier richtig? Die Zufahrt sah schlammig aus. Es hatte die ganze Nacht geregnet. Was, wenn sie sich hier festfuhr? Sie war zehn Minuten zu früh dran. Sollte sie dort einfach im Auto warten? Ihre Gedanken überschlugen sich. Sie zögerte, bremste an der Einfahrt ab und sammelte sich kurz. In diesem Moment brummte das Telefon, das sie vor einigen Minuten vor ihrer Haustür gefunden hatte.

»Sie können ihre Freundin abholen.«

Okay, anscheinend wurde sie oder der Ort beobachtet. Langsam gab sie Gas und fuhr auf den Parkplatz.

Schon von Weitem sah sie Lus, die mit hängendem Kopf auf einer der typischen hölzernen Rastplatzgarnituren saß. Hanna beschleunigte und fuhr zügig zu der Sitzgruppe. Ansonsten war der Rastplatz leer. Kurz fragte sich Hanna, was die Entführer wohl gemacht hätten, wenn hier gerade eine Wandergruppe ihr Picknick veranstaltet hätte. Doch dann schob sie den Gedanken beiseite und sprang aus dem Auto.

»Lus, Gott sei Dank, wir haben uns solche Sorgen gemacht.« Hanna umarmte Lus und blickte ihr dann forschend ins Gesicht. »Geht es dir gut?«

Lus nickte müde, aber Hanna registrierte die tiefen Falten in den Mundwinkeln und die dunklen Augenränder. Ihre Freundin sah nicht gut aus.

»Komm, ich mache dich los.«

Sie packte das Taschenmesser aus, das sie vorsichtshalber mitgenommen hatte, und durchtrennte die Kabelbinder, mit denen Lus' Hände auf dem Rücken zusammengebunden waren. Die Fesseln hatten sich tief ins Fleisch eingeschnitten und Hanna hatte Mühe, Lus zu befreien. Aber endlich gelang es.

Lus seufzte hörbar und massierte die schmerzenden Handgelenke. Dann fiel sie Hanna um den Hals.

»Ich bin so froh, dich zu sehen. Ich habe mir solche Sorgen gemacht, als ich euch nicht im Haus angetroffen habe.«

»Ja, aber hast du denn meinen Zettel nicht gefunden?«, wunderte sich Hanna. »Ich hatte ihn extra in den Kühlschrank gelegt, damit du ihn auf jeden Fall findest. Du holst dir doch sonst immer gleich etwas zu trinken.«

Lus schüttelte müde den Kopf.

»Da habe ich gar nicht nachgesehen. Ich habe überall im und dann ums Haus herum nach euch Ausschau gehalten. Da hat mich dann diese Frau geschnappt.«

»Eine Frau? Wie sah sie aus?«

Wieder klingelte Hannas Handy.

»Sie haben jetzt ausreichend Wiedersehen gefeiert. Ihre Freundin bindet Ihnen nun die Hände auf den Rücken. Danach kann sie fahren. Sie setzen sich auf die Bank, die Augen zum Tisch, drehen sich nicht um. Sie werden gleich abgeholt.«

Aufgelegt.

Hanna wandte sich zu Lus. »Du musst los. Fessel mir die Hände auf den Rücken. Hast du Kabelbinder?«

Lus nickte und deutete auf den Tisch. Hier lagen mehrere bereit. »Ich ziehe auch nicht zu fest zu. Verlass dich drauf, wir holen dich hier raus, Vlat und ich.«

»Macht diese Blutspendenaktion. Wir müssen die Skulptur finden, das ist meine beste Chance.«

Hanna fühlte, wie sich der Kabelbinder um ihre Handgelenke zusammenzog. Sie atmete geräuschvoll ein und aus. Bloß keine Panik kriegen.

Lus hauchte ihr einen Kuss auf die Stirn.

»Danke.« Dann war sie aus Hannas Blickfeld verschwunden.

Hanna hörte noch, wie ihr Wagen gestartet wurde und den Parkplatz verließ. Sie richtete wie befohlen die Augen auf den Tisch und vertiefte sich, um sich abzulenken, in die

Holzmaserung. Fest entschlossen, alles zu tun, was nötig war, schloss sie die Augen, als sie hörte, dass sich leise Schritte von hinten näherten. Kurz darauf wurde ihr eine Kapuze über den Kopf gezogen.

Lus saß Vlat im Wohnzimmer ihres Ferienhauses gegenüber und hatte eine Flasche Bier vor sich stehen. Sie war froh, ihren Entführern entronnen zu sein, aber auch hochgradig besorgt um Hanna. Dieser Typ mit der Maske, der sie in seinem Schuppen gefangen gehalten hatte, war gefährlich. Er hatte sie stundenlang befragt, nach der Skulptur, ihren Begleitern, dem Bouleplatz. Sie hatte kaum gewusst, was sie antworten sollte. Es erschien ihr unklug, etwas über die besondere Natur ihres Begleiters verlauten zu lassen. Gleichzeitig bohrte sich der Gedanke in ihr Gehirn, dass sie aber genau das bei ihrem Prof getan hatte. Nun traute sie sich kaum, Vlat in die Augen zu sehen.

Dieser spürte ihr Unbehagen. Ja, er konnte ihre Angst förmlich riechen. Irgendetwas verbarg Lus vor ihm. Und er hatte den Eindruck, dass das nicht unbedingt etwas mit der Entführung zu tun hatte. Schade, dass er ihre Gedanken nicht hören konnte. Das ging nur bei Vertrauten. Er würde ihr auf die Finger schauen müssen.

»Wie ist dein Plan?«

Lus hob den Kopf und sah ihn müde an. »Was?«

»Dein Plan? Wie sieht er aus? Hanna hat mir gesagt, du würdest mir Blut besorgen.«

»Ach so, ja, die Blutspende. Die habe ich schon fast vergessen.«

»Wegen dieser Blutspende hat sich Hanna gegen dich austauschen lassen und in Gefahr begeben. Sie vertraut dir, dass du es schaffst.«

Ein wohliges Gefühl von Hoffnung und Optimismus durchfloss Lus. »Mehr davon, ich kann das jetzt brauchen.«

Vlat lächelte kurz.

Lus sprang auf. »Du hast recht, ich muss los.«

»Es klappt!« Drei Stunden später kam Lus freudestrahlend ins Wohnzimmer geeilt und setzte sich Vlat gegenüber in den Sessel. Vlat hatte bereits an ihrem beschwingten Schritt erkannt, dass sie gute Nachrichten brachte.

»Ich komme gerade vom Ortsvorsteher. Er hat mir versprochen, dass wir schon in einer Woche das Bürgerhaus nutzen können für die Blutspendeaktion. Das DRK weiß auch schon Bescheid. Morgen gibt es eine Info an die Presse und einen Aushang an der Kirchentür und am Bürgerhaus. Zudem will er über Facebook zum Blutspenden aufrufen. Hier auf dem Land ist das anscheinend Ehrensache. Er meinte sogar, dass die örtliche Sparkasse Brötchen für die Spender sponsern würde. Das machen die wohl regelmäßig.«

»Gut.« Vlat nickte ihr zu. »Aber eine Woche ist lang. Ich denke an Hanna.«

»Ich auch.« Schlagartig war die gute Laune verpufft. »Meinst du, es geht ihr gut?«

»Ich hoffe es. Wie hast du dich gefühlt, als du entführt warst?«

»Grauenhaft. Es war dunkel und feucht, meine Hände waren die ganze Zeit gefesselt. Ab und zu hat mich einer zum Klo gebracht, mir die Hose runtergezogen und stand daneben, wenn ich pinkeln oder kacken musste. Keine schöne Erfahrung.«

»Dann wird es Hanna nicht viel anders gehen. Eine Woche ist viel Zeit.«

Vlat stand auf und tigerte im Wohnzimmer auf und ab.

»Kannst du sie nicht befreien?«, wollte Lus wissen. »Du verfügst doch über so außergewöhnliche Fähigkeiten. Kannst du sie nicht wittern oder so?«

Vlat betrachtete sie verächtlich. »Du weißt nichts über mich, nichts!«

Seine Gesichtszüge schienen zu verschwimmen und sein Tonfall hatte sich verändert.

»Vlat!«, sprach Lus ihn direkt an. »Bleib bei mir. Ohne dich schaffe ich das nicht. Wir müssen Hanna dort herausholen.«

Vlats Gesichtszüge entspannten sich wieder. »Entschuldige. Ich stehe unter ziemlichem Druck. Jean ist extrem beunruhigt und das bringt Schang auf den Plan.«

»Vielleicht drehst du eine Runde durch den Wald und kommst wieder runter. Im Moment können wir nur abwarten.«

Vlat nickte dankbar und verließ das Haus. Auf diesen Moment hatte Lus nur gewartet. Schnell checkte sie ihre Emails. Ja, eine Mail von Professor Esslingen. Darauf hatte sie gewartet.

X

»Die Seelen sind befreit, die Götter zufrieden gestellt. Feiern wir das Opfermahl!«

Die Stimme Atos dröhnte über den Platz. Seine Sippe stand um ihn versammelt. Es hatte Tote gegeben, denn nicht alle Läufer hatten sich kampflos ihrem Schicksal ergeben. Einige hatten den Trank verschmäht oder waren schnell wieder zur Besinnung gekommen. Doch gegen die geballte Übermacht des Stammes hatten sie einzeln keine Chance gehabt.

»Die Götter wollen, dass wir das gebrachte Opfer mit ihnen teilen. Indem wir ihr Fleisch verzehren, nehmen wir ihre Lebenskraft und ihre Fähigkeiten in uns auf. Sie werden uns stark und unbesiegbar machen und uns Unsterblichkeit schenken. Wir werden unsere Kranken und Verletzten selbst heilen können.«

Er deutete auf die Reihe von verletzten Kriegern, die gerade von einigen Frauen am Rand des Platzes verbunden wurden.

»Schneidet den Läufern das Fleisch von den Knochen und zermahlt die Knochen zu Staub, auf dass sie nie wieder auferstehen. Schürt das Feuer!«

»Heil Ato! Heil unserem Ältesten!«, intonierte die Menge, aufgepeitscht durch Atos Töchter und Söhne. Aus dem Augenwinkel sah Ato, wie sich sein verloren gegangener Schamane durch die Menge schob.

Er folgte Joni mit seinem Blick.

Kapitel 14

BLUTLESE

Endlich war es soweit. Das DRK hatte unter tätiger Mithilfe des örtlichen Junggesellenvereins mehrere Liegen und Paravents im Gemeindehaus aufgestellt. In einen Nebenraum wurde ein Platz eingerichtet, um die abgegebenen Blutspenden zu sichten, zu beschriften und erste Tests auf Brauchbarkeit durchzuführen. Diese Aufgabe war Lus zugefallen. Ihr Professor hatte sich für sie stark gemacht.

Gleich sollte es losgehen. Lus war erleichtert, dass sich endlich etwas tat und sie aktiv werden konnten. Die letzten Tage der Untätigkeit hatten an ihren Nerven gezerrt. Es hatte unendlich viel Energie gekostet, Hannas Entführer bei der Stange zu halten. Er hatte sie verdächtigt, nur Zeit schinden zu wollen. Lus und Vlat hatten darauf bestanden, täglich ein paar Worte mit Hanna zu wechseln, doch seit drei Tagen hatte der Entführer das schlichtweg abgelehnt. Lus wurde vor Sorge fast verrückt und auch Vlat wirkte unruhig. Doch jetzt ging es endlich voran.

Lus machte mit Vlat einen Rundgang durch das Gemeindehaus, sprach noch einmal kurz mit den Helferinnen und Helfern und organisierte sich eine Flasche Mineralwasser. Vlat blickte interessiert zu den Liegen und dem bereitstehenden Equipment.

»Willst du nicht den Anfang machen und mit gutem Beispiel vorangehen? Los, ich nehme dir auch eine Portion Blut ab. Dann kannst du sehen, wie das geht.« Lus zog Vlat am Ärmel in Richtung einer Liege. Doch der blieb stehen, schob ihre Hand zur Seite und blickte sie ausdruckslos an.

»Nein.«

Er drehte sich um und verließ den Saal.

Herrje, warum musste das alles so schwierig sein. Lus biss sich auf die Lippen. Ihr Prof hatte darauf bestanden, dass sie eine frische Blutprobe von Vlat besorgte. Sie hatte sich weigern wollen, doch er hatte ihr gedroht, sie wegen der missbräuchlichen Nutzung des Labors bei der Univerwaltung anzuzeigen. Dann wäre sie ihren Hilfskraftjob los. Und wie sollte sie dann ihr Studium finanzieren? Sie war verzweifelt, hatte aber keine Idee, wie sie der Forderung nachkommen sollte. Professor Esslingen rief nun täglich an und fragte nach ihren Fortschritten. Anscheinend hatte er einen Kontakt zu einem großen Pharmaunternehmen angebahnt und dort zu viel versprochen. Er wirkte hektisch am Telefon und schien selbst massiv unter Druck zu stehen. Irgendwie musste sie an Vlats Blut und sein Knochenmark kommen.

Aber anscheinend nicht heute. Langsam strömten die ersten Spender in den Raum. Lus ging zu ihrem Arbeitsplatz. Dort fand sie Vlat, der sich einen der Laborkittel übergeworfen hatte, um nicht aufzufallen.

Ursprünglich hatte sich Lus geärgert, dass sich der Verantwortliche beim DRK geweigert hatte, sie zur Blutabnahme zuzulassen. Anscheinend reichten da die paar Semester Medizin nicht aus. Als er ihr aber stattdessen angeboten hatte, die Organisation und den Transport der Blutbeutel zu übernehmen, war ihr aufgegangen, dass dies eine sehr viel bessere Lösung für ihr Problem war. Sie hatte Zugriff auf jede einzelne Blutspende. Der Plan sah so aus, dass Lus im Anschluss an die Blutspendeaktion alle Blutbeutel und Proben gesammelt zum Labor bringen würde, damit sie unter anderem auf Hepatitis, HIV und Syphilis getestet werden konnten. Nur wenn diese Erkrankungen ausgeschlossen waren, würde das Blut der Spender weiterverarbeitet.

Das bot die perfekte Gelegenheit. Statt direkt ins Labor zu fahren, würde Lus einen Abstecher in ihr Ferienhaus machen, wo Vlat sie bereits erwartete. Dann galt es, jede Laborprobe zu öffnen, einen Blutstropfen zu entnehmen und Vlat zum Verkosten zu geben. Sollten sich in der Blutprobe Erinnerungsfetzen finden lassen, die auf die Skulptur hinwiesen, würde Lus den kompletten Blutbeutel als beschädigt vermerken und verschwinden lassen.

Die Blutspende war ein voller Erfolgt, mehr als hundert Menschen waren vor Ort gewesen. Alle Beteiligten arbeiteten in hohem Tempo, um den Andrang zu bewältigen. Trotzdem entstanden Warteschlangen. Als Lus bemerkte, dass der eine oder die andere es sich überlegten, ob sie die Zeit investieren sollten, verließ sie ihren Platz und mischte sich unter die Wartenden.

»Eine tolle Sache, dass Sie sich hier alle so engagieren. Das sieht man nicht oft.«

Sie erntete ein geschmeicheltes Lächeln.

»Und es ist so wichtig. Es gibt inzwischen echte Engpässe in der Blutversorgung. Bitte haben Sie etwas Geduld. Wir brauchen Sie.«

Nach dieser Ansprache erntete sie ein anerkennendes Nicken des Verantwortlichen vor Ort. »Gut gemacht! Doch jetzt gehen Sie besser wieder an Ihren Platz, sonst kommen wir mit der Kennzeichnung der Blutbeutel nicht nach.«

»Nur ein Tropfen? Das ist zu wenig.«

Vlat betrachtete den Objektträger mit dem winzigen Tropfen Blut, den Lus in der Küche mit einer Pipette aus der Probe gezogen hatte.

»Versuche es wenigstens. Ich kann dir ja schlecht die komplette Laborprobe geben. Die wird noch gebraucht.«

Vorsichtig leckte Vlat am Objektträger. Er schloss die Augen.

»Nein, nichts. Nur diffuses Rauschen.«

»Hier die nächste Probe.«

Wieder probierte Vlat, schüttelte dann den Kopf.

»Das ist einfach zu wenig. Ich sehe so gut wie gar nichts.«

»Aber wenn ich dir die ganze Probe gebe, müssen wir die komplett neu auffüllen. Das dauert ewig. Und das Blut muss heute Abend noch ins Labor.«

»Und wenn du das Blut direkt aus dem Spendenbeutel nimmst?«

Lus betrachtete zweifelnd die Beutel. »Jesses, das gibt wahrscheinlich eine echte Schweinerei. Und wir riskieren, das Blut zu verunreinigen.«

»Dann müssen wir die Proben eingrenzen.«

Lus dachte nach.

»Mmh, das könnte gehen. Ich würde vorschlagen, dass wir alle Frauen rausnehmen. Ich kann mir echt nicht vorstellen, dass sich eine Frau so eine Skulptur unter den Nagel reißt.«

Vlat zuckte mit den Schultern. »Dazu kann ich nichts sagen.«

»Und vielleicht geht auch das Alter? Der Bouleplatz wurde doch anscheinend in den Neunzigern gebaut. Die ganz jungen Leute können wir also eigentlich auch ausschließen. Lass uns einfach mit den Männern ab vierzig anfangen.«

»Aber bitte etwas mehr Blut.«

Fünfzehn Proben später bemerkte Vlat die ersten Anzeichen, dass ihn langsam ein Blutrausch überkam. Er atmete tief durch, um die Kontrolle zu behalten, doch am liebsten hätte er Lus die Blutbeutel aus der Hand gerissen und sich darauf gestürzt. Vielleicht hätte er diese Nacht nicht fasten sollen. Er hatte gehofft, dass sein Geist dadurch wacher und aufnahmebereiter für die Erinnerungsspuren wurde. Blut war nicht so mächtig wie eine Seele. Hier waren nur marginale Bilder zu erkennen. Es mussten starke Impressionen sein, die das Blut geprägt hatten.

Plötzlich stutzte er. Da war etwas, nur ein Hauch, aber deutlich wahrnehmbar. Ein Erinnerungsfetzen blitzte auf und war gleich wieder verschwunden.

»Hier könnte etwas sein.«

Lus entfuhr ein Seufzer.

»Endlich!« Sie blickte auf die Beschriftung.

»Okay. Wollen wir weiter bei den Proben bleiben oder uns diese Blutspende genauer anschauen?«

»Wir nehmen diesen Beutel.«

Vlat dürstete es nach Blut, er konnte sich kaum noch beherrschen und diese Spur schien vielversprechend zu sein.

»Gut. Ich hole ihn.«

Sie stand auf und ging zur Transportbox.

Vlat nahm den Beutel entgegen und saugte mit langen Zügen das Blut heraus. Seine Augen waren geschlossen und er verlor jegliche Tarnung.

Lus beobachtete die jetzt so fremd wirkende Kreatur fasziniert. Was er wohl sah? Würden sie den Spuren der Bronzeskulptur folgen können? Und wie in aller Welt sollte sie an Vlats Blut kommen? Doch gleich darauf schalt sie sich selbst. Wichtiger war jetzt, Hanna gegen die Skulptur auszutauschen. Schlagartig wurde ihr bewusst, wie gefährlich die aktuelle Situation war und auf welch dünnem Eis sie sich befand.

»Was hast du gesehen?« Lus konnte ihre Neugier kaum beherrschen.

Vlat stand da, den nun leeren Blutbeutel in der Hand, und hatte die Augen geschlossen. Lus musste ihn mehrmals ansprechen, bis er reagierte.

»Er ist es.«

»Du meinst, wir haben die Skulptur gefunden?«

Vlat schüttelte den Kopf. »Nein, ich habe nicht gesehen, wo die Skulptur nun ist. Aber ich bin sicher, dass dieser Mensch Gretchen in den Händen gehalten hat.«

»Gib mir noch mal den Beutel.« Lus studierte die Beschriftung. »Ein Hubert Schaller, geboren am 2. April 1952. Ich schaue mal nach, ob ich etwas über ihn im Netz finde.«

Sie griff nach ihrem Notebook.

»Ich bin bald wieder da.« Vlat verließ die Küche und Lus hörte, wie er die Haustür schloss.

Vlat ging mit raschen Schritten aus dem Haus. Nur fort von diesen ganzen Blutbeuteln. Er versuchte mit letzter

Kraft, die Kontrolle aufrecht zu halten, aber die Aktion gerade hatte ihm den Rest gegeben. Er musste jagen. Jetzt. Sofort. Heute würde er töten.

»Treffer!«

Bei ihren Recherchen war Lus ein gutes Stück weitergekommen. Hubert Schaller, Chef von HS Hoch- und Tiefbau, einem örtlichen Bauunternehmen. War es da nicht wahrscheinlich, dass man ihn damit beauftragt hatte, den Bouleplatz anzulegen? Schade, dass es am Ort keine Kneipe mehr gab, da hätte sie sich erkundigen können. Aber egal, irgendwie würde sie das schon herausbekommen. Sie klappte ihr Notebook zu.

Jetzt musste sie sich dringend um den Transport der Blutspendenbeutel kümmern. Im Labor wartete man sicher schon auf sie. Eigentlich hätte ihr Vlat helfen sollen, alles wieder in ihr Auto zu laden, aber der war spurlos verschwunden. Lus hatte den Eindruck, dass das Blut ihn verändert hatte, aber sie konnte nicht sagen, inwiefern. Doch jetzt fehlte ihr die Zeit, sich damit auseinander zu setzen. Die Blutbeutel mussten an ihren Bestimmungsort. Und dann hatte sie noch die undankbare Aufgabe, dem Leiter des DRK mitzuteilen, dass ein Blutbeutel kaputt gegangen war. Wahrscheinlich würde man sie nicht mehr für diese Aufgabe einsetzen, aber das konnte sie verschmerzen. Hoffentlich fiel es nicht auf, dass die Laborproben weniger Blut enthielten als üblich. Dann wäre die Kacke richtig am Dampfen.

Am nächsten Morgen saß Lus am Frühstückstisch, als Vlat das Haus betrat. Er wirkte heute Morgen entspannter als am Vorabend.

»Geht es dir gut? Ich habe mir gestern Sorgen gemacht«, sprach Lus ihn direkt an.

»Es geht mir gut.«

»Ich musste gestern noch die ganzen Proben und Blutbeutel einpacken und zum Labor bringen. Da hätte ich gut etwas Hilfe brauchen können.«

Vlat schwieg.

Lus funkelte ihn erbost an. Manchmal konnte er sie mit seiner Einsilbigkeit in den Wahnsinn treiben. Zumal man sich dadurch selbst hochgradig geschwätzig vorkam.

»Also, dieser Hubert Schaller ist der örtliche Bauunternehmer. Ich vermute, dass er die Skulptur gefunden hat, als man den Garten für die Anlage des Bouleplatzes eingeebnet hat. Hast du diesbezüglich noch etwas gesehen? Du warst so schnell verschwunden, dass ich dich nicht mehr fragen konnte.«

Vlat hob die Schultern. »Vielleicht. Dieser Mensch hat viele Erinnerungen an Baugruben.«

»Dann müssen wir ihn überprüfen. Los, komm!«

Auch Franka Wottke hatte die Nacht genutzt, nachdem sie die beiden am Vorabend beschattet hatte. Sie verstand die ganze Sache nicht. Wozu diese Blutspendenaktion? Warum hatten die beiden die Proben und Spendenbeutel ins Haus gebracht und einige Zeit später alles wieder ins Auto geladen? Und wieso hatte der Mann das Haus verlassen und war in den Wald geeilt? Sie hatte überlegt, ob sie ihm folgen sollte, doch er war so schnell verschwunden, buchstäblich mit dem Gebüsch verschmolzen, dass sie ihn bereits nach zwei Sekunden aus den Augen verloren hatte. So etwas war ihr noch nie passiert.

Also hatte sie auf Martinez gesetzt, war ihr bis zum Labor gefolgt und hatte gesehen, dass das Material aus der Blutspendenaktion dort landete. Wieso das große Interesse an den Blutspenden? Sollte sie in der Nacht einen Blick auf das Material werfen? Später. Zunächst würde sie weiter der Frau folgen. Diese fuhr auf direktem Weg zurück in ihr Ferienhaus. Franka blieb so lange, bis alle Lichter erloschen waren, und wartete sicherheitshalber noch anderthalb Stunden, um sich zu vergewissern, dass diese Lus sich nicht noch einmal auf den Weg machte. Von dem Mann war weit und breit nichts zu sehen. Sie fluchte leise vor sich hin.

Hoffentlich hatte sie nicht schon wieder aufs falsche Pferd gesetzt.

Nach Mitternacht hatte sie sich zurückgezogen und war zum Labor gefahren. Sie musste sich die Blutbeutel genauer ansehen. Sie spielten irgendeine Rolle. Franka hatte zwar keine Ahnung, wonach sie suchen sollte, aber manchmal fand man etwas, ohne zu suchen.

Es hatte nur ein paar Minuten gedauert, bis sie das Schloss geknackt hatte. Die Sicherheitsvorkehrungen waren nicht ungewöhnlich, da hatte sie schon anderes erlebt. Das Labor war dunkel und verlassen. Frankas Schritte hallten in dem Gebäude. Leise fluchend zog sie die Schuhe aus und schlich auf Socken weiter. Im Licht einer Taschenlampe orientierte sie sich. Sie eilte durch den Flur und kontrollierte vorsichtig alle Räume. Nicht, dass doch noch jemand Überstunden machte, den Arbeitsschluss verschlafen hatte oder auf einen dringenden Befund wartete. Sie hatte kein Interesse daran, plötzlich überrascht zu werden.

Wo waren bloß die Blutbeutel? Das musste das Labor sein. Nur einige Lämpchen brannten an Geräten und ein leises Piepsen verriet, dass hier einige Maschinen ihre Arbeit verrichteten. Vielleicht wurde sie hier fündig.

Plötzlich piepte eine Maschine laut los, irgendetwas geriet in Bewegung und ein Drucker sprang an, druckte einige Zeilen aus. Franka bekam fast einen Herzanfall vor Schreck. Dann war es wieder still.

Es dauerte eine Weile, bis sie sich im Labor zurechtfand. Die Blutbeutel waren bereits zur Weiterverarbeitung abtransportiert worden und die Laborproben bearbeitet, aber anscheinend hatte der Sachbearbeiter früh Feierabend machen wollen und den Papierkram auf dem Schreibtisch liegen gelassen. Franka seufzte beglückt. Man musste auch mal Glück haben. Interessiert blätterte sie in den einzelnen Ergebnisberichten. Alles ziemlich unauffällig, alle soweit gesund. Nein, hier ein Hepatitis-Befund. Der Blutbeutel war aussortiert worden. Doch war das relevant? Wahrscheinlich nicht.

Sie hatte sich schon Gedanken gemacht, ob sie nur ihre Zeit verschwendet hätte, als sie den letzten Laborbericht in die Hand nahm. Es durchfuhr sie wie ein elektrischer Schlag. Ja, das musste es sein. Sie hatte eine Spur.

»Ich will ihm begegnen.«

Vlat stand mit Lus gemeinsam im Garten des Bauunternehmers und blickte durch ein paar Büsche auf die hintere Hausfassade. Für die Region wirkte das Haus in pompösem Landhausstil merkwürdig unangebracht. Säulen und verspielte Türmchen, backsteinverkleidet – da hatte sich jemand selbstverwirklicht. Es war noch recht früh am Morgen. Vlat hätte gerne bis zum Abend gewartet, aber die Sorge um Hanna brannte in ihm.

Man sah einen sich bewegenden Schatten durch die raumhohen Fenster.

Lus war skeptisch. »Wozu? Ich will nicht riskieren, dass er mich erkennt. Er könnte mich bei der Blutspendenaktion im Gemeindehaus gesehen haben«.

»Ich habe nur einige flüchtige Erinnerungsfetzen gesehen. Wenn ich mit ihm spreche, kann ich ihm weitere Erinnerungen entlocken.«

»Glaubst du, er würde dir einfach so erzählen, dass er die Bronzeskulptur gefunden hat? Das kann ich mir nicht vorstellen. Wenn er es war, bewahrt er sein Geheimnis schon seit mehr als zwanzig Jahren. So einer plaudert nicht.«

Ein Fenster wurde geöffnete und ein Mann trat auf die Terrasse und zündete sich eine Zigarette an. Lus und Vlat duckten sich und ließen den Mann nicht aus den Augen.

»Es ist egal, was er mir erzählt. Ich werde wissen, was die Wahrheit ist.«

Lus erschauderte innerlich. Sie blickte Vlat fragend an.

»Wie meinst du das?«

»Ich merke es immer, wenn ich belogen werde.« Vlat musterte Lus scharf, die den Blick abwandte. »Ich kann riechen, wenn jemand lügt.«

»Ehrlich?« Lus wirkte bedrückt. »Wie praktisch.«

»Ja, das ist es«, nickte Vlat.

»Was riechst du jetzt?«

»Den Duft von feuchter Erde, den Geruch von frischem Moos, Zigarettenrauch. Von dort«, Vlat deutete nach links, »kommt ein Hauch von Hyazinthen. Direkt neben deinem rechten Fuß hat ein Fuchs geschissen.«

Lus machte einen Satz nach links und rempelte dabei Vlat an.

»Und du hast Angst«, vervollständigte Vlat seine Liste.

»Kein Wunder«, fauchte Lus leise. »Wir stehen hier im Gebüsch und belauern einen möglichen Dieb, während meine beste Freundin gefangen gehalten wird. Und ich habe keine Ahnung, ob das, was ich hier gerade tue, ihr in irgendeiner Form hilft, wieder in Freiheit zu gelangen.«

Vlat nickte nur. Doch seine Gedanken gingen in eine andere Richtung. Er wusste, dass sie etwas vor ihm verbarg. Er wusste nur noch nicht was.

Franka Wottke klingelte an der Haustür des Landhauses. Obwohl sie nur wenige Stunden geschlafen hatte, fühlte sie sich unternehmungslustig. Sie hatte beschlossen, den Stier bei den Hörnern zu packen. Aus dem Inneren des Hauses schallte ein tiefes »Ding Dong«. Es dauerte eine kurze Weile, dann hörte sie sich nähernde Schritte. Die Tür öffnete sich.

»Was wollen Sie denn hier?«

Franka antwortete nicht, sondern schob die Gestalt vor sich ins Haus zurück und betrat direkt hinter ihr den Hausflur.

»Mit Ihnen reden. Und zwar jetzt.«

Die Gelegenheit war günstig. Hubert Schaller hatte eilig die Terrasse verlassen und die Terrassentür stand noch offen. Vlat zog Lus aus dem Gebüsch und beide eilten über die Rasenfläche zum Haus. Wenn sie Glück hatten, konnten sie ungesehen das Haus betreten, bevor ihr unfreiwilliger Gastgeber zurückkehrte. Sie schlichen ins Wohnzimmer. Aus dem Flur erklangen Stimmen. Anscheinend hatte der Bauunternehmer Besuch. Das Gespräch klang nicht so, als würde er sich darüber freuen. Schritte näherten sich dem Wohnzimmer und die beiden Eindringlinge zogen sich rasch hinter die Tür zurück. Die Tür wurde aufgestoßen und Schaller taumelte in den Raum, dicht gefolgt von einer Frau.

»Sie werden mir jetzt ein paar Antworten liefern, andernfalls ...«

Frank Wottke hatte ein Messer in der Hand und drohte ihrem Gastgeber unverhohlen. Hubert Schaller dreht sich mit erhobenen Händen um.

»Was wollen Sie? Sie sind doch die Frau von der Altlastensanierung. Sie haben unseren Bouleplatz zerstört!«

Plötzlich weiteten sich seine Augen. Er hatte im Schatten hinter Franka eine weitere Gestalt entdeckt.

Franka sah, wie sich sein Blick von ihr abwandte und etwas direkt neben ihr fixiert. Sie fuhr herum, als sich Vlat gerade auf sie stürzen wollte. Das erhobene Messer fuhr durch die Luft, die Klinge blitzte auf und Lus hörte Vlats Aufschrei. Er griff nach seiner blutüberströmten linken Hand.

Franka, zweikampferfahren wie sie war, setzte nach und holte wieder aus. Wer auch immer da hinter ihr stand, musste ausgeschaltet werden, zumal sie eine weitere Person im Schatten ausgemacht hatte. Wo waren die beiden hergekommen? Sie hatte das Haus eine Stunde lang observiert und ihr weiteres Vorgehen überlegt, bevor sie auf den Klingelknopf gedrückt hatte. Mit dieser Komplikation hatte sie nicht gerechnet.

Womit hatte sie überhaupt gerechnet? Eine Laborblutprobe ohne den dazugehörigen Blutbeutel – das war zunächst einmal alles gewesen. Als sie den Namen recherchiert hatte, war sie darauf gestoßen, dass es sich bei dem

Betreffenden nicht nur um den ortsansässigen Bauunternehmer handelte, sondern auch um denjenigen, der sie beim Bouleplatz verjagt hatte.

Welches Interesse hatte er an dem Platz? Sollte an der Geschichte von Max von Ullmann etwas dran sein? Sie war gekommen, um Schaller ein paar unangenehme Fragen zu stellen. Stattdessen kämpfte sie jetzt mit einem Widersacher, der anscheinend auch eine Menge vom Zweikampf verstand. Sie hatte ihn zwar bei ihrer Aktion an der Hand verletzt und einige Treffer landen können, aber nach einem ersten Schreck hatte sich der Mann wieder gefangen und griff nun seinerseits an. Im Lichtschein des Flures erkannte sie ihn. Es war dieser eigenartige Typ, der mit Schmitz und Martinez unterwegs war! Jetzt wusste sie, dass sie auf der richtigen Spur war.

Vlats linke Hand pochte wild, doch spürte er den Schmerz kaum, so abgelenkt war er durch die Kampfhandlung. Er spürte, wie Schang in ihm erwachte. Der hatte anscheinend etwas übrig für eine zünftige Schlägerei. Vlat spürte die wilde Begeisterung in sich. Franka trat ihn vors Schienbein. Ein außerordentlich schmerzhafter Tritt, der Schang nur noch mehr aufstachelte. Er spürte eine Faust in seiner Magengrube. War diese Frau schnell!

Schangs Wut sprudelte in ihm auf.

»Lass mich das machen«, erklang seine Stimme in Vlats Schädel.

Widerstrebend zog sich Vlat zurück und überließ Schang die Kontrolle, während er selbst den Schmerz kanalisierte. Schang zögerte nicht lange, fuhr herum und zog Lus, die sich hinter die Tür zurückgezogen hatte, aus dem Schatten. Er riss sie nach vorne und schubste sie gegen Franka. Lus hatte Glück, dass Franka von der Aktion dermaßen überrascht war, dass sie zur Seite auswich, statt ihrer zweiten Gegnerin das Messer in die Seite zu stoßen. Lus taumelte und fiel auf die Knie. Wütend schaute sie zu Vlat auf, der über sie hinwegsprang und sich auf Franka stürzte. Er blockierte ihre Messerhand mit seinem Unterarm, sodass das Messer in weitem Bogen davonflog.

Hubert Schaller konnte sich gerade noch in Sicherheit bringen, schrie aber auf. Franka war kurz abgelenkt. Dieser Moment reichte Schang aus. Er wirbelte sie herum, packte sie in den Schwitzkasten und versuchte, ihr die Luft abzuschnüren. Doch Franka ließ sich so schnell nicht ausschalten. Sie ließ sich nach hinten fallen und hebelte ihren Widersacher dabei von den Beinen. Schang blieb die Luft weg, als er stürzte und Frankas Gewicht auf ihm landete. Dabei löste sich sein Griff, sodass Franka sich befreien konnte. Mit einem Satz war sie auf den Beinen und sprang in Richtung ihres Messers. Doch Schang war noch schneller. Er bewegte sich in einer unmenschlichen Geschwindigkeit, hechtete hinter ihr her. Beide erreichten das Messer zeitgleich.

Lus hatte sich inzwischen wieder erhoben und war mit zitternden Knien zur Tür gewankt. Plötzlich ergoss sich das Licht eines Kronleuchters über die Szenerie. Ihre Hand lag immer noch auf dem Lichtschalter. Sie sah Franka und Vlat erbittert um das Messer kämpfen. Inzwischen war auch Franka blutbesudelt. Vlat schienen einige Finger zu fehlen, doch kämpfte er mit beiden Händen, als würde er den Schmerz nicht spüren.

Adrenalin durchfloss Lus. Sollte das ihre Chance sein? Fieberhaft hielt sie nach Vlats Fingern Ausschau. Da, direkt neben der Tür lag der Zeigefinger. Vorsichtig bewegte sie sich in die Richtung, ohne die Kämpfenden aus den Augen zu lassen. Vlat hatte inzwischen die Oberhand gewonnen. Er saß auf der Brust dieser Frau, die wie eine Furie knurrte und sich unter ihm wand. Gut so, das würde ihn noch eine Weile beschäftigen. Lus bückte sich, hob den Finger auf und schob das blutige Stück Fleisch in ihre Jackentasche. Aus den Augenwinkeln sah sie, dass der Bauunternehmer sie mit schreckgeweiteten Augen beobachtete. Er war hinter der schweren Ledercouch in Deckung gegangen.

Der Kampf zwischen den beiden Kontrahenten war noch nicht entschieden. Die Frau hatte Vlat abgeworfen und erhob sich gerade, um sich erneut auf ihren Gegner zu stürzen. Vlat lag auf dem Boden. Lus sah sein Gesicht. Nein, das war nicht Vlat. Das war ein wildes, fremdes Gesicht. Ein Gesicht, wutverzerrt und gleichzeitig freudig erregt. Ein Gesicht, dem man ansah, dass es für die Gewalt brannte, die hier entfesselt worden war. Schang! Lus hielt den Atem an. Was passierte hier gerade? War das eingetreten, was Hanna die ganze Zeit befürchtet hatte?

Auch Franka sah den Gesichtsausdruck auf Schangs Gesicht. Sie stöhnte innerlich. Das hatte ihr gerade noch gefehlt. Der Typ hatte nicht nur Lust am Kämpfen. Das war jemand, der es liebte, anderen Schmerzen zuzufügen. Wie oft hatte sie das in der Truppe erlebt – seelenlose Sadisten, die darauf standen, andere zu quälen. Meist konnten sie selbst nicht viel einstecken, waren aber sehr erfinderisch, wenn es darum ging, andere zu foltern. Doch der hier nicht. Sie konnte sehen, dass ihm an der rechten Hand drei Finger fehlten, doch schien ihn das kaum zu stören. Die Wunde hatte sich anscheinend schon geschlossen, zumindest war der Blutstrom versiegt, aber das war unmöglich, oder? Sie musste dem Kampf schnell ein Ende machen.

Franka warf sich mit vollem Körpereinsatz auf ihren Widersacher. Jetzt galt es. Sie sah sein triumphierendes Grinsen in letzter Sekunde, als sie auch schon spürte, wie sich ihr eigenes Messer in ihre Eingeweide schob.

Schang schob die schwerverletzte Frau zur Seite und stand auf. Er klopfte verärgert den Dreck von seiner Kleidung und starrte mitleidslos auf die sich windende Gestalt. Der war nicht mehr zu helfen. Solche Wunden heilten nicht. Aber es war noch genügend Zeit, dass sie ihm ein paar Fragen beantwortete. Und dann würde er sich um den Mann kümmern. Sie würden ihm den Weg zu seinem Schatz weisen. Sein Blick war so fest auf sein Ziel geheftet, dass er es nicht kommen sah. Ein kräftiger Schlag traf seinen Hinterkopf und seine Sinne schwanden.

Franka stöhnte auf, als Lus ein Kissen auf die tiefe Wunde im Unterleib drückte.

»Ruhig, ich versuche, die Blutung zu stoppen. Sie waren es, die mich entführt hat, richtig?«

Doch Franka war in eine tiefe Bewusstlosigkeit gefallen und hörte sie nicht mehr.

»Kommen Sie hier rüber und drücken Sie auf das Kissen«, wies Lus den immer noch zitternden Hubert Schaller an. »Sie darf nicht sterben!«

Er kam auf Knien zu ihr rüber gerutscht und griff nach dem Kissen.

»Was wollen Sie von mir? Wer sind Sie überhaupt?«

Doch drückte er, wie angewiesen, das Kissen auf die Wunde.

»Und wer ist das?« Er wies mit dem Kinn in Richtung von Frankas Kopf. »Ich kenne die vom Bouleplatz.«

Lus zuckte mit den Schultern. Sie hockte auf ihren Fersen und beobachtete Frankas Gesicht. Was sollte sie bloß tun? Konnte sie es wagen, den Notarzt zu rufen? Was war mit Schang? Oder Vlat oder wer immer er gerade war? Was würde passieren, wenn sich die Sanitäter auch mit ihm beschäftigten? Nicht nur, dass Hanna ihr das nie verzeihen würde, wenn Vlat durch ihr Handeln auffliegen würde. Sie konnte dann auch ihre Absprachen mit Professor Esslingen vergessen. Sie kaute auf ihren Fingernägeln.

»Jetzt rufen Sie endlich die Polizei«, fauchte der Bauunternehmer sie an. »Bevor dieser kranke Typ wieder aufwacht.«

»Sie sind ganz ruhig. Sie sind doch schuld an diesem Schlammassel«, fauchte Lus zurück. »Drücken Sie.«

Sie stand auf, ging zu Schang, der vor der Couchgarnitur zusammengebrochen war, und drehte ihn um.

»Was machen Sie da?«, wollte Schaller alarmiert wissen.

»Halten Sie den Mund!«

Lus schüttelte Vlat vorsichtig an der Schulter.

»Vlat!« Keine Reaktion. »Vlat, hörst du mich?« Lus tätschelte Vlats Wangen.

Plötzlich fuhr die linke Hand hoch und hielt Lus fest. Lus blickte erschaudernd in Schangs Augen. Hoffentlich war das gerade kein Fehler gewesen.

Hanna war kalt, obwohl sie die dünne Schlafdecke um ihre Schultern gezogen hatte. Sie saß auf dem einzigen Möbelstück im Raum, einem alten Holzhocker, und bibberte am ganzen Körper. Der Raum war ungeheizt und feucht, die Wände aus Holz und ungedämmt. Fenster gab es keine.

Sie hatte keine Ahnung, wie lange sie hier schon festsaß. Ihr kam es vor wie eine Ewigkeit, doch wusste sie, wie der Eindruck täuschen konnte. Was stellten Vlat und Lus bloß an? War die Blutspende ein Erfolg gewesen? Und warum dauerte das alles so lange? Sie war niedergeschlagen. Vielleicht hatten die beiden schon aufgegeben, Vlat war wieder in seine Wälder abgetaucht und Lus einfach nur froh, davongekommen zu sein.

Auch ihr Entführer hatte sich schon seit einiger Zeit nicht mehr blicken gelassen. Inzwischen knurrte ihr Magen und ein heftiger Durst quälte sie. Sie griff erneut nach der Trinkflasche, die man ihr vor einiger Zeit hingestellt hatte, doch diese war bis auf ein paar letzte Tropfen leer. Im Gegensatz zu dem alten Emaille-Eimer, den man ihr zur Befriedigung ihrer menschlichen Bedürfnisse hingestellt hatte. Er roch furchtbar, doch inzwischen hatte sie sich fast an den Gestank gewöhnt. Viel schlimmer war der Gedanke, dass man sie hier vergessen hatte. Hanna schloss die Augen, Tränen liefen ihre Wangen hinunter. Sie wusste, sie würde hier krepieren.

Als Schang zu sich kam, hing der dumpfe Geruch von Blut in der Luft. Lus stand über ihn gebeugt und schlug ihm ins Gesicht.

»Wach auf!«

Er fing ihre Hand vor einem erneuten Schlag auf und schob sie weg.

»Lass das!« Mühsam stand er auf. »Warst du das?«

»Natürlich war ich das!«, fauchte Lus. »Du hättest sie fast umgebracht. Sie ist die Einzige, die uns zu Hanna führen kann, schon vergessen?«

Schang zuckte mit den Schultern. »Sie hat es verdient.«

Finster betrachtete er seine rechte Hand. Sie blutete nicht mehr.

Die Augen des Bauunternehmers, der sie ängstlich beobachtete, weiteten sich erstaunt.

»Wie zum Teufel ...«

»Sie sollen drücken«, wies ihn Lus zurecht und bückte sich über die schwerverletzte Frau.

Vlat sah, dass Lus die Stirn runzelte und besorgt nach dem Puls tastete.

»Kannst du sie aufwecken? Wir brauchen Informationen.«

Schang hockte sich zu den anderen und starrte hypnotisierend auf die Frau, als ob sein Blick Tote wecken könne. Was aber leider nicht der Fall war, wie er sich ärgerlich eingestand. Ja, er hatte überreagiert. Aber sie war eine verdammt gute Kämpferin. Einen so harten, ausgewogenen Kampf hatte ihm schon lange keiner mehr geboten. Und das von einer Frau. Irgendwie bewunderte er sie.

Lus schüttelte betroffen den Kopf.

»Ich befürchte, sie ist außerhalb jeder ärztlichen Kunst. Schau, wieviel Blut sie verloren hat. Außerdem sind die Eingeweide verletzt. Sie müsste sofort in einen OP, um überhaupt noch den Hauch einer Chance zu haben. Wir verlieren sie.«

Schang schob sie zur Seite. »Dann lass mich mal ran.« Er blickte zu Schaller. »Sie können das Kissen loslassen.«

Dieser schaute verwirrt von Schang zu Lus. Dann ließ er das Kissen los und erhob sich mit knackenden Knien. Ächzend sank er in einen Sessel.

Schang beugte sich über die Sterbende und legte die Halsschlagader frei. Dann biss er sie gierig in die Halsbeuge. Die Frau bäumte sich stöhnend auf, doch Schang ließ nicht los. Er hatte Blut geleckt. Jetzt würde ihn nichts mehr aufhalten können.

Das saugende Geräusch faszinierte Lus ebenso wie es sie abstieß. Sie beobachtete, wie sich die Zähne in die weiße Haut bohrten, wie die Halsmuskulatur zerfetzt wurde, und wich zurück. Diese rohe Gewalt! Das hatte sie sich anders vorgestellt.

Auch Hubert Schaller war entsetzt. Was waren das bloß für Menschen? War das überhaupt ein Mensch? Ihn schauderte. Vorsichtig rückte er nach vorne. Konnte er es wagen, sich hinaus zu schleichen? Beide wirkten abgelenkt. Vielleicht war das seine Chance. Er schob sich aus dem Sessel, ohne den Blick abzuwenden. Nur noch ein paar Schritte, dann war er an der rettenden Tür. Irgendwie hatte sich der Gedanke in ihm festgesetzt, dass er nur das Zimmer verlassen müsste und alles wäre wieder gut, er wäre in Sicherheit.

Leise schlich er zur Wohnzimmertür und öffnete sie geräuschlos. Da fühlte er sich plötzlich von harter Hand zurückgerissen. Schangs dunkle Augen tauchten vor ihm auf und ein blutverschmierter Mund näherte sich seinem Ohr.

»Langsam, mein Freund, wir zwei haben noch etwas vor.«

XI

Joni fühlte, wie ihm die Magensäure hochstieg. Blut, überall Blut. Fleischfetzen lagen herum, aufgebrochene Schädelknochen. Der Geruch war widerlich. Doch das Schlimmste waren die Menschen um ihn, bedeckt und berauscht vom Blut ihrer Opfer. Er hörte Gelächter, sah drei johlende Jugendliche, die einen abgetrennten Schädel mit ihren Füßen zwischen sich hin und her stießen. Joni kannte das Opfer nicht. Aber die Jungen erkannte er. Seine Schüler. Er erblickte die alte Mara, die mit einem Mörser fein säuberlich Knochen zermahlte und sich dabei vor Eifer mit der Zunge über die Lippen fuhr. Die Menschen, die einmal sein Stamm gewesen waren, wirkten plötzlich wie Fremde für ihn, wilde Tiere. Entsetzen über die bestialische Gewalt vermischte sich mit der tiefen Trauer über den Verlust seiner Heimat. Er musste hier weg. Doch nicht ohne seine Frauen und Kinder.

Joni wusste, das Ato sein Verschwinden bemerkt haben musste. Was mochte er mit seiner Familie angestellt haben? Nachdem er gesehen hatte, was Ato den Läufern angetan hatte, befürchtete Joni das Schlimmste.

Er erreichte das Langhaus, in dem seine Familie wohnte. Der Platz davor war menschenleer, keine Wächter. War das ein gutes oder ein schlechtes Zeichen? Vorsichtig schob er das Fell zur Seite, das den Eingang verschloss. Auch hier ein durchdringender Blutgeruch, untermalt von Fäkalien und Angst. Im Halbdunkel erkannte er mehrere leblose Körper auf dem Boden liegend. Alle tot.

Joni krümmte sich zusammen, sein Mageninhalt drängte nach oben und er übergab sich ins Gras neben dem Eingang. Als er sich mühsam aufrichtete, liefen ihm die Tränen über die Wangen. Er wischte sich mit dem Handrücken den Mund ab. Da erklang hinter ihm eine tiefe Stimme.

»Wo warst du, als wir dich gebraucht haben?«

Ato!

Joni wollte sich umdrehen und auf ihn stürzen, doch wurde er von einem der Kämpfer Atos zurückgehalten und in die

Knie gezwungen. In Atos Armen wand sich Jonis jüngster Sohn.

Wie falsch das klingt, dachte Joni. *Mein jüngster Sohn ist tot, den Schweinen zum Fraß vorgeworfen.* Dieser Sohn hier war vor fünf Sonnen geboren und sollte beim nächsten vollen Mond seinen Namen erhalten.

»Es liegt an dir, ob deine Ahnenreihe fortgeführt wird. Dein Sohn wird leben, wenn du jetzt die Götter anrufst. Weigerst du dich, wirst du zusehen, wie ich sein Leben beende.«

Ato hielt dem Jungen eine Klinge an den Hals.

Joni senkte ergeben den Kopf. Es war genug Blut vergossen worden. Um das Versprechen zu erfüllen, das er Nuro und Vlat gegeben hatte, musste sein Junge überleben.

Kapitel 15

ALTE BEKANNTE

»Meinst du, wir sind hier richtig?«

Lus stolperte jetzt schon fast zwei Stunden durch den Wald hinter Schang her.

Der antwortete nicht und ging einfach weiter, als hätte er Lus nicht gehört.

Lus war seine Nähe unheimlich und sie wünschte sich Vlat zurück. Am allerliebsten hätte sie jetzt in ihrem Labor gesessen, sich in Ruhe mit Vlats Finger beschäftigt und das Knochenmark extrahiert. Aber Hanna! Bevor sie ihre Freundin nicht gefunden hatte, würde sie nicht aufgeben. Sie war schockiert gewesen, als Schang die fremde Frau, von der sie selbst entführt worden war, durch seinen Blutdurst tötete. Diese Gier, die unverhohlene Gewalt – Lus war klar geworden, welches gefährliche Spiel sie spielte.

Doch das Ganze hatte auch sein Gutes gehabt. Der Bauunternehmer hatte sich vor Angst fast in die Hosen gemacht, als Schang ihn packte, und ihnen Haus und Hof angeboten, nur, damit sie ihn in Ruhe ließen. Er war fast erleichtert gewesen, als sie ihn nach der Bronzeskulptur von Rodin fragten.

Es hatte sich herausgestellt, dass Hubert Schaller an einem schönen Tag im Mai das völlig verwahrloste Gartengrundstück der Familie Merkur geräumt hatte, das nach dem Tod der letzten Familienangehörigen Sofia Reinke, geborene Merkur, an die Gemeinde gefallen war. Das Haus war abrissreif gewesen und so hatte man sich entschlossen, auf dem Grundstück im Rahmen der Dorferneuerung einen Bouleplatz anzulegen. Natürlich hatte es seine Zeit gedauert, bis die Fördergelder bewilligt worden waren, doch irgendwann um den Jahrtausendwechsel herum hatte es endlich geklappt und der Auftrag war erteilt worden.

Hubert Schaller hatte nicht schlecht gestaunt, als er bei den Bodenarbeiten plötzlich auf Widerstand gestoßen war, der sich als eine wunderschöne, erotische Skulptur aus Bronze entpuppte. Er war zu dem Zeitpunkt allein auf der Baustelle gewesen, und so hatte er kurz entschlossen die Figur in den Kofferraum seines Transporters geschafft und beschlossen, sich das Ganze erst einmal in Ruhe durch den Kopf gehen zu lassen. Seiner Frau brauchte er mit so einer Figur nicht zu kommen, die hätte ihn achtkantig rausgeschmissen, aber seine Jagdfreunde würden die erotische Schönheit sicherlich zu schätzen wissen, hatte er gedacht, und die Bronzeskulptur zu seiner Jagdhütte gefahren.

Aber natürlich hatte er sich auch seine Gedanken gemacht, wie die Figur in den Garten der Merkurs gekommen war. Jeder im Dorf hatte gewusst, dass die Familienmitglieder im Krieg überzeugte Nazis gewesen waren, auch wenn man hinterher versucht hatte, sich ein Mäntelchen der christlichen Nächstenliebe umzuhängen. Es wurde gemunkelt, die Söhne hätten sich damals aktiv an Säuberungsaktionen beteiligt. Da keiner von denen den Krieg überlebt hatte, lag der Gedanke nicht ganz fern, dass sich einer der Kerle selbst bedient und das Schmuckstück für bessere Zeiten beiseitegeschafft hatte. Damals hatte man gedacht, die Wertsachen wären im Garten vergraben sicherer gewesen, als sie im Haus aufzubewahren.

Hubert Schaller hatte sich dann in der einschlägigen Kunstszene umgehört und nicht schlecht gestaunt, als er erkannte, dass die von ihm gefundene Bronzeskulptur vermutlich den kundigen Händen von Auguste Rodin entsprungen war und sich der Wert damit in Millionen DM beziffern ließ. Da er während der Bauhauptsaison kaum Zeit hatte zu jagen, waren nur ein oder zwei Jagdgefährten – so genau wusste er das gar nicht mehr – in den Genuss gekommen, die Schöne zu begutachten. Also hatte sich

Schaller überlegt, die Bronzeskulptur als Rücklage für schlechte Zeiten zu behalten und weiter Erkundigungen anzustellen, falls er das gute Stück irgendwann doch einmal zu Geld machen müsste. Bisher hatte man sie ja nicht vermisst, warum also nicht? Notfalls konnte er sie auch in ein paar Jahren auf seinem eigenen Grundstück »finden« und einfach den nicht unerheblichen Finderlohn kassieren.

Nachdem er diese Geschichte erzählt hatte, brauchte sich Schang nur noch seinem Hals zu nähern und kreischend bat Hubert Schaller darum, ihnen den Standort der Hütte verraten zu dürfen.

Lus hatte Schaller an einen Stuhl gefesselt und ihm ins Ohr geflüstert: »Wenn du nicht die Wahrheit gesagt hast, kommt er zurück und macht das Gleiche mit dir.« Sie hatte dabei mit dem Kopf auf die Tote gedeutet. Und dann hatte sie Schang angeblickt und eindringlich »Für Jean« gesagt. Und Schang hatte genickt, Schaller aus seinen Klauen entlassen und die beiden hatten sich auf den Weg gemacht, um Gretchen zu holen.

Jetzt standen sie im Inneren der Jagdhütte. Alte Eichen- und Ledermöbel sorgten für rustikale Gemütlichkeit und der kalte, offene Kamin roch nach Rauch und geräuchertem Schinken. An den Wänden hingen Hirsch- und Rehgeweihe sowie eine erkleckliche Zahl ausgestopfter Kleintiere. Lus rümpfte die Nase. Da hatte es anscheinend jemand nötig, mit seinen Jagderfolgen anzugeben. Von der Bronzeskulptur war nichts zu sehen, aber Schaller hatte ihnen gesagt, dass er sie in einem umgebauten Waffenschrank aufbewahrte. Diese Schränke waren üblicherweise verschlossen und gut gesichert, um Dieben das Leben schwer zu machen, doch Schaller hatte ihnen Schlüssel und Zahlenkombination ausgehändigt, ohne dass sie Gewalt anwenden mussten, und darüber war Lus heilfroh. Sie zählte die Stunden bis zu Hannas Rückkehr, wenn sie auch noch keine Ahnung hatte, wie sie Hanna finden sollte, da die Entführerin nun tot im Wohnzimmer des Bauunternehmers lag und weder Ausweis noch sonst irgendeinen Hinweis auf ihre Identität bei sich trug. Doch wichtig war jetzt erst einmal die Skulptur, damit man sie gegen Hanna austauschen konnte, denn irgendetwas sagte Lus, dass die Tote nicht der Kopf hinter dem Ganzen war. Sie vermutete vielmehr, dass Hanna mit ihren Recherchen bezüglich Rodin und Beutekunst jemanden auf sie aufmerksam gemacht hatte, der sich unbedingt die Bronzeskulptur sichern wollte. Hatte Hanna nicht von einem Kunsthändler und Rodin-Experten erzählt? Mit ihm würden sie gegebenenfalls Kontakt aufnehmen und die Spur verfolgen.

Noch wichtiger erschien es Lus jedoch, die Figur endlich in Schangs Händen zu sehen und damit sein Alter Ego Jean auf den Plan zu rufen. Schang machte ihr eine Höllenangst – er sollte so schnell wie möglich aus ihrem Leben verschwinden.

Hubert Schaller arbeitete derweil an seinen Fesseln. Man hatte ihn auf seinem Schreibtischstuhl gefesselt und die Hände auf den Lehnen fixiert. Wenn er sich ein wenig anstrengte, konnte er vielleicht die Fesseln so weit nach vorne ziehen, dass die Schublade in Reichweite seiner Fingerspitzen kam. Darin befand sich ein Brieföffner. Nicht besonders scharf, aber besser als nichts. Mühsam zerrte er an den Fesseln und hüpfte mit dem Stuhl möglichst nahe an den Schreibtisch heran, doch war die Schublade des alten Eichenmöbels schwergängig und kaum mit den Fingerkuppen zu packen. Er zerrte und zog, doch kam er seinem Ziel nicht näher. Resigniert schloss er die Augen und wollte schon aufgeben, als ihm ein Gedanke durch den Kopf schoss. Das Messer! Irgendwo in der Nähe der Leiche musste das Messer noch liegen. Er hatte nicht gesehen, dass man es aufgehoben hätte.

Der Gedanke gab ihm neue Kraft. Er hatte vorhin schon bemerkt, dass er sich mit kleinen Hüpfern mit dem Stuhl bewegen konnte. Er würde versuchen, das Messer zu erreichen.

Mühsam machte er sich auf den Weg. Jede Teppichkante wurde zum Hindernis. Er verfluchte seine Vorliebe für Perserbrücken. Wenn doch nur seine Frau bald zurückkäme. Doch die war mit ihren Freundinnen auf Bridgetour in Köln und würde frühestens am Nachmittag auftauchen. Außerdem hatte er keine Ahnung, was er ihr erzählen sollte. Er war sich ziemlich sicher, dass sie die Sache mit der erotischen Skulptur in seiner Jagdhütte nicht auf die leichte Schulter nehmen würde, zumal sie zu Eifersuchtsszenen neigte.

Inzwischen lief ihm der Schweiß die Schläfen hinunter. Durch seine Arbeit war er trotz seines Alters noch gut in Form, doch diese Ruckelei brachte ihn an seine Grenzen. Aber er näherte sich tatsächlich nach und nach der toten Frau. Wo war bloß das Messer geblieben? Es dauerte eine Weile, bis er es unter dem linken Oberschenkel der Leiche in einer Blutlache liegend entdeckte. Jetzt musste er es nur noch irgendwie in die Hand bekommen. Er knirschte mit den Zähnen. Das würde eine schmerzhafte Angelegenheit werden und eine dreckige, aber er hatte keine andere Wahl. Er holperte mit dem Stuhl neben die Tote. Jetzt musste er sich fallen lassen und zwar so, dass er mit der rechten Hand irgendwie das Messer greifen konnte. Er bündelte seine Kraft und warf sich zur Seite. Ein scharfer Schmerz durchfuhr seine Schulter, irgendetwas brach.

Lus öffnete die Tür des Waffenschranks und hielt dabei den Atem an. Waren sie am Ziel? Licht flammte auf und beleuchtete den Sockel mit einer dunkel glänzenden Schönheit, nackt wie Gott sie schuf. Anatomisch sehr detailgetreu, dachte Lus bewundernd. Wer da wohl Modell gestanden hatte?

Hinter ihr erklang ein Seufzer und Lus spürte, wie sie zur Seite geschoben wurde. Sie blickte in ein jugendliches Gesicht, mit staunenden Augen und leicht geöffnetem Mund. Jean war zurück.

Lus trat zurück und beobachtete den Mann, der plötzlich wie ein Teenager wirkte, der zum ersten Mal in seinem

Leben eine nackte Frau sah. Gier und Erregung standen in seinem Blick, aber auch Verehrung und Faszination. Plötzlich verstand Lus nicht mehr, wie sie sich vor ihm hatte fürchten können. Sie ließ zu, dass er nähertrat und die Figur zärtlich berührte.

»Mein Gretchen …«

Jean lächelte selig und eine Träne des Glücks lief seine Wange hinunter.

»Sie ist wunderschön, nicht wahr?«, bemerkte Lus.

Jean nickte ergriffen. »Ich habe noch nie so etwas Schönes gesehen. Sie ist vollkommen in ihrer Unvollkommenheit. Ein wahres Meisterwerk.«

»Sie wird dir gehören«, versprach Lus, »aber jetzt musst du Platz machen für Vlat. Ich brauche ihn.«

Jean schien sie gar nicht zu hören. Lus biss sich auf die Lippen. Was sollte sie tun, wenn Vlat nicht auftauchte? Mit dem Jungen konnte sie nichts anfangen. Und Schang wollte sie auf keinen Fall wieder erwecken.

»Jean!« Sie rüttelte an der Schulter des Läufers. »Jean! Wir haben nur eine Chance, wenn du Vlat und mich unsere Arbeit tun lässt. Vlat hat dir versprochen, deine Wünsche zu erfüllen. Gib ihm die Gelegenheit dazu.«

Jean blickte sie zweifelnd an. »Aber Gretchen …«

»Vertrau ihm.«

Der Junge verzog schmerzlich den Mund, streichelte zärtlich ein letztes Mal die Figur und nickte dann. Seine Gesichtszüge veränderten sich und kurz darauf blickte Lus wieder in Vlats vertrautes Antlitz.

»Gottseidank!« Sie wäre ihm fast um den Hals gefallen, verzichtete aber, als sie seinen irritierten Gesichtsausdruck bemerkte. Vlat strich sich mit der Hand über sein Gesicht. »Das war eine merkwürdige Erfahrung.«

»Weißt du, was passiert ist? Bekommst du das mit, wenn du … nicht du bist?«

Er nickte. Dann blickte er auf die Skulptur und nahm sie beherzt von ihrem Sockel. »Wir müssen los.«

Lus eilte hinter ihm her. »Aber wohin? Wo finden wir Hanna?«

»Ich habe da so eine Idee.«

Vlat stoppte abrupt und blickte Lus in die Augen.

»Ich bin nicht stolz auf das, was Schang getan hat. Er ist sehr, sehr stark – gegen ihn habe ich keine Chance, wenn er sich gegen mich wendet. Die Frau hätte nicht getötet werden müssen. Ich hätte ihr helfen können.«

Er fasste sich an den Kopf.

»Ich denke, ich hätte ihr helfen können«, schränkte er ein. »Doch weil er Frankas Blut trank, als ihre Seele den Körper verließ, hat er – habe ich – ihre Seele getrunken. Sie ist nun Teil von mir und ich teile ihre Erinnerungen.«

»Das ist ja praktisch«, meinte Lus ganz pragmatisch und voller Erleichterung. »Dann gehe mal vor – ich folge.«

Hubert Schaller weinte fast vor Erleichterung. Es hatte ewig gedauert, bis er das Messer so hatte greifen können, dass es ihm gelungen war, seine Handfessel zu lösen. Dabei hatte ihm geholfen, dass die Armlehne beim Sturz geborsten war. Allerdings war er auf seine schlimme Schulter gefallen und der Schmerz hatte ihm erst einmal die Sinne geraubt. Er wusste nicht, wie lange er gelegen hatte. Sein Zeitgefühl war ihm völlig abhandengekommen. Er war blutverschmiert und der Geruch nach Eisen und Fäkalien war entsetzlich. Er hatte sich davor geekelt, das klebrige Messer zu packen, doch hatte er eine Wahl? Er wollte auf jeden Fall eine weitere Begegnung mit dieser merkwürdigen, blutrünstigen Kreatur vermeiden.

Jetzt versuchte er, die linke Handfessel zu lösen, als er bemerkte, dass er vor lauter Anstrengung den Kopf fest auf den blutigen Unterleib der Frau gepresst hielt und sich ein Brillenbügel in einer Darmschlaufe verheddert hatte. Ihm wurde übel und er erbrach sich stöhnend. Was für ein Desaster. Und was sollte er jetzt der Polizei sagen? Hätte er doch bloß damals die Finger von dieser dämlichen Figur gelassen. Jetzt hatte er den Schlamassel. Doch halt! Von der Figur sollte er besser nichts erzählen. Durch die Unterschlagung hatte er sich strafbar gemacht und wenn sich das herumsprach, konnte er seinen Laden direkt zu machen. Und wenn Helga herausbekam, dass er diese obszöne Nackte in seiner Jagdhütte versteckt hatte, statt den Finderlohn zu kassieren oder die Figur irgendwie zu Geld zu machen, konnte er gleich einpacken. Sie träumte doch schon seit Jahren von einer Kreuzfahrt in der Karibik. Helga war sowieso schon eifersüchtig auf seine Jagdgefährten. Sie würde glauben, er hätte heimlich Orgien veranstaltet, so wie sie gestrickt war.

Außerdem, würde man ihm die Geschichte mit dem bluttrinkenden Wesen glauben? Er war sich nicht sicher, aber war das wirklich ein Mensch gewesen? Da war doch irgendwas mit den Zähnen, was so gar nicht nach einem üblichen Gebiss ausgesehen hatte. Ein Freak? Nun, damit konnte er sich später noch befassen. Er musste erst einmal von diesem Stuhl und von dieser Frau runter. Wieder überkam ihn ein Würgereiz. Er brauchte dringend eine Dusche. Er säbelte verzweifelt mit dem Messer an den Kabelbindern, die seine Gelenke so eng umschlossen, dass er kaum dazwischenkam. Vielleicht sollte er einfach erzählen, die Frau wäre bei ihm eingebrochen und er hätte sie nach einem Handgemenge getötet. Und den ganzen Rest weglassen. Die Wahrheit würde ihm hier nichts nützen. Lieber ein plausibles Märchen erzählen. So würde er vielleicht seine Ehre, sein Geschäft und seine Ehe retten.

Den Wagen hatten sie am Waldrand geparkt. Vlat schlenderte die Auffahrt entlang und blickte sich interessiert um. Er trug einen schwarzen Ledermantel mit Kapuze, die seine roten Haare verdeckte. So verschmolz er perfekt mit der Dunkelheit. Das weitläufige Gestüt im Osten von Düsseldorf faszinierte ihn. So nah an der Stadt und doch abgelegen. Max von Ullmann hatte es definitiv geschafft. Doch

Vlat wusste, mit welchen Mitteln. Der Kunsthändler schreckte keineswegs vor unsauberen Geschäften zurück. Im Gegenteil. Er hatte sich in einschlägigen Kreisen einen Namen gemacht als Hehler für Raub- und Beutekunst.

Frankas Erinnerungen an ihn waren nicht sehr positiv. Sie mochte ihren Auftraggeber nicht wirklich, doch wie hieß es so schön: Wer mit Hunden ins Bett geht, wacht mit Flöhen auf. So nach und nach hatte Ullmann es geschafft, sie in seine dreckigen Geschäfte hineinzuziehen. Zuerst war es das Geld gewesen, danach hatte er sie in der Hand gehabt. Doch bei allem, was sie für ihren Auftraggeber erledigen musste, war sie bemüht gewesen, möglichst wenig Schaden anzurichten. Sie war in großer Sorge um Hanna und ihre Unruhe hatte sich auf Vlat übertragen.

Deshalb hatten Lus und er beschlossen, sich direkt in die Höhle des Löwen zu begeben. Vlat würde durch die Vordertür kommen und Ullmann ablenken, während Lus das Anwesen durchsuchte. Vlat hatte ihr nach Frankas Angaben einen Plan gezeichnet, aber er war sich noch nicht ganz sicher, ob er Lus und Franka wirklich vertrauen konnte.

Max von Ullmann war ausgesprochen sauer auf seine Mitarbeiterin. Seit Stunden versuchte er, Franka Wottke zu erreichen, doch sie ging einfach nicht an ihr Telefon. Dabei hatte sie die ganz klare Order, sich um den Austausch zu kümmern. Diese Hanna Schmitz in seinem Schuppen zehrte an seinen Nerven. Er hatte heute Vormittag einmal nach ihr gesehen, doch der Gestank hatte ihn vertrieben. Sie lag in eine Decke gewickelt auf dem Boden und hatte nicht einmal den Kopf gehoben. Er würde diesen Raum nicht betreten. Doch so ging es auch nicht. Lange konnte er die Gefangene nicht mehr verborgen halten.

Er zögerte kurz, dann griff er zum Telefon. Sollte Franka Wottke abgetaucht oder ihr Schlimmes widerfahren sein, musste er Schadensbegrenzung betreiben. Danach war Zeit für ein wenig Entspannung.

XII

Reglos stand Ato auf der Anhöhe und blickte auf sein Vermächtnis. Der Winter war hart gewesen. Eine Fieberwelle war durch die Siedlung gegangen und hatte viele Opfer gefordert. Die Toten waren begraben und einige der Langhäuser verwaist, doch die Trauer um die Toten war immer noch deutlich spürbar. Die Siedlung wirkte gespenstisch still.

Seine Sippe stand neben ihm. Nur seine Töchter fehlten. Ato und seine restliche Familie waren verbannt.

Es hatte so große Erwartungen nach dem Opferfest gegeben, doch kaum eine hatte sich erfüllt. Ja, einige der Kämpfer und Kämpferinnen waren schnell genesen, doch andere starben im Fieberwahn. Ein Eber war aus seinem Verschlag ausgebrochen, hatte das Langhaus verwüstet und viele verletzt. Man hatte das Tier nicht beruhigen können und aus der Siedlung vertrieben. Da waren die ersten Stimmen aufgekommen:

»Mit Nuro wäre das nicht passiert.«

Er hatte die Enttäuschung gespürt. Ato hatte viel versprochen und nichts gehalten. Seine Autorität bröckelte.

Irgendwann während des großen Fiebers hatten sie Joni befreit. Ato hatte ihn festsetzen lassen und außerhalb der Siedlung in einer Hütte gefangen gehalten. Er hatte sich gescheut, den alten Schamanen zu töten, denn er wusste um seine starke Verbindung zu den Göttinnen.

Nach seiner Befreiung war Joni die einzige akzeptierte Autorität der Gemeinschaft geworden. Er hatte seine Arbeit so gut es ging verrichtet und nicht Wenige von der Schwelle des Todes zurückgeholt. Aber zu viele waren gestorben.

Man gab Ato die Schuld. Er hatte nicht nur die Läufer von der Erde getilgt, sondern durch seine Entscheidungen die Göttinnen verärgert und das Elend über sein Volk gebracht.

Es hatte weitere Menschenopfer gegeben, um die Göttinnen wieder zu versöhnen. Atos Töchter. Nur die junge

Heimon hatte man auf Anordnung des alten Schamanen verschont, um dem Stamm als Geisel zu dienen, damit Ato nie wiederkehren würde.

Ato schloss müde die Augen, um den vorwurfsvollen Blicken seiner Frauen und Söhne zu entgehen. Durch seine Entscheidungen waren sie alle zu Freiwild geworden.

Kapitel 16

GEFUNDEN !

Vlat hatte den Eingang erreicht. An der schweren Haustür befand sich nur ein altmodischer Türklopfer und keine Klingel. Das Pochen dröhnte durch das ganze Haus.

Lus bemühte sich, den Lageplan zu lesen, ohne ihre Taschenlampe einzuschalten, doch ohne Erfolg. Inzwischen war es dunkel geworden. Vlat mochte sich in der Dunkelheit wohlfühlen, doch sie hatte inzwischen völlig die Orientierung verloren. Das Gestüt war weitläufig mit einer Vielzahl von Unterkünften, Ställen, Scheunen und Schuppen. Irgendwo hier wurde Hanna gefangen gehalten, doch Frankas Angaben waren nicht so präzise wie erhofft. Lus blickte auf ihre Uhr. So langsam musste sie zum Wagen zurück. Mit Vlat hatte sie besprochen, die halbe Stunde zu investieren, um Hanna eventuell auch so zu finden, aber jetzt war Zeit für Plan B – der Austausch. Jean hatte zwar protestiert, sich aber nach einem inneren Dialog mit Josef bereit erklärt, ihnen Gretchen leihweise zu überlassen, um Josefs Nichte zu retten. Vlat war dankbar gewesen, dass die Seele des Vertrauten sich eingemischt hatte.

Lus zerrte die in eine Decke gewickelte Bronze aus dem Kofferraum. Fuck, war die schwer! Von Vlat war weit und breit nichts zu sehen. Wahrscheinlich war er im Haus und bemühte sich, Max von Ullmann in ein Gespräch zu verwickeln, das ihr die Möglichkeit bot, sich ungestört umzusehen. Lus seufzte unglücklich. Vielleicht hätten sie die Rollen tauschen sollen, aber ihr war nicht wohl dabei gewesen, mit ihrem mutmaßlichen Entführer erneut zusammen zu treffen. Also hatten sie sich geeinigt, dass Lus, sollte sie Hanna nicht finden, mit der Figur zum Haus fahren sollte.

Ratlos stand Lus vor der Haustür. Kein Klingelknopf zu sehen? Sie musterte misstrauisch den Löwenkopf mit dem Ring im Maul. Echt jetzt? Konnte der Mann sich nicht mal eine vernünftige Türklingel leisten? Die Geschäfte mussten deutlich schlechter gehen als vermutet. Aber Hauptsache ein paar Gäule im Stall. Sie klopfte.

Umgehend wurde die Tür aufgerissen und Vlat zog sie über die Schwelle.

»Komm rein. Wir sind in der Bibliothek.«

»Kannst du vielleicht das Fräulein hier nehmen? Die hat ganz schön Gewicht«, stöhnte Lus und drückte Vlat erschöpft das Paket in die Hände. Vlat griff beherzt zu und Lus bemerkte erstaunt, dass sich bereits drei Fingerstumpen an der rechten Hand neu gebildet hatten.

»Wow, deine Hand heilt gut!«

Vlat blickte kurz auf seine Hand.

»Ja, geht so. Zieht ein wenig. Aber jetzt komm.«

Lus dachte mit einem warmen Gefühl an den steril verpackten Finger in ihrer rechten Manteltasche. Sie würde das Geheimnis schon noch lüften.

Als Lus hinter Vlat die Bibliothek betrat, betrachtete sie verblüfft ihren Gastgeber. Max von Ullmann war mit fellverzierten Handschellen an einem Haken an der Decke befestigt. Vlat folgte Lus' Blick und zuckte mit den Schultern.

»Die lagen in der Schublade im Schreibtisch. Das Fell ist nicht echt.«

»Ja, das dachte ich mir. Und der Haken?«

Vlat blickte nach oben. »Der war schon da. Anscheinend fühlt sich der Mann so wohl.«

Diesen Eindruck hatte Lus nicht. Max von Ullmann hatte bisher geschwiegen, doch sein Blick sprach Bände. Der Mann hatte Todesangst.

»Sag mal, was soll das hier? Du solltest ihn doch bloß in ein Gespräch verwickeln.«

Vlat nickte.

»Stimmt. Das ist das Ergebnis.« Er deutete auf den Haken in der Decke. »Anscheinend hat er mich verwechselt, beziehungsweise jemand anderen erwartet. Es war seine Idee, dass ich ihn fessle. Er wurde erst stutzig, als ich seinen weiteren Wünschen nicht nachkam und stattdessen eigene Wünsche äußerte.«

»Ich weiß nicht, wo Ihre Freundin ist. Damit habe ich nichts zu tun!«, mischte sich Max von Ullmann ein. »Machen Sie mich los.«

»Nicht so schnell, mein Freund.«

Lus nahm gedankenverloren eine Reitgerte in die Hand, die an einem Bücherregal gelehnt hatte. Spielerisch schlug sie mit der Gerte auf ihre Handfläche. Autsch! Das tat richtig weh.

»Wissen Sie, ich würde ja gerne mit Ihnen plaudern, zum Beispiel über Auguste Rodin und seine Bronzeskulpturen, aber im Moment reizt es mich mehr, den Aufenthaltsort meiner Freundin zu erfahren. Wir haben hier etwas für Sie, als kleine Gegenleistung.«

Bei ihren Worten wickelte Vlat die Skulptur aus und wuchtete sie auf den Schreibtisch. Max von Ullmann fielen fast die Augen aus dem Kopf.

»Das ... das ist ... fantastisch«, ächzte er. »Ich habe es nicht geglaubt, aber ja, das ist sicher ein Werk von Rodin. Bitte lassen Sie mich runter. Ich muss mir das ansehen.« Seine Stimme klang nun flehend.

»Erst, wenn Sie uns sagen, wo wir Hanna Schmitz finden. Wir halten uns an unsere Abmachung, wenn Sie sich auch daran halten.«

Ohne den Blick von der Figur abzuwenden, antwortete der Kunsthändler: »Der alte Schuppen direkt am Zaun.«

Er deutete mit dem Kinn nach links. Lus holte die Zeichnung aus ihrem Beutel und betrachtete sie. »Meinen Sie diesen?« Sie deutete auf ein Kästchen am unteren Rand.

Die Augen von Ullmann weiteten sich. »Woher haben Sie diesen Gebäudeplan? Den können Sie doch nur von meiner Mitarbeiterin haben. Diese Schlampe.«

Lus nickte. »Genau.«

»Wo ist sie? Was ist mit ihr? Wenn ich die zwischen die Finger kriege ...«

»Machen Sie sich keine Gedanken.«

»Sie ist tot«, ergänzte Vlat.

Ullmann erbleichte.

»Wir kommen wieder. Schauen Sie sich derweil die Figur noch ein wenig an. Wer weiß, wieviel Zeit Ihnen noch bleibt.«

Max von Ullmann starrte die kleine Bronzeskulptur an. Was für ein Meisterwerk. Unfassbar! Er spürte, dass ihm das Herz bis zum Halse schlug vor Aufregung. Wütend zerrte er an seiner Fessel, doch brachte ihn ein ziehender Schmerz in beiden Schultern schnell zur Besinnung. Wie hatte es ihm nur passieren können, dass er auf diese dumme Scharade reingefallen war? Er hatte Charly erwartet, ein Neuzugang in der Stadt und spezialisiert auf Unterwerfung. Ihr Foto hatte ihm gefallen. Groß, schmal und dunkel, mit finsterem Blick, gekleidet in ein enges, schwarzes Korsett, darüber ein martialisch wirkender Mantel. So war er Gwens Empfehlung gefolgt, mal etwas Neues auszuprobieren. Der Mantel hatte gestimmt, aber das war es auch schon. Allerdings hing er bereits an der Decke, als er ein erstes Mal gewagt hatte, den Kopf zu heben und seiner Domina ins Gesicht zu sehen.

Vlat und Lus näherten sich schweigend der Hütte, in der sie Hanna vermuteten. Kein Laut drang aus dem Gebäude, die Fenster waren vernagelt. Vlat schaute besorgt, wie Lus betroffen feststellte. Was nahm er wahr?

Dumpfe Wut wallte in Vlat auf. Je näher er der Hütte kam, desto deutlicher wurde der Gestank für ihn. Ja, Hanna war dort, aber der Geruch von Fäkalien verriet ihm, dass man sie eingesperrt und den Schlüssel weggeworfen hatte.

Lus rüttelte an der verschlossenen Tür, doch Vlat schob sie zur Seite und warf sich mit der Schulter gegen die Tür.

Er brauchte noch drei weitere Anläufe, bis das Schloss nachgab und sich die Tür öffnen ließ. Jetzt roch auch Lus den Gestank und hielt sich die Nase zu.

»Mein Gott, wie furchtbar.« Sie stürmte in den Raum. »Hanna, bist du da? Hanna, sag doch was.«

Doch im Raum blieb es merkwürdig still. Es war stockfinster und Lus fingerte mit klammen Händen nach ihrer Handytaschenlampe. Vlat war schneller. Mit raschen Schritten bewegte er sich in die rechte Raumecke, beugte sich hinunter und hob mit starken Armen eine in Decken gewickelte Gestalt auf. Ohne ein Wort zu sagen, trug er Hanna an Lus vorbei nach draußen.

»Wie geht es ihr? Lebt sie noch?« Lus stürmte hinter Vlat her. »Leg sie hier ins Gras. Ich muss nach ihr sehen.«

»Sie lebt, aber ihr Lebensfaden ist schwach.«

Lus bemühte sich fieberhaft, Hannas Puls zu tasten.

»Sie braucht dringend Flüssigkeit. Schau mal, die rauen Lippen und die trockene Haut. Sie ist völlig dehydriert und muss an einen Tropf.«

Vlat nahm vorsichtig Verbindung mit Hannas Geist auf. Er wusste, dass ihr diese Begegnung unangenehm war, doch spürte er, dass sie im Sterben lag und ihr nicht mehr viel Zeit blieb. Er tauchte hinab in ihre Seele und weckte ihre Lebensgeister.

Da öffnete Hanna mühsam die Augen und ein verzerrtes Lächeln umspielte ihre Lippen, als sie die Freunde erkannte. Vlat streichelte ihr das Haar aus der Stirn. Lus spürte, wie er eine Welle von Ruhe und Geborgenheit ausstrahlte, die bei Hanna nicht die Wirkung verfehlte. Ihre Augen schlossen sich und sie atmete tief aus.

Lus stand auf. »Ich hole den Wagen. Sie muss in ein Krankenhaus.«

Vlat nickte. »Mach das. Ich bleibe so lange hier.«

Er überlegte kurz. Dann beugte er sich über Hanna und tropfte ein wenig Speichel auf ihre Lippen. Automatisch öffneten sie sich und Hanna schluckte. So wenig Flüssigkeit es auch war, zeigte sich doch sofort Wirkung. Hanna bekam Farbe und die trockenen Lippen wirkten plötzlich rosig und frisch. Sie öffnete die Augen und schaute Vlat an.

»Was hast du gemacht? Mir geht es schon viel besser.«

»Ein wenig Speichel.«

Hanna verzog leicht angeekelt das Gesicht. »Naja, wahrscheinlich sollte ich dankbar sein. Es hat auf jeden Fall geholfen.« Sie setzte sich mühsam auf. »Meine Güte, fühle ich mich schwach.«

Da kam auch schon Lus mit dem Wagen angefahren.

»Hilf mir auf. Ich will hier nur noch weg.«

Hanna hielt Vlat ihre Hand entgegen.

Lus staunte, als Hanna ihr – gestützt von Vlat – entgegenkam. Sie stieg aus, ging rasch auf Hanna zu und drückte ihr eine Flasche Mineralwasser in die Hand.

»Da, trink! Wie geht es dir, Liebes? Wir bringen dich ins Krankenhaus.«

Hanna nahm einen tiefen Schluck aus der Flasche und schüttelte den Kopf.

»Nein. Ich vertraue lieber Vlats Heilkräften.«

Sie schob sich an Lus vorbei und stieg in das Fahrzeug.

Lus schaute Vlat an.

»Wie zum Teufel hast du das geschafft? Vor ein paar Minuten war sie noch halbtot und jetzt steht sie schon wieder auf den Beinen und gibt Widerworte.«

Vlat lächelte nur und nahm auf dem Beifahrersitz Platz. Lus schwang sich auf den Fahrersitz und sie fuhren zurück zum Haupthaus, vorbei an Stallungen und Scheune.

»Na, wen haben wir denn da?« Eine junge Frau in schwarzem Ledermantel betrat finster lächelnd das Wohnzimmer. »Da konnte es wohl jemand gar nicht erwarten?«

Max von Ullmann stöhnte erleichtert auf. »Charly, endlich! Gut, dass Sie kommen. Lassen Sie mich runter.«

»Aber nicht doch.« Die Frau umrundete ihn mit tänzelnden Schritten. »Du musst anscheinend noch lernen, wer hier das Sagen hat.« Dann stand sie vor ihm und blickte ihm ins Gesicht. Sie schnitt eine Grimasse und ihre Stimme veränderte sich schlagartig. »Jesses. Das darf doch nicht wahr sein. Bist du nicht dieses Arschloch mit der Kohlensäure?«

Ullmann hatte es die Sprache verschlagen. Er kannte dieses Gesicht, das jetzt nicht mehr finster, sondern nur gekränkt wirkte. Doch woher bloß?

»Du erkennst mich nicht mal, was? Eine einfache Kellnerin ist es dem feinen Herrn ja auch nicht wert, wahrgenommen zu werden, stimmt's?«

Scheiße, Charly war die Kellnerin aus dieser Mühle, wo er sich mit Franka Wottke getroffen hatte. Wie kam die denn bloß hierher? Anscheinend konnte man ihm die Frage vom Gesicht ablesen, denn Charly geriet in Rage.

»Ich versuche mir auf ehrliche Art und Weise mein Studium zu finanzieren. Da muss ich mir von Typen wie dir wirklich nicht blöd kommen lassen.« Sie blickte sich um und fand auf einem silbernen Tablett direkt neben einer Visitenkarte drei Hundert-Euro-Scheine. »Okay. Du kennst die Regel. Vorkasse! Ich schnappe mir jetzt mein Geld und haue ab.«

Endlich hatte Ullmann die Sprache wiedergefunden. »Bitte, es tut mir leid. Nehmen Sie das Geld und ich lege auch noch zweihundert Euro drauf, aber befreien Sie mich von den Handschellen. Der Schlüssel liegt auf dem Schreibtisch.«

Das Mädchen schnaubte verächtlich. »Tausend Euro. Oder ich werfe das gute Stück in den nächsten Gulli.«

Ullmann überlegte rasch. Hatte er eine Wahl? Nein. Und mit der Skulptur in seinem Besitz würden ihn die tausend Euro nicht jucken. »Abgemacht! Das Geld befindet sich in der oberen Schreibtischschublade.«

Charly holte ein Bündel Scheine aus dem Schreibtisch und zählte akribisch sieben weitere Scheine ab.

»Nun machen Sie schon!«, drängelte Ullmann. »Nehmen Sie meinetwegen alles, aber lassen Sie mich runter.« Er rechnete jeden Augenblick damit, dass diese irren Typen wiederkamen, um die Rodin-Statue zu holen.

Charly legte ihm den Schlüssel in die rechte Hand. Sollte er sich doch selbst befreien. Sie würde über alle Berge sein, bevor er es sich möglicherweise doch noch anders überlegte und sein Geld zurückhaben wollte.

»Wehe, du rufst wieder an.«

Als Lus und Vlat mit Hanna wieder die Bibliothek betraten, kam ihnen Max von Ullmann mit der Statue in den Armen entgegen. Er sah die drei, wollte auf dem Absatz kehrt machen und die Flucht ergreifen, doch Vlat war schneller. Er packte den Kunsthändler, entwand ihm mit raschem Griff die Bronzeskulptur, reichte diese an Lus weiter, die von der plötzlichen Last aus dem Gleichgewicht gebracht wurde und zu Boden sank. Ullmann griff nach der nächstbesten Waffe, die ihm zur Verfügung stand – eine Blumenvase mit einem Bukett dramatisch drapierter, künstlicher Pfingstrosen und Hortensien – und schlug sie von hinten Vlat über den Schädel. Es staubte heftig. Der erhoffte Effekt blieb jedoch aus. Vlat schüttelte sich nur kurz, nieste und wandte sich dann wieder dem Kunsthändler zu. Es gab ein kurzes Handgemenge. Ullmann griff nach der Reitpeitsche und schlug nach Vlat, doch statt auszuweichen, ließ dieser zu, dass er voll im Gesicht getroffen wurde. Eine blutige Scharte zog sich über seine Nase und Wangen. Vlats Augen blitzten zornig auf. Er griff nach der Gerte, zog Ullmann ruckartig zu sich heran und nahm ihn in den Schwitzkasten. Seine andere Hand umfasste Ullmanns Schädel, ein kurzer Ruck – und der Kunsthändler glitt tot zu Boden.

»Oh Mann, du hast ihn umgebracht!«, stöhnte Lus.

Auch Hanna wirkte betroffen. »War das wirklich nötig?«

Vlat richtete seinen Mantel. »Er war schädlich.«

»Dafür gibt es die Justiz. Wir hätten ihn verhaften lassen können.«

Doch Vlat zuckte nur mit den Schultern. »Ihr habt verlernt, eure Angelegenheiten selbst zu regeln. Ich nicht.«

Er dachte zurück an seinen Gefährten Nuro. Nach dem Massaker hatte der sich nicht wie Vlat aus der Welt zurückgezogen, sondern Gefallen am Töten gefunden. Und Jagd auf Menschen gemacht, um sich für seinen Verlust zu rächen. Doch Nuro war schon immer ein Jäger gewesen, der gerne Jagd auf Raubtiere machte, und war darüber selbst zum Raubtier geworden. Vlat hatte ihn tilgen müssen. Noch ein Verlust, für den er die Menschen verantwortlich gemacht hatte.

Hanna schnaubte. »Pass bloß auf, dass du nicht mal geregelt wirst.«

Doch Lus war auf Vlats Seite.

»Wenn es nach Ullmann gegangen wäre, wärst du in diesem alten Schuppen krepiert. Im eigenen Dreck liegend ohne Wasser und Nahrung. Wenn es einer verdient hat, dann er.«

Sie blickte in die Bibliothek. »Wie hat er sich bloß befreien können? Er hing doch gefesselt an dem Haken.«

Vlat ging zum Schreibtisch. »Hier liegen die Handschellen mit dem Schlüssel. Und eine Visitenkarte.« Er hob die Karte auf. »Charly, SM–Guide, diskret und safe. Und eine Telefonnummer.«

»Da ist der erwartete Besucher wohl doch noch erschienen«, mutmaßte Lus, »und hat unseren Freund aus seiner misslichen Lage befreit. Aber anscheinend hat Ullmann es sich anders überlegt und den Termin auf unbestimmte Zeit verschoben.«

»Was sollen wir mit ihm machen?« Hanna blickte bedrückt auf den toten Mann. »Ich wünschte wirklich, du hättest das gelassen.«

Vlat nickte ihr zu. »Ich verstehe dein Widerstreben, aber wir konnten ihm nicht vertrauen.«

»Himmel, dein Feind möchte ich auch nicht sein«, entfuhr es Lus.

»Nein, das möchtest du nicht.«

Vlats Stimme klang plötzlich schneidend und er blickte Lus kalt an.

Sie schauderte und spürte ihre Gänsehaut. Wusste er etwas? Hatte er gesehen, dass sie bei Schaller den Finger an sich genommen hatte? Roch er ihn vielleicht? Oder konnte er auch ihre Gedanken lesen? Wie auch immer, sie musste extrem vorsichtig sein.

»Wir müssen hier weg.«

Vlat nahm die Skulptur und verließ das Haus. Die beiden Frauen folgten ihm schweigend.

Am nächsten Morgen saßen Lus und Hanna wieder in ihrem Ferienhaus und frühstückten ausgiebig, während Hanna auf ihrem Notebook das Internet durchforstete, ob bereits über den toten Kunsthändler berichtet wurde. Hanna hatte einiges nachzuholen. Sie hatte schlecht geschlafen. Lus hatte ihr abends noch von den Vorkommnissen der letzten Tage erzählt und sie war besorgt. Zwei Tote, ein gefesselter Bauunternehmer. Vlat hatte sich bereit erklärt, nach Hubert Schaller zu sehen und ihn von seinen Fesseln zu befreien, doch er war nach einiger Zeit zurückgekehrt und hatte berichtet, dass er das Haus leer aufgefunden hatte. Keine Spur von Hubert Schaller und Franka Wottke. Nur eine sehr aufgewühlte Dame, womöglich die Ehefrau Schallers.

»Hier, schau mal in die Zeitung. Da steht etwas von einer Verhaftung.«

Lus hatte morgens Brötchen besorgt und die Lokalzeitung mitgebracht. Sie deutete auf einen Artikel.

»Merkwürdiger Leichenfund in Einfamilienhaus, Besitzer verwickelt sich in Widersprüche«, las Hanna laut vor. Kopf an Kopf vertieften sie sich in den Artikel, der aber mehr Vermutungen als Fakten enthielt.

»Hubert S. – das könnte er sein.«

»Anscheinend verdächtigen sie ihn«, vermutete Lus. »Das ist nicht schlecht – verschafft uns etwas Zeit, um uns aus dem Staub zu machen.«

Hanna nickte bedrückt. Sie hatte einerseits Verständnis für Vlats Handeln. Er war von einer anderen Art. Die menschlichen Werte und Normen galten ihm nichts. Und vielen Menschen auch nicht, dachte sie schaudernd. Hubert Schaller, der die Figur hatte verschwinden lassen, Franka Wottke, die für ihren Auftraggeber die schmutzigen Geschäfte abgewickelt hatte und auch vor Entführung nicht zurückgeschreckt war, Max von Ullmann, der Kopf hinter der Sache, der Auftraggeber, der sie hätte sterben lassen. Und doch: Wo käme die Welt hin, wenn es diese Normen und Regeln nicht gäbe? Sie musste mit Vlat reden.

»Ich glaube, wir sollten die Polizei rufen.« Lus biss in ihr Brötchen.

Hanna blickte alarmiert auf. »Wieso das jetzt? Gerade eben wolltest du noch untertauchen.«

»Ich habe es mir anders überlegt.« Lus blickte sie eindringlich an. »Wir wollen doch beide unser Leben zurück, oder?«

Hanna nickte.

»Vlat hat uns da in seine Sache hineingezogen. Das ist ja alles gut und schön mit diesen Seelen und Aufträgen und so weiter, aber letztlich ist es doch sein Problem.«

Hanna wollte etwas erwidern, doch Lus ließ sie gar nicht zu Wort kommen.

»Ja, ich weiß, ihr habt da dieses Vertrauten-Ding. Aber denk doch mal nach. Wo soll das denn alles hinführen? Vlat ist ein Mörder – daran führt kein Weg vorbei. Und sollte Schang nochmal die Oberhand gewinnen, ist er noch gefährlicher. Willst du eine solche Kreatur wirklich auf die Menschheit loslassen?«

Hanna schwieg bedrückt. Hatte Lus nicht doch recht? Konnte sie das verantworten?

»Außerdem – denk mal an seine ganzen Fähigkeiten. Er altert nicht, kann seine Zellen erneuern, andere Menschen heilen – es ist einfach unglaublich.«

Lus geriet ins Schwärmen.

Hanna wurde aufmerksam. »Was meinst du damit?«

»Stell dir mal vor, was es für eine wissenschaftliche Sensation wäre, wenn man aus der Untersuchung seiner Blutzellen lernen könnte, wie man den Krebs besiegt. Oder das Altern.« Lus' Augen blitzten vor Begeisterung. »Das würde die Medizin revolutionieren. Die Pharmaindustrie wäre verrückt nach ihm.«

Hanna blickte ihre Freundin sprachlos an. Dann schüttelte sie sich.

»Ich fasse es nicht. Du hast mit jemandem geredet und von Vlat erzählt, oder? Wie konntest du nur!«

»Das habe ich nicht gesagt. Ich meine ja nur ...«

»Komm, ich kenne dich gut genug. Gib zu, dass du mit jemandem gesprochen hast.«

Lus schwieg betreten.

»Vlat ist unser Geheimnis. Du hast mein Vertrauen missbraucht. Nun sag schon, mit wem hast du gesprochen?«

Hanna war so erbost, dass sie mit der Faust auf den Tisch schlug.

So erregt hatte Lus ihre Freundin noch nie gesehen. Sie senkte den Kopf.

»Ich habe nur mit meinem Prof über ihn gesprochen. Er hat mich im Labor erwischt.«

Hanna stand auf. »Das glaube ich jetzt nicht. Du hast irgendwas von Vlat im Labor untersucht? Spinnst du?«

Lus wollte etwas erwidern, doch Hanna winkte ab.

»Lass es sein. Ich bin fertig mit dir.«

Sie drehte sich um und verließ die Küche. Sie musste Vlat finden und ihn vor Lus warnen.

Sie fand ihn in dem Unterschlupf im Wald, in dem sie einige Tage gemeinsam verbracht hatten. Er saß dort in tiefer Meditation versunken und hielt anscheinend gerade Zwiesprache mit seinen Seelenverbundenen. Sollte sie ihn stören? Wie nah war die Gefahr? Doch selbst wenn Lus direkt die Polizei informiert hätte, würde es dauern, sie hier aufzuspüren. Sie setzte sich ihm gegenüber und verharrte schweigend.

Vlat stand in Verbindung mit Jean. Seit die Skulptur in seinem Besitz war, hatte sich Schang zurückgezogen, doch würde er auch zukünftig im Hintergrund bleiben? Vlat bezweifelte es. Den ersten Auftrag von Jean hatte er erfüllt – Jean hatte die Figur in seinen Händen halten, sie berühren können.

Doch Vlat war sich nicht sicher, ob das ausreichen würde, damit Schang und letztendlich auch Jean dauerhaft loslassen würden. Es gab noch zwei weitere Aufträge – einer Frau in Liebe begegnen und eine solche Figur mit eigenen Händen erschaffen. Letzteres dürfte noch einiges an Arbeit erfordern, um sich die nötigen Fertigkeiten anzueignen, aber zumindest den zweiten Wunsch konnte Vlat erfüllen.

Er hatte den Erinnerungsspeicher der von ihm getrunkenen Seelen durchforstet und war auf zahlreiche Erinnerungsbilder und Gefühlswallungen gestoßen. Er würde diese bündeln und Jeans Bewusstsein damit fluten: Erregung, Lust, Nähe, Geborgenheit, Liebe, Leidenschaft – verbunden mit Sinneseindrücken und Bildern, um Jean einen realen Eindruck zu verschaffen, wie sich die Liebe anfühlte. Vlat selbst war diese Gefühlswelt fremd, aber er spürte, wie er von den Bildern und Emotionen mitgerissen wurde. Er versank in der Begegnung von Lippen und Körpern, das Gefühl von weicher Haut, geweitete Augen, die ihm bis auf den Grund des Herzens blickten – die Gefühle schwappten auch in seinen Geist.

Hanna, die ihm gegenübersaß, nahm die Gefühlsaufwallung wahr. Plötzlich durchflutete sie eine Welle von Lust und Leidenschaft, wie sie sie noch nie zuvor gespürt hatte. Spontan griff sie nach Vlats Händen, der ihren Händedruck erwiderte. Durch die Berührung intensivierten sich die Impressionen, und auch Hannas Erinnerungen und Gefühle wurden Teil des gemeinsamen Erlebens. Sie wirbelten durcheinander, körperlos, das individuelle Erleben löste sich auf. Die einzelnen Seelen in Vlat verschmolzen zu einem gemeinsamen Schwarmbewusstsein, ein Gefühl von tiefer Liebe und Verbundenheit stellte sich ein, das alles bisher Erlebte in den Schatten stellte, und gipfelte in einer orgiastischen Gefühlseruption, die Vlat und Hanna kurzzeitig das Bewusstsein raubte.

Als sie wieder zu sich kamen, lagen sie Seite an Seite auf dem Waldboden, die Hände immer noch ineinander verschränkt. Hanna fand zuerst ihre Stimme wieder.

»Du lieber Himmel, was war das denn?« Sie fühlte sich verlegen.

Vlat rappelte sich langsam auf. Er lächelte Hanna schüchtern an.

»Es tut mir leid. Ich wollte dich da nicht mit reinziehen.«

»Was ist denn überhaupt passiert?«

»Erinnerst du dich an Jeans zweiten Wunsch? Einmal mit einer Frau in Liebe verbunden sein?«

Hanna nickte.

»Ich wollte ihm diesen Wunsch erfüllen, indem ich die Erinnerungen meiner Seelenkameraden aktiviere. Unsere Spezies kennt diese Art der Begegnung nicht.«

»Na, da entgeht euch aber etwas.« Hanna lächelte ihn an.

»Ja, den Eindruck habe ich nun auch gewonnen. Das war eine völlig neue Erfahrung.«

Vlat griff nach Hannas Händen. »Es war schön, dir auch auf diese Art zu … begegnen.«

Hanna schloss die Augen. »Davon werde ich noch lange zehren. Wow. Ich befürchte, da kann so schnell keiner mithalten.«

Sie beugte sich nach vorne und küsste Vlat auf die Wange. »Ich danke dir für diese Erfahrung. Hoffentlich hat es Jean auch gefallen.«

Vlat nickte lächelnd.

»Ja, ich denke, der zweite Wunsch ist nun auch erfüllt. Er dankt dir, dass du dazu beigetragen hast.«

Hanna spürte, wie sich die Röte in ihrem Gesicht ausbreitete. Was für eine absurde Situation.

»Wieso bist du hier?«, wollte Vlat wissen. »Hast du mich gesucht?«

Hanna schlug sich erschrocken mit der Hand auf den Mund. »Herrje, gut, dass du mich daran erinnerst. Du musst gehen!«

Vlat blickte sie fragend an.

»Lus will die Polizei informieren. Anscheinend hat sie aber eine eigene Agenda. Sie möchte, dass man dich medizinisch untersucht.«

Vlat lachte bitter.

»Ich wusste, dass sie etwas im Schilde führt. Sie war sehr interessiert daran, mein Blut zu erlangen. Und ich frage mich, was aus meinen Fingern geworden ist.«

Er hob die Hand und zeigte Hanna die inzwischen fast vollständig nachgewachsenen Finger.

Hanna war beeindruckt. »Wenn ich das so sehe, kann ich Lus' Interesse beinahe verstehen. Das ist einfach unglaublich und würde vielen Menschen helfen, die Gliedmaßen verloren haben.«

Doch Vlat schüttelte nur den Kopf. »Glaubst du ernsthaft, dass Lus die Erste ist, die auf solche Gedanken kommt?«

»Ja, gut. Aber die Medizin hat doch inzwischen immense Fortschritte gemacht. Du würdest nicht mehr gefoltert und gequält.«

»Verzeih mir, dass ich mich bei diesem Thema nicht auf das Wort eines Menschen verlasse. Ich werde gehen.«

Er stand auf.

Unmittelbar überkam Hanna ein Gefühl der Verlassenheit. Sie spürte, dass Vlat bereits die geistige Verbindung zwischen ihnen gekappt hatte.

»Einfach so? Du lässt mich hier stehen? Ich bin doch deine Vertraute. Josef sagt, du brauchst mich.«

Vlat nickte widerstrebend. »Ja, du wirst mir fehlen. Aber Schang hat die Seele von Franka Wottke getrunken. Gegen meinen Willen«, beeilte er sich zu versichern, als er das Entsetzen in Hannas Gesicht sah. »Ihre Erinnerungen und Fertigkeiten werden mir helfen, mich zurecht zu finden. Etwas Gutes hat das Ganze. Franka war ein Technik-Freak. Ich kann nun mit einem Computer umgehen und werde dich kontaktieren, sobald ich irgendwo Fuß gefasst habe.«

»Bleibst du hier in der Gegend?«

»Nein. Jean hat noch einen Auftrag für mich.«

»Was wirst du tun?«

»Zunächst gehe ich nach Paris und schaue mir im Museé Rodin weitere Werke an. Danach?« Vlat breitete die Arme aus. »Ich weiß es noch nicht. Wahrscheinlich suche ich mir einen sehr, sehr alten Bildhauer, bei dem ich lernen kann. Ich muss Jeans letzten Wunsch erfüllen, um Ruhe vor Schang zu finden. Die Gefahr ist noch nicht gebannt.« Er zögerte kurz. »Und Franka Wottke ist noch ein unbeschriebenes Blatt für mich. Ich weiß nicht, wohin sie mich führt.«

»Sehe ich dich wieder?«

Vlat zuckte mit den Schultern.

»Denk daran, wir halten nicht so lange.« Hanna hatte sich inzwischen aufgerichtet und stand ihm gegenüber. Sie fuhr mit der Hand zärtlich seine Kinnlinie entlang.

»Ich werde dich vermissen.«

Vlat nickte. Ein letztes Mal flutete er ihren Geist mit einem tiefen Gefühl des Wohlbehagens und der Geborgenheit. Dann drehte er sich um und war nach wenigen Schritten mit dem Grün des Waldes verschmolzen.

Hanna blickte ihm nach. Sie spürte plötzlich eine unendliche Leere in sich.

Als sie sich umdrehte, um zum Ferienhaus zurückzukehren und ihre Sachen zu packen, stolperte sie über etwas Schweres. Vlat hatte den Sack mit der Bronzeskulptur dort gelassen. Sie bückte sich, öffnete ihn und betrachtete das schöne Gesicht der Frau.

»Tja, Gretchen, anscheinend hat sich Jean von dir verabschiedet. Ich bringe dich dahin, wo du hingehörst. Jeder sollte dich betrachten dürfen.«

EPILOG

Lus schlug die Zeitung zu. Hanna hatte die neu entdeckte Bronzeskulptur »Femme nue sur le dos, jambes relevées«, inzwischen kurz »Gretchen« genannt, der jüdischen Gemeinschaft überlassen. Sie würde im kommenden Monat in Tel Aviv ausgestellt werden. Anscheinend waren aber auch einige Museen sehr interessiert an der neu entdeckten Rodin-Skulptur.

Vlat war spurlos verschwunden und Hanna hatte ihr zu verstehen gegeben, dass sie sich nach einer neuen Mitbewohnerin umsehen sollte und war von heute auf morgen aus der gemeinsamen Wohnung ausgezogen. Schade.

Dabei hatte Lus damals darauf verzichtet, die Polizei anzurufen. Wer würde die ganze Geschichte schon glauben? Sie hatte keine Lust, die nächsten Monate in der Psychiatrie zu verbringen.

Ihrem Prof hatte sie gesagt, sie hätten sich geirrt – Halluzinationen als Ergebnis eines gemeinsamen schief gelaufenen Drogenexperiments. Natürlich hatte er ihr die Story nicht abgenommen, konnte sich aber auch nicht erlauben, dass sie diese Geschichte verbreitete und seinen Ruf ruinierte.

Allerdings hatte er das Tuch mit Vlats getrocknetem Blut nicht mehr rausgerückt und dafür gesorgt, dass sie ihren Laborjob verlor.

Deshalb ruhte Vlats Finger immer noch auf Eis in ihrem Kühlfach. Doch das war nur eine Frage der Zeit.

Sie würde schon einen Weg finden, sich die DNS des Läufers genauer anzusehen …

DANKE ...

… dass ihr mir bis hierhin gefolgt seid. Ich hoffe, Ihr hattet Lesespaß bei Vlats und Hannas Abenteuer und freut euch schon auf die Fortsetzung.

So ein Buch entsteht natürlich nicht im luftleeren Raum. Zunächst gab es viele Ideen, die ich gemeinsam mit meinem Mann Claus während unserer Kochsessions diskutierte. Irgendwann stieß ich dann in unserer Tageszeitung auf einen Artikel über das Massaker in der Nähe des heutigen Herxheim, das zusätzlich meine Phantasie anregte. Denn mir war von vornherein wichtig, dass es zwar eine Fantasy-Story wird, aber doch so viel reale Bodenhaftung haben sollte wie möglich. Deshalb ist Vlat nicht einfach ein Vampir, sondern quasi die Urmutter aller Vampirgeschichten. Ein reales Wesen, das über Fähigkeiten verfügt, die in der Tierwelt beobachtbar sind. Und da ist einiges möglich! Dabei half mir die Medizinjournalistin und Autorenkollegin Jo Ann Martin mit vielen Tipps und Hinweisen. Ganz herzlichen Dank.

Dank auch an Dr. Manfred Rittich, der sich mit den medizinischen Details rund um die Blutspende beschäftigte. Und das, obwohl Fantasy so gar nicht sein Ding ist.

Danke auch an die zahlreichen Kolleginnen bei den Mörderischen Schwestern, die mir mit Rat und Tat zur Seite standen, egal, ob es um das Exposé ging oder ums Testlesen, und die einfach mal zuhörten, wenn ich vorlas und danach kräftig applaudierten. So ein Zuspruch tut gut und hielt mich bei der Stange.

Meine Schwester Brigitte und mein guter Freund Alexander lasen die ersten Fassungen und Entwürfe, wiesen auf Unstimmigkeiten hin und zeigten mir Irritationen auf. Ich hoffe, ich konnte alle beseitigen. Die Unstimmigkeiten und Irritationen, nicht die Testleser.

Irgendwann während des Feinschliffs am Manuskript war es dann doch so weit, dass ich das Museum in Herxheim besuchte. Die Leiterin Lhilydd Frank beantwortete alle meine Fragen zur Jungsteinzeit, Bandkeramik und den Knochenfunden mit viel Geduld und noch größerer Expertise und gab mir wertvolle Tipps zur Geschichte rund um Ato. Von ihr erfuhr ich auch, dass viele der gefundenen Statuetten aus der Zeit weiblich waren. So machte ich aus den Göttern Göttinnen. Ob es so war? Wer weiß es schon.

Bei meinen Internet-Recherchen zum Thema Seelenpein stieß ich auf ein eindrucksvolles Gemälde einer armen Seele im Fegefeuer, das in der Kirche St. Matthias in Hellenthal-Reifferscheid hängt, und habe deshalb einen Teil der Geschichte in diesem Umfeld spielen lassen. Frau Urhahn aus dem dortigen Pfarramt bedachte uns nicht nur mit vielen Informationen rund um die Kirche, die Taufbücher und das Antependium aus dem 17. Jahrhundert, sondern auch mit leckerem Gebäck. Danke.

Bei der Gelegenheit kommt möglicherweise die Frage auf, ob es in Esch tatsächlich einen Bouleplatz gibt oder gab. Meines Wissens nicht. Aber vielleicht fahren Sie mal hin und schauen selbst nach. Es ist schön dort.

Ein besonderes Dankeschön geht an den Eifeler Literaturverlag, der das Wagnis eingegangen ist, diese doch etwas schräge Geschichte zu veröffentlichen, und an meinen Lektor René Völlmecke, der das Manuskript stilistisch optimierte, für mehr Struktur sorgte und mich bei meinen Recherchen unterstützte.

Die Erstellung des Manuskripts zog sich über mehrere Jahre, sodass ich möglicherweise den einen oder die andere vergessen habe, die auch Anteil an der Buchentstehung hatten. Auch euch danke ich von Herzen und erwähne euch gerne im zweiten Band. Meldet euch einfach!

Ich wünsche allen eine gute Zeit, bis wir uns im nächsten Band wiederlesen!

Herzlichst
Andrea Revers

EBENFALLS IM EIFELER LITERATURVERLAG

MARKUS THEISEN

es stirbt sich gut am laacher see

eifelkrimi

ca. 380 Seiten, 17,00 EUR
ISBN: 978-3-96123-094-5

Alles beginnt im Oktober 1996. Die Leiche der Geschäftsführerin des anliegenden Campingplatzes wird von Anglern aus dem Laacher See gezogen. Ein erster Verdacht ist schnell bei der Hand. Ihr Unternehmen will den Platz um eine neue Wellness-Anlage erweitern, doch das Projekt ist umstritten. Naturschützer, Geologen und Angelverein protestieren, die Liste der Verdächtigen ist lang. Und dann ist da noch dieser seltsame Einbruch ins Museum, bei dem ein bedeutendes historisches Dokument entwendet wurde. Hat es etwas mit dem Mord zu tun?

Kommissar Weller gerät bei seinen Ermittlungen in ein Verwirrspiel aus familiären und politischen Machenschaften, das die Aufklärung des Falles erschwert und weitere Opfer fordern wird. Dabei schwebt über allem diese uralte Legende vom Schatz im Laacher See, deren Spuren von 1942 über das Mittelalter bis in die Steinzeit zurückreichen. Und Weller muss sich beeilen, bevor die Indizien am Tatort Laacher See erkalten und ihm der Mörder durchs Netz geht, während er im Trüben fischt …

ALBERT PÜTZ

Hecht in Himmerod

Roman

210 Seiten, 15,00 EUR
ISBN: 978-3-96123-092-1

5. Oktober 1950: Ein Labyrinth wird vermessen.

Guido Pagels kehrt zurück in die Abtei Himmerod, in der er gegen Kriegsende Sanitäter gewesen war. Er ist Maler, möchte das blaue Licht der Eifel einfangen, und findet das Planquadrat Himmerod hermetisch abgeriegelt vor. Horst Birtler und Gregor Kuckoff, zwei seiner früheren Bekannten, sind noch da und halten ihre Identität unter Kutten und Aliasnamen verborgen. Es treffen Gäste ein. Auch sie wollen nicht erkannt werden, die Waffen-SS führt Regie. Am folgenden Tag soll den Gästen Hecht serviert werden …

Albert Pütz ist ein Meister der listigen Geheimniskrämerei. Sein kritischer Roman aus dem Jahr 1990 über die Geheimtagung ehemaliger Wehrmachtsoffiziere in der Abtei Himmerod zur Vorbereitung der Wiederbewaffnung Westdeutschlands nimmt historische Begebenheiten in der Eifel zum Anlass, eine imaginäre Topographie zu entwerfen: spannungsgeladen, surreal und verblüffend nah am Geschehen heutiger Zeiten, in denen eine Kriegsertüchtigung der Zivilgesellschaft auf der politischen Agenda steht.

BRUNO LABERTHIER

Eifelfluten

Roman

394 Seiten, 15,00 EUR

ISBN: 978-3-96123-050-1

Ein Doku-Thriller steht kurz vor der Veröffentlichung – »Eifelfluten« verspricht die spannende Aufarbeitung eines beispiellosen Anschlags auf die Rurtalsperre:

In der Nordeifel rund um den Rursee gehen im April 2014 seltsame Dinge vor sich. Neonazis aus aller Welt quartieren sich in Pensionen in und um Einruhr ein, Flugblätter mit kryptischen Anweisungen zur Evakuierung werden auf den umliegenden Campingplätzen verteilt und auf dem Rursee erscheinen mit Chemikalien auf die Wasseroberfläche geätzte Hakenkreuze. Tim Rhiel, Fremdenführer in der ehemaligen NS-Ordensburg Vogelsang, riecht Lunte: Was wollen Neonazis aus Belgien, Ungarn, Südafrika, Paraguay und den USA gerade in der Nordeifel? Und welche Rolle spielt dabei der ortsansässige Altnazi Bruno Hüppauf, der ein Manuskript hütet, das Tim schon länger interessiert, und das unter dem Stichwort »Operation Züchtigung« vom Plan einer Bombardierung der Rurtalsperre berichtet?